여성동학다큐소설

경상도편

하늘을 울린 뜻

여성동학다큐소설
경상도편

하늘을 울린 뜻

명금혜정 고은광순 김정미서 리산은숙 **지음**

도서출판 모시는사람들

여성동학다큐소설 경상도편

하늘을 울린 뜻

등 록 1994.7.1 제1-1071
1쇄 발행 2015년 11월 30일

지은이 명금혜정 고은광순 김정미서 리산은숙
펴낸이 박길수
편집인 소경희
편 집 조영준
디자인 이주향
관 리 위현정

펴낸곳 도서출판 모시는사람들 03147
        서울시 종로구 삼일대로 457(경운동 수운회관) 1207호
전 화 02-735-7173, 02-737-7173
팩 스 02-730-7173
인 쇄 (주)상지사P&B(031-955-3636)
배 본 문화유통북스(031-937-6100)
홈페이지 http://www.mosinsaram.com

값은 뒤표지에 있습니다.
ISBN 979-11-86502-31-0   03810

이 도서의 국립중앙도서관 출판시도서목록(CIP)은 e-CIP 홈페이지(http://www.nl.go.kr/
ecip)에서 이용하실 수 있습니다.(CIP제어번호: 2015030348)

나를 전율케 한 경상도 땅

해월의 은거지를 찾아서 깊은 산골을 서너 번 답사했다. 스승의 뜻을 전하기 위해서 백두대간을 타고 날마다 달려 다녔을 그분의 일상을 상상하면서 온몸에 전율이 왔다. 자투리 시간에는 농사를 지으며 풀 한 포기 나무 한 그루에도 하늘의 뜻이 깃들어 있다는 것을 몸으로 실천했던 사람. 그의 발걸음마다 하루가 다르게 불어나던 도인들이 보국안민과 척왜양을 외치며 상주 관아를 점령하고 탐관오리를 단죄하고 악덕 양반들의 마을을 불살라 없앴다. 그러나 그 뜨거웠던 갑오년 상주의 여름은 일본군의 신식 무기에 무참히 꺾이고 말았다.

120년의 시간이 흐른 지금, 그분들의 뜻은 상주 고을 어느 곳에서나 고요히 흐르고 있다는 것을 느낄 수 있었다. 상주 동학 정신을 살리려는 모임이 활발한 활동을 펼치고 있었고, 그분들이 만든 자료엔 당시 상황에 대한 심도 있는 연구가 담겨 있었다. 비록 부족한 실력으로 인해서 도인들의 삶을 깊이 있게 형상화하지 못했지만 경상도 동학의 씨앗만이라도 전할 수 있으면 좋겠다.

함께 답사를 해 주시고, 상주의 현대사 흐름을 세세히 전해 주신 김영태 선생님께 감사드린다.

대표 집필 명금혜정

국가의 카르마를 푸는 작업

동학이라 하면 보통 전라도, 전봉준을 떠올린다. 그러나 누가 뭐래도 경상도 땅에서 수운 최제우에 의해 시작되었고, 34년간을 도망 다니며 조직 사업을 통해 당시 인구의 30% 가까이를 동학도로 만든 경상도 출신 해월 최경상이 주역이라는 것을 부인할 수는 없다. 그러나 경상도 지역을 답사 다니는 동안 경주, 상주, 예천 등 일부 지역을 제외하고는 경상도 땅에서 동학의 흔적을 발견하는 것은 쉽지 않았다.

여성동학다큐소설 작가들도 이번에 동학다큐소설을 준비하는 과정에서 경상도 땅에서도 엄청난 동학군들의 투쟁이 있었다는 것을 처음 알았다. 대단히 광범위하게 수만 명이 움직인 사건인데 어떻게 이렇게 철저히 묻힐 수 있었는지, 어떻게 대부분의 지역 주민들이 티끌만 한 정보도 안 갖고 있는지 놀라웠다. 경상도 사람들이 경상도의 역사를 알고 나면 동학 사랑이 남달라지지 않을까? 경상도편에서 사투리를 그대로 재연하고 싶은 욕심이 생긴 것은 그 때문이었다.

글 쓰기 전 동학 공부에 본격적으로 뛰어들면서 그간 제대로 평가받지 못한 해월의 삶에 대해 제대로 알게 되었다. 해월의 언행은 우리

가슴을 울리며 깊이 파고들었다. 동학이 한국뿐 아니라 전 인류의 영성을 깨울 수 있는 씨앗이 될 수도 있겠다 싶었다. 함께 작업한 동학 언니들과 만나는 일 자체가 하늘의 축복이라는 생각을 했다. 독일의 헬링거 박사는 '가족 세우기' 프로그램에서 우리는 조상들과 연결되어 있고 조상들이 한과 고통과 상처로 돌아가면 우리 후손들이 그 에너지를 받아 자기 삶을 살지 못하고 고통스런 삶을 살고 또한 후손들에게 그대로 대물림하게 된다는 이야기를 했다. 동학 120주년을 보내며, 우리가 하는 작업이 선조들의 한과 고통을 푸는 계기가 될 것이고, 그것이 곧 국가의 카르마를 푸는 작업이 되겠다는 확신이 들었다. 현재의 경상도는 다소 보수적이지만 동학혁명 당시에는 유무상자(가진 사람, 못 가진 사람이 서로 나누며 돕는다는)를 실천하는 진보적이고 헌걸차고 훌륭한 양반이나 민중들도 많았다는 것을 알리는 것만으로도 큰 성과라 생각한다. 명징한 평등사상으로 활발하게 살아 있었으나 시간이 흐르면서 묻혀 버린 진보의 역사가 동학다큐 경상도편을 통해 복원되기를 간절히 바란다.

처음 기획 단계에서 경상도 편을 쓰기 위해 경상도 출신 필자를 찾으려 애썼지만 결국 실패하고 15명의 동학언니들 중 5명이 덤벼들어 완성시켰다. 문경, 예천, 안동, 의성, 군위, 경주, 상주를 돌며 사투리를 채록했다. 해월은 경상도 깡사투리를 썼다지만, 13편에 골고루 등장하는 인물이라 그냥 표준말로 남겨 두었다. 미흡하지만 묻혀 있던 경상도 동학의 한 귀퉁이를 파헤친 것으로 이해해 주시면 감사하겠다. 독자들 중 이후에 경상도 동학을 더 풍요롭게 만들 경상도 작가가 나오기를 고대한다. 날짜는 당시 사용하던 음력으로 표기했다.

전체 작업을 통해 도움을 주신 박맹수 교수님, 동학을 연구하고 계승해 오신 많은 학자들과 관계자 여러분, 학초전을 보내 주신 학초의 후손 박종두 님, 작은 단서라도 알려 주려 애쓰신 후손들, 사투리 채록에 도움을 주신 각 지역의 마을 회관 어르신들께 감사드린다. 특히 상주 지역 사투리에 도움을 주신 정숙정, 김영태 선생님, 청산 삼방리 장녹골 상주댁 어르신들께 감사를 드린다. 그 밖에 많은 자료들에서 얻은 정보와 문장들을 일일이 출처를 밝히지 못하고 빌려 썼음을 너그러이 양해해 주시기 바란다.

우리가 되살려 놓은 것은 120년 동학 선배들의 극히 일부분일 뿐이다. 그들에게 무한 사랑과 감사를 드린다.

고은광순, 김정미서, 리산은숙

차례

하늘을 울린 뜻

1. 하늘님 수운에게 말 걸다

하늘의 책을 받다

경신년(1860) 4월 5일. 경주 용담정 주변의 온 산이 신록으로 뒤덮였다. 여름이 다가오고 있었다. 생일을 맞은 조카 맹륜이 이른 아침 하인을 시켜 최제우에게 말을 보냈다. 지동에 사는 맹륜의 집에 다다랐을 무렵 오한이 나고 어지러워 최제우는 잔칫상을 받을 조카에게 폐가 될 것이 걱정되었다. 하인에게 집에 들어가 주인에게 상황을 설명하라 이르고 다시 말을 돌려 집으로 향했다. 걱정이 된 맹륜이 쫓아 나와 저만치 가는 숙부를 불렀지만 최제우는 돌아보지도 않고 걱정 말라고 손만 휘휘 저었다. 집에 도착해 마루에 오르자 몸이 마구 떨려 와 정신을 차릴 수가 없었다. 이런 일은 당최 없었는데 이게 웬일인가?

갑자기 공중에서 소리가 들려왔다. 최제우는 놀라 몸을 일으키고 위를 올려다보았다. 아무것도 보이지 않았다. 그러나 소리는 더욱 똑똑히 들려왔다.

"두려워하지 말라. 세상 사람들이 다 나를 하늘님이라 하여 높여 절하며 정성으로 섬기거늘 너는 하늘님을 알지 못하느냐?"

"예? 하늘님이시락꼬요? 아니, 아니…. 우쩬 일이고 대체…. 이기…."

최제우는 영문을 알 수 없었다. 모습은 보이지도 않는데 하늘님이라며 말을 걸다니….

천서 ─ '깊이 오래 기도하라!'

최제선은 늙은 아버지마저 돌아가시고 혈혈단신이던 열아홉(1842)에 울산의 박 씨 처녀와 혼례를 올렸다. 2년 뒤에 장사를 해 보겠다며 유랑 길에 올라 전국을 떠돌아다녔다. 제선은 삶에 찌든 군상들을 보았다. 아버지 그늘 아래 숱하게 읽은 책 속의 지식은 백성들의 삶과는 너무나도 동떨어진 것이었다. 백성들은 병들고 굶주리며 탐학에 시달렸다. 집에 잠깐씩 들렀다가 다시 세상을 떠돌던 제선은 세상의 온갖 고통이 어디에서 비롯되고 어찌해야 해결할 수 있는지 답을 찾을 수 없어 갑갑했다. 결혼 후 9년 만에 아들 세정이가, 그 이태 뒤에 둘째 아들 세청이 태어났다. 마음속에 품은 큰 물음의 해답을 찾을 수 없었지만 자식들도 생겼는데 마냥 떠돌아다닐 수는 없었다.

갑인년(1854), 31세 되던 해. 제선은 유랑 생활을 마감하고 가족을 데리고 처가가 있는 울산으로 이사를 하였다. 제선은 울산읍 외곽의 여시바윗골에 세 칸 초당을 마련하여 독서와 사색을 하며 세상을 구제할 방안을 모색하였다. 생계는 둘째고 여전히 구도의 길에 미련을 버리지 못했던 것이다.

을묘년(1855) 봄, 제선이 노곤함에 젖어 사색에 잠겨 있을 때 웬 스님이 집 앞을 기웃거리다 문 안으로 들어오며 물었다.

"선생이 최 생원이신가요?"

"예, 맞습니다."

"나는 금강산 유점사에서 온 중이올시다. 백일기도 끝에 탑 위에 놓인 귀한 책을 하나 얻었답니다. 하늘의 심부름이라 생각하고 지금 임자를 찾아다니는 중이지요. 생원님이라면 혹 이해가 가실는지….″

제선은 스님이 바랑에서 조심스레 꺼내어 내민 책을 받아 들었다.

"제가 사흘 뒤에 다시 찾아올 테니 그동안 자세히 살펴보시지요."

사흘 뒤 찾아온 스님에게 제선은 미소를 띠고 말했다.

"스님, 아주 귀한 책이데요. 고맙게 잘 봤습니다."

스님은 반색을 했다.

"오, 과연 소문대로시군요. 이제 하늘의 뜻대로 임자를 찾아 전했으니 기쁘게 물러가겠습니다. 부디 책의 내용을 익히어 세상에 널리 덕을 행하소서."

스님이 비탈길을 내려가자 그를 배웅하러 뒤따라가던 제선은 고개를 갸웃거렸다. 조금 전에 떠난 스님이 자취도 없이 사라져 버린 것이다.

제선은 그 책을 읽고 또 읽었다. 신기하게도 자기의 모든 고민을 꿰뚫어 보고 있었다. 책이 그에게 알려 준 해법은 뜻밖이었다. 그는 책상 위와 주변에 자리 잡고 있던 서책들을 모두 선반 위에 올려놓았다. 책이 그에게 안내한 길은 '생각에 빠져 있지 말고 49일간 하늘에 기도하라.'는 것이었다.

기도처를 물색하고, 가족들의 생계를 도우며 한 해를 보내고 천성산 내원암을 기도처로 정했다. 병진년(1856) 여름, 드디어 제선은 내원암에 방 한 칸을 빌려 49일 기도를 시작했다. 쉽지 않은 시간들이었다. 오만 가지 잡생각이 머릿속을 휘젓고 다녔다. 시간이 흐르자 흙탕물의 흙먼지가 가라앉듯 시끄러웠던 사념들이 서서히 조용해졌다. 가부좌를 틀었던 다리가 불편해서 이리저리 고쳐 앉아야 했으나 시간이 흐르자 몸은 허공에 떠 있는 듯 어디에도 걸림이 없게 되었다. 아침에 눈을 감고 있으면 잠깐 지난 것 같았는데 눈을 떠 보면 어느덧 해는 서산으로 기울고 있었다. 점점 더 깊은 고요함 속에 빠져들었다.

그러나 이해의 49일 기도는 완성되지 못했다. 49일 기도 마감을 이틀 앞두고 숙부의 죽음이 눈앞에 떠올랐기 때문이다. 일찍 부모님을 여읜 제선에게는 아버지 같았던 분이다. 제선은 서둘러 경주 가정리 숙부의 집으로 갔다. 장사 준비를 하고 있던 동네 사람들이 모두 놀랐다. 제선 스스로도 신통력이 생기는 자신에 놀랐다.

숙부의 상을 치르고, 다시 생활의 방편을 마련하는 사이 두 해가 훌쩍 지나갔다. 이번에는 자기 소유의 논을 저당 잡히고 철점을 차려 장사를 하면서 기도 비용을 마련하였다. 무오년(1858) 한여름, 수운은 내원암 근처 적멸굴이라는 석굴 암자에 기도처를 마련하였다. 아침 저녁으로 밥을 나르는 일꾼 외에는 인적이 없는 산 중턱 석굴에서 49 일간의 수련은 제대로 마쳤지만, 언양 봉계리에 차렸던 철점은 빚만 키우고 있었다. 울산에서 사는 동안 딸아이 셋이 더 늘어났다. 더 이 상 버틸 수 없어 제선은 기미년(1859) 가을 가족을 데리고 다시 경주 로 돌아왔다. 그것이 지난해의 일이다. 다시 용담의 옛집을 수선하고 청소한 다음, 제선은 수운이라 호를 짓고 이름은 제우로 바꾸었다. '도통하지 않고서 다시 이 산을 내려가지 않는다!' 그는 각오를 단단 히 했다.

젖먹이 딸까지 아이가 다섯이나 되었으니 집 안이 조용할 리 없었 다. 그러나 수운은 지독한 집중력으로 기도에 정진했다. 겨울이 지나 고 새해가 되자 짧은 시간 동안에도 그는 점점 더 깊은 고요의 경지 로 들어갈 수 있었다. 그런데 오늘 조카 맹륜의 집을 가던 중 몸이 떨 리고 마음이 불안하여 급히 집으로 돌아온 수운에게 전에 없던 일이 벌어진 것이다.

반년의 가르침

"하늘님이시마 당최 내한테 뭐를 가르치실락꼬요?"

수운은 여전히 두려움 반 의심 반으로 허공을 향해 물었다.

"세상 문이 열리고 오만 년이 지났으나 나 또한 애만 썼을 뿐 공이 없었다. 그래서 너를 세상에 드러나게 하여 이 법을 가르치려 하니 의심하지 말라. 너는 계속 원망하며 하늘님을 불러 댔었지. 나는 네가 울부짖으며 간절히 진리를 구하는 것을 오래도록 지켜보았다. 그러다가 최근에는 49일 기도까지 하지 않았느냐? 그러니 이제 네가 내 말을 알아들을 수 있을 때가 된 것이야."

"그러면 하늘님은 지금 제게 서도(西道)를 가르쳐 주실라는교? 제가 그걸로 사람을 가르치락꼬요?"

"아니다. 아니다. 나에게 영부(靈符: 신령스러운 부적)가 있으니 그 이름을 선약(仙藥)이라 한다. 그 모습은 궁궁(弓弓)이며 또 태극이니, 내 영부를 받아 사람들의 질병을 고치고 내 주문을 받아 사람들을 가르치되 나와 같이 되게 하면 너 또한 이름을 오래 빛내며 덕을 천하에 펼치게 되리라."

이 말이 끝나자 수운의 눈앞에는 아무것도 보이지 않고 다만 무한한 허공에 찬란하고 휘황한 빛이 가득 차 번쩍거렸다. 우주의 이 끝과 저 끝이 서로 맞닿은 듯, 하늘과 땅의 뿌리가 서로 얽히어 온 천지 만물이 그 안으로부터 나왔다 꺼지고 꺼졌다가 다시 나타나는 듯했다.

무엇이 영부인가 자세히 보려 하니 광채가 갑자기 사라져 버리고 공중에서는 아무 소리도 들리지 않았다.

'허어…. 내가 귀신에 홀린 거 아이가.' 수운은 잔뜩 긴장해서 상하 좌우를 둘러보았지만 아무것도 발견할 수 없었다. 다시 눈을 감고 고요히 마음을 가라앉혔다. 잠시 후 다시 하늘과 땅의 속을 뚫고 일만 물건을 관통하여 눈앞에 분명한 영부의 광채가 보였다. 공중에서 소리가 들려왔다.

"백지를 펴서 이 영부를 받아라!"

수운이 백지를 펴니 한 줄기 빛이 백지 위에 비치어 이리저리 움직이는데 그 모양은 태극의 모습 바로 그것이었다. 빛은 궁을(弓乙) 모양 곡선으로 획이 끊이지 않고 움직였다. 수운은 열 살 먹은 큰아들 세정을 불렀다.

"세정아, 이기 뭐로 비노?"

"무슨 말 하시능교, 아부님? 내한테는 암 것도 안 비는데요…."

그러더니 제 어미를 부른다.

"어무님, 여 좀 와 보이소. 아부님이 이상하다."

"여보, 대체 뭐가 있다고 그라능교? 암것도 없는데."

막내딸에게 젖을 물리느라 무릎걸음으로 건너온 아내는 어이가 없다는 듯이 눈을 찡그리고 남편을 쳐다보았다.

또다시 공중에서 소리가 들렸다.

"영부는 사람의 병을 고치고, 사람의 죽은 혼을 구하여 살아 있는 혼으로 돌이키며 인간사회의 모든 죄악과 병폐를 다스리는 불사약이니 미욱한 인생이 그것을 보겠느냐? 네 손으로 종이 위에 그려 불에 태워 맑은 물에 타서 먹어 보아라."

수운은 획이 끊어지지 않게 안내하는 빛을 따라 붓으로 궁을(弓乙) 모양을 그리고 태운 재를 물에 타 먹었다. 냄새도 맛도 없었다. 며칠 동안 수백 장을 그려서 먹어 보았다. 몸이 윤택해지고 얼굴에서 빛이 났다. 묵은 생각과 낡은 마음이 구름처럼 사라지고 새로운 정신이 샘처럼 솟아났다. 만물의 본성이 눈앞에 환하게 드러났다. '세상에 나…. 이기 진실로 선약이대이.' 수운은 천하를 다 가진 듯했다.

수운이 영부를 먹고 신선의 몸이 되었다는 소문을 듣고, 동네 사람들이 지병을 고친다며 그 영부를 얻으러 왔다. 수운은 흔쾌히 영부를 그려 불에 살라 마시도록 했다.

그런데, 어찌 된 일인지, 효험이 있는 자도 있고, 전혀 없는 자도 있었다. 까닭을 알 수 없었다. 병자를 치유할 수 있다는 사실에 그토록 좋아했건만…. 사람들이 반신반의하게 되니, 아니한 것보다 못한 지경이 되고 있었다. 수운도 의심이 생겨났다.

며칠 뒤 공중에서 다시 소리가 들렸다. 수운은 하늘님에게 물었다.

"주신 영부가 누구한테는 효과가 있고 누구한테는 효과가 하나도 없습니다. 와 그라는교?"

"영부란 사람의 정성과 공경에서 나온다. 정성과 공경으로 하늘의 덕에 잘 순응하면 영부는 천지 만물의 생명, 사람의 생혼, 세상을 살리는 하늘의 대혼백이 된다. 그러나 건성건성 믿음도 없이 먹는 자에게 그것은 아무 의미 없는 물일 뿐이니 약의 효과는 자기에게 달린 것이다.”

“병을 치료하는 기 각자의 믿음, 각자의 마음에 달려 있다는 말씀인기요?”

“그렇다. 자기 안에 수많은 의사가 있느니라. 삼가고 삼가서 스스로에 정성을 쏟고 스스로를 공경하면 몸 안의 의사가 병을 고치느니라.”

“삼가고 삼간다는 기는 무슨 뜻인교?”

“성내고, 짜증내고, 미워하고, 두려워하고, 걱정하는 것들은 모두 스스로를 해치는 것이니, 삼간다는 것은 닦고 단련하여 마음의 기둥을 태산처럼 굳건히 하늘에 뿌리 내려 작은 마음에 휘둘리지 말아야 한다는 것이다.”

“성내고 짜증내고…. 그기 지 자신을 해친다는 말은 그 때문에 병이 생긴다 이 말씀이지요?”

“그렇다. 병이 생기기도 할뿐더러 잘 낫지 않기도 하지. 그게 우주의 마음이다. 우주가 생명의 꽃을 만들 때 큰 공을 들였다. 자기가 얼마나 소중한 존재인 줄 모르고 함부로 여기면, 또한 다른 존재들을 함부로 여기면 하늘로부터 나오는 생명의 물줄기는 약해지기 마련이지.”

"첫날에 하늘님이 가르침을 받으마 '내처럼 된다.'고 하셨는데요. 저뿐만 아니라 제가 가르침을 주는 자들도 모두 하늘님처럼 될 수 있는교? 당최 저희 같은 어리석은 사람이 어찌 하늘님과 같아질 수 있는교?"

"나는 너이기도 하고 너는 나이기도 하다."

"우덜같이 미천한 인간이 우째 하늘님과 같겠는교? 노력을 한다고 한들 어떻게 하늘님과 같아질 수 있겠는교?"

"의심하지 말라. 나는 너희를 나와 같게 창조했다. 너를 낳고 길러준 부모뿐 아니라 천지 역시 너희 부모다. 부모가 너희를 먹이고 입히고 키우는 것처럼 하늘과 땅도 너희를 먹이고 입히고 키운다. 나는 인간뿐 아니라 돼지, 닭, 호랑이, 지렁이, 나무, 풀, 바위, 물, 불…, 눈에 보이는 것, 우주에 존재하는 것 모두를 만들었다. 우리는 하나에서 나왔고 하나로 돌아간다. 우리는 하나다."

"아이고, 도무지 알 수 없네요. 우째서 하늘님과 지가, 호랑이와 지렁이가 같다고 하시는지."

"너의 몸에 네 부모와 조상의 정령과 심령이 깃들어 있고, 네 태초의 조상에는 하늘과 땅의 정령이 깃들어 있다. 호랑이와 지렁이도 하늘과 땅의 정령으로 만들어진 것이며, 그 생명의 시작과 끝이 모두 우주 안에 있으니, 그렇게 우주의 정령을 품고 있는 것은 모두 하나인 것이다."

"우리가 모두 하나라고 하시는데, 우리가 살아갈라만 짐승이나 곡식 같은 다른 생명을 먹어야 안 되는교. 그건 우짭니까?"

"수태가 되는 순간은 천지의 기운으로 도움을 받지만, 태중에서는 어미의 기운으로 커지고, 태어나서는 후천의 기운으로 살아가는 법. 후천의 기운은 음식을 먹음으로써만 얻을 수 있는 것이니 살아가기 위해 다른 생명 가진 것을 취하는 것은 하늘의 이법이 그러하니라. 그러니 먹을 때는 늘 감사함을 표하고, 넘치게 먹어 필요 이상으로 해쳐서는 아니 되느니라."

"예. 알겠습니대이. 근데 어데 계시다가 인자 눈앞에 나타나셨는교?"

"나는 항상 너와 함께 있었다. 나는 누구에게나 언제나 어디에나 있다. 느낌으로도 전하고 마음으로도 전한다. 말하는 게 유일한 방법은 아니니까."

"언제 어느 때나 세상에 기신다믄 세상이 우째 이리 험한교? 양반네들과 관리들은 백성들 고혈을 짜느라 눈이 벌겋습니더. 누구는 날 때부터 귀한 존재라 카고 누구는 날 때부터 천한 존재라 카매 차별을 당연히 여깁니더. 욕하고 때리는 거를 당연한 권리로 여깁니더. 백성은 흉년에 배곯아 죽고, 역병이 돌아 죽으니 세상에 고통이 가득합니더. 또 요 근래 들어서는 서양 세력이 들어와 무력을 과시하니 백성들이 우왕좌왕하고 있십니더. 우째 탐욕스러운 자들을 이르케 맨드셨는교?"

"모두 자기가 하늘님인 것을 못 깨달은 자들이다. 자기 안의 하늘을 보지 못하고 진흙탕에서 구르며 잘난 척하는 자들이지. 하늘의 길, 천도를 알게 되면 달라질 것이다. 하늘의 길은 무위이화(無爲而化), 춘하추동 동서남북이 존재하듯 자연스럽게 돌아간다. 각자의 몸 안에 우주의 신묘한 기운이 다 들어가 있느니라. 하늘 기운을 받아, 하늘 성품을 지니고, 하늘마음을 지키고, 하늘 가르침을 받으면 사람과 하늘이 둘이 아니라는 이치를 알게 될 것이다. 그들도 신선이다. 그들의 못된 짓을 보고 다른 이들이 자기 속의 어린 신선을 키워 내지. 그들보다 너희가 부지런히, 더 많이 자기 속의 잠자고 있는 신선을 깨워 가라. 미련한 자들보다 밝은 자들의 숫자가 몇 배나 많아져야 한다."

"진즉에 천도를 가르치셨으믄 좋았을낀대요."

"늘 가르쳐 왔다. 천도를 못 깨우치니 하늘을 공경치 않고, 하늘과 같은 자신을 공경치 않고, 이웃을 공경치 못하는 것이지. 네가 상근기를 가졌고 열심히 간구하니 네 앞에 나를 드러낸 것이다. 차차차차 너의 질문에 답할 것이다. 조바심치지 마라."

수운은 평소에 궁금하던 일들을 정리해 가면서 하늘님에게 물었다.

"내 마음에 억수로 미운 사람이 있으만 우째야 좋은교?"

"성내고, 짜증 내고, 증오하고…. 모두 자기를 먼저 해치는 것이니 그만두어야 한다고 말했다."

"그치만 그기 보통 사람들한테 쉽겠는교?"

"우주 만물이 하나라는 것을 늘 마음에 두어 잊지 않고, 마침내 생각하지 않고 숨을 쉬듯 그러한 마음이 자연스레 우러나도록 해야 한다. 그러면 만물이 그 안에 아기 신선을 가지고 있다는 것을 받아들이게 된다. 그것이 잠들어 있으면 모자란 짓거리를 해서 미움을 사게 되지. 그러니 옆에서는 그 사람을 모자라다고 미워하지 말고 그 안에 있는 신선이 커지기를 빌어주면 된다. 그러면 그도 알게 모르게 자기 안의 신선을 키우게 되지. 그게 가장 빠른 방법이다. 욕하고 때리고 미워한다고 해서 달라지지 않는다. 불가에서도 그러지 않느냐? 마구니도 부처라고. 밉고, 모자란 자들도 나의 수행이 깊어질 수 있도록 돕는 존재이니라. 감사해야 한다."

"언제 개벽 세상이 이루어질까요?"

"만물 안에 하늘이 들어 있고 그래서 너와 내가 귀한 존재라는 것, 밟고 밟힐 수 있는 관계가 아니라는 것을 알면, 모두가 경쟁하는 존재가 아니라 도와야 하는 공동 운명체라는 것을 알면 이미 개벽은 시작되는 것이다. 그렇게 깨닫는 사람들이 많아져야 하느니라."

"그카지만 부귀를 독차지한 양반은 힘을 갖고 있고 백성은 그 힘을 이겨 낼 수가 없지 않는교?"

"그 힘을 파고 들어가 보았느냐? 탐욕은 우주를 감동시킬 힘이 되지 못한다. 가진 재산이야 타 버리면 사라지는데 그것이 무슨 힘이 있다는 말이냐. 단지 자기 스스로 존귀한 척하고 있을 뿐, 우주는 그들에게 진정한 힘을 주지 않았다. 아주 작은 선함이, 아주 작은 밝음이 모여 우주를 감동시켜야 한다. 그 힘이 탐욕을 이겨 낼 것이다. 세상은 그렇게 변해 갈 것이다. 그 세상은 내가 만들지 않는다. 너희가 만들어 내게 될 것이다. 그것이 개벽이다."

"저희들이 조심할 거는 뭐인교?"

"탐욕스러운 자들은 무기를 만들 것이다. 무기를 가지면 휘두르고 싶어지고 상대가 발밑에서 쓰러질 때 더욱 잘난 줄 알지. 무기를 가진 놈은 상대를 악으로 몰아갈 것이다. 그러나 나는 악한 생명은 만들지 않았다. 다만 깨닫지 못하는 자들이 깨닫기 전에 일을 저지르지. 왜를 조심하라. 욕심이 많은 큰 나라들을 조심하라. 그들이 가진 무기, 만들어 낼 무기를 조심하라. 무기의 힘을 믿는 자, 그것으로 망할 것이지만 망하기 전에 너무 많은 상처를 만들 것이 걱정이다."

"하늘님은 언제 또 지한테 나타나실 건데요?"

"또 한 번 말하거니와 나는 언제나, 어디에나, 누구에게나 있다. 그 사실을 잊지 말아라. 네 눈에 보이지 않아도 나는 존재한다. 네 안에도, 네 밖에도 있다."

"지 나이 서른일곱이 돼서야 나타나지 않으셨는교?"

"그 전에도 나타났다. 네가 알아보지 못했을 뿐이지. 따듯한 햇살이 나이고, 흰 눈 위의 반짝임도 나이다. 마른 땅 위를 적시는 비도 나이고, 매화의 향기도 나이다. 잎을 붉게 물들이는 것도 나이고, 알을 품고 있는 어미닭 속에도 내가 있느니라. 가여운 것을 보고 눈시울을 붉히는 것도 나이고, 머릿속에 아름다운 생각을 떠올릴 때 그때도 내가 있느니라."

"지 안에도 계신닥꼬요?"

"그렇다. 네 안에 모든 궁금증이 사라지는 날, 오심즉여심(吾心卽汝心), 나는 네가 된 것이다. 너는 내가 된 것이다."

수운은 고개를 갸웃거렸다. 알 듯 말 듯 손에 확실하게 잡히지 않는 말씀들이었다.

수운이 새벽에 일어나 책을 보고 있는데 간난이¹가 죽 그릇을 들고 방으로 들어왔다. 결혼 후 유랑 생활을 할 때 집에 홀로 남아 있던 박씨가 얻어 기른 주씨 성을 가진 아이다. 세 살 때 한 식구가 되었는데 지금은 열네 살이 되었다. 용담에 들어와 훈장 노릇으로 아내와 아이들 다섯, 여종 둘 모두 아홉 식구가 그나마 죽이라도 먹을 수 있는 게 감사했다. 간난이가 죽 그릇을 바닥에 내려놓는데 꿈적거리는 눈에서 눈물이 흘러내렸다.

"와 우노?"

"우는 게 아이고요, 눈에 뭐가 들어갔능가배요. 엄청 따갑고 아프네요."

"어디 보제이. 이런…. 눈썹이 하나 빠져 안쪽을 찌르고 있었네."

수운은 간난이의 아래 눈꺼풀을 뒤집고 눈썹을 조심스레 꺼내 주었다. 간난이가 눈을 깜박이더니 밝게 웃었다.

"아, 이제 안 아픕니더. 고맙심대이, 나리마님."

수운은 상을 물리고 다시 고요히 눈을 감고 앉았다. 공중에서 소리가 들렸다.

"천도가 무엇인지 더 깊게 생각해 보았느냐?"

"예. 그런데 삼라만상이 하늘님이고 하늘님이 삼라만상이라는 말씀 말이라요, 내가 하늘님이고 하늘님이 나라는 말씀은 무슨 소린동 이해가 잘 안 되니더."

"간난이의 눈을 보았지?"

"예? 아, 예."

"눈꺼풀을 아래로 내려 보면 눈머리 쪽에 조그만 구멍이 하나 있거든."

"예. 아주 작은 구멍이 하나 있지요."

"그게 무엇일 것 같으냐?"

"눈물이 나오는 구멍 아닌교?"

"눈물 구멍? 아니다. 얼굴에 주름진 노인네들은 항시 수건으로 눈물을 훔쳐 내지 않더냐? 그렇게 눈물은 언제나 흐르게 마련이다. 눈에 물기가 없으면 뻑뻑해서 눈꺼풀을 깜빡일 수 없지. 그래서 눈물이 항상 흐르게 한 것이다. 물은 위에서 아래로 흐르지 않더냐? 그러니 그렇게 흘러내린 눈물이 빠져나갈 구멍이 있어야 되겠지? 그 작은 구멍은 눈물이 빠져나가는 길이란다. 눈물길은 입천장으로 뚫어 놓았지. 찝찔하기가 침과 같으니 눈치채지 못할 뿐이다."

"아, 그래 늙으만 주름 때문에 눈물 나가는 길이 막히가 눈물이 넘치는가배요."

"그렇다. 그럼 그 눈물길은 누가 만들었을까? 네 어머니가?"

"어, 글쎄요."

"그 눈물길은 호랑이에게도, 강아지, 거북이, 뱀에게도 있다."

"아, 그라마 그거는 천지 부모가 맹그는 거네요. 아, 존재하는 숱한 생명을 그렇게 천지 부모가 공들여 신경 써 가며 맹그는 거네요. 그래서 우리가 한 형제, 하나라고 하싰는교?"

"파리, 모기, 물고기, 멧돼지, 비둘기···. 모두 태어나서 자라나 짝 짓기하고 알을 낳거나 새끼를 낳아 키울 때까지 먹고 싸고 움직이는 모든 동작 하나하나가 땅 위에 살아가며 후손을 만들어 생명을 이어 갈 수 있도록 만들었지. 짐승뿐 아니라 풀과 나무도 마찬가지다."

"그라믄 낭구가 겨울에 잎을 떨구는 것도 추운 겨울을 나기 위한 방편이고, 꽃잎이 떨어지는 것도 지 할 일을 끝내고 열매를 맺어 씨를 영글게 하기 위한 거니 아쉬워할 일도 아니네요."

"그래. 씨앗에서 뿌리가 나는 것, 꽃이 피었다가 열매가 달리는 것, 닭의 알에서 병아리가 나오는 것, 어미가 아기를 잉태하고 출산하는 것···, 모두 애쓰지 않아도 저절로 된다는 무위이화(無爲而化)는 알고 보면 그 속에 우주의 수고가 깃들어 있는 작용을 이르는 것이지. 지금 여기 천지간에 존재하는 모든 것은 그렇게 공들여 만든 것이다. 그러니 하나하나가 모두 하늘님이지. 너희는 버러지 같은 것이라고 욕을 하지만 그 버러지도 나는 아주 공들여 만들었느니라. 모든 만물이 생명을 이어 나가는 순간순간이 모두 경이롭지 않은가? 알고 보면 주변에서 움직이는 것, 변화하는 것은 모두 기적과 같은 일들이 연속되는 것이다."

수운은 잠시 말을 잊었다. 세상에는 이렇게 아름다운 기적이 연속되고 있구나. 수운의 마음 깊은 곳에서 환희심이 올라왔다. 그렇건만 유랑 생활 동안 보았던 중생들의 고통은 쉽게 마음속에서 지워지지 않았다. 알고 보면 모든 존재가 다 하늘님이고 소중한 존재들인데 탐학을 하는 자들은 그것도 모른 채로 제 배만 부르기 원하고 제 자신만 영화를 누리려 하고 있지 않은가.

"그캐도 우째야 인간 세상의 고통과 괴로움을 줄이거나 피할 수 있겠는교?"

"인간 세상의 고통과 괴로움은 너희 속에서의 분별심을 없애야 사라진다. 양반과 상놈, 주인과 하인, 여자와 남자, 어른과 아이, 부자와 가난한 자, 그리고 너와 나…. 사람과 짐승, 짐승과 벌레, 벌레와 풀과 나무, 하늘과 바다, 바람과 구름…. 그 모든 것들이 둘이면서 둘이 아니요, 한 하늘로부터 비롯된 형제임을 알고, 깨닫고, 느껴야 한다."

"그거는 세상 사람들이 오히려 이 세상에 바꿀 수 없는 이치라고 주장하고 있는 기 아입니꺼. 그 분별심을 우째 없앨 수 있는교?"

"마음이 달라져야 한다."

"마음이 우째 하마 달라질 수 있는데요?"

"본래의 모습을 알아야 한다. 본래의 모습을 보려 하면, 그러한 눈을 가져야 하고, 그러한 눈을 가지려면, 지금의 그 마음이 바뀌어야 하느니라. 그 마음은 누구의 마음도 아닌 네 마음이니, 네 마음을 누가 바꿀지는 네가 생각해 보면 알 것이다."

수운은 또다시 뒤통수를 얻어맞은 것 같았다. 내 마음은 내가 먹는 것이다. 내가 스스로 만들 수 있는 것. 내가 스스로 실천하고자 하면 할 수 있는 것. 내가 달라져야 하는 것이다.

나한테 달려 있다.

하늘님의 시험

수운과 하늘님과의 문답은 9월까지 이어졌다.[2] 수운이 가졌던 많은 궁금증이 풀렸다. 그런데 9월 어느 날 새벽에 다시 시작된 하늘님의 말씀은 이전과는 다른 것이었다.

"네가 지금 그릇된 세상을 건지고 고생에 빠진 창생을 살리고자 하니 그 뜻은 대단히 아름다우나 그 일을 행하려면 반드시 가져야 할 것이 있다."

"그기 뭔데요?"

"돈과 권력이 그것이다. 그것이 있어야 세상을 구하고 다스릴 것이다. 내가 너에게 재상 자리를 주어 천하를 건지게 하리라."

"이 세상은 돈으로 망하고 권세로 망하게 됐는데 인자 와서 다시 부귀로 세상을 건지락꼬요? 사나운 걸로 우째 사나운 거를 엄쎌 수 있는교. 지는 싫니이더."

수운은 단호히 말했다.

"네가 만일 부귀를 원치 아니하면 조화 술수를 부려 세상을 건지게 하리라."

"이 세상은 권모술수와 간교함으로 망하고 있지 않는교. 우째 다시 사람의 적은 꾀로 백성을 속여 일시의 평안을 건지겠는교? 그거도 싫습니이더."

대체 하늘님이 어쩌자고 내게 이러시는가. 수운은 미간을 찡그렸다.

"그렇다면 내게 조화의 술법이 있으니 이로써 세상을 건지라."

"그거는 이치에 어긋나는 일입니이더. 만물이 다 천지 우주의 애씀으로 무위이화 원리대로 살고 있는데, 우째 이치에 어긋나는 술법으로 세상을 건지겠는교. 우째 하늘님이 그릇된 도를 지한테 갈치려 하시는교? 내 인자부터는 하늘님 가르침을 안 들을랍니이더."

수운은 지난 몇 개월 동안 자신에게 가르침을 베풀어 오던 하늘님의 존재로부터 배신을 당한 듯한 느낌 때문에 나락으로 떨어져 갔다. 아니 어찌 믿었던 하늘님이 이렇게도 실망스러운 말씀을 하신다는 말인가? 귀를 막고 절망 속에 열하루 동안 음식을 먹지 않고 지냈다. 박 씨와 아이들, 간난이도 모두 수운의 고통스러운 침묵에 멀찌감치에서 입을 다물고 있었다.

한로 상강을 지나 입동을 앞두고 있었다. 아침저녁으로 바람이 차가웠다. 수운은 몰라보게 수척해지고 있었다. 영부를 태워 마시는 일도 하지 않았다.

내가 신이다

"갸륵하도다. 네 뜻이 아름답고 네 절개가 가상하구나. 너의 공부가 이미 지극하고 수련한 날이 충분하다. 행함이 이미 넉넉하니 이제 네게 무궁무궁의 조화를 내리노라."

하늘님이 수운의 마음을 흔들고자 한 뜻을 그제야 알고 나니 수운의 마음이 눈 녹듯 풀어졌다. 수운은 다시 마음을 모으고 기를 바르게 하여 물었다.

"조화의 이치가 뭐인교?"

"조화는 세상 사람들이 보기에는 저절로 이루어지는 일들이나, 그 속내에는 다 내 힘이 미치는 작용이니라. 그러나 내 힘은 또한 곧 세상의 힘이니, 내가 세상을 낳고, 세상이 다시 나를 낳는 그 무궁한 되돌아옴이 조화의 이치이니라."

"이제, 제가 무엇을 하면 되니꺼."

"내 마음이 곧 네 마음이라 하였다. 사람이 어찌 이것을 알리오. 천지는 알아도 귀신은 무엇인지 몰랐을 것이다. 귀신이라 함도 나이니라. 네가 이제 무궁의 도를 받았으니 네가 먼저 수련하고 글을 지어 사람을 가르치고 그 법을 바르게 하여 덕을 세상에 펼치라. 그리하면 오만 년 동안 애써 노력해 왔으나 이룬 것이 없던 나도 비로소 성공하고, 너 또한 이름을 널리 떨쳐 천하에 빛나게 되리라."

이 말을 듣는 순간 갑자기 뜨거운 한 줄기 바람이 수운의 머릿속으로 들어왔다. 정신에 새 기운이 돌며 마음에 새 생각이 일어나더니 지금까지 공중에서 들리던 소리가 사라졌다. 대신 하늘님의 말씀이 수운의 마음에서 우러나와 스스로 묻고 스스로 답하게 되었다. 하늘과 땅, 해와 달, 별들과 풀과 나무, 짐승과 인간이 모두 하나로 어울리고 억천만 리 공간이 눈앞에 펼쳐졌다. 억천만 년 시간이 눈앞에 있어 먼 데도 없고 가까운 데도 없으며 과거도 없고 미래도 없이 백천억 헤아릴 수 없는 시간과 공간이 한 조각 마음속에 떠도는 것을 보았다.

수운은 조용히 앉아 하늘님이 알려준 주문을 외웠다.
"시천주 영아장생 무궁무궁만사지(侍天主 令我長生 無窮無窮萬事知) 내 안에 하늘을 모셨으니 내가 오래 살겠고 끊임없는 지혜로 앎이 커지리이다."
박씨 부인은 처음에 남편이 혼자 앉아 자문자답하는 모습을 보고 근심 걱정이 태산 같았다. 중얼중얼 주문을 외우는 모습도 견딜 수 없었다. 박씨 부인은 남편이 정신이 이상해졌다며 몇 번이나 용담 못에 빠져 죽겠다고 뛰쳐나갔다. 수운은 아이들이 울부짖는 소리를 듣고 그때마다 뛰쳐나가 아내를 붙잡고 그 앞에 무릎을 꿇고 절을 했다.

"여보. 당신이 놀라는 것도 무리가 아이요. 을매나 이상하겠소? 내도 믿기지 않는데. 하늘님이 내게 오셨소. 내 귀에는 소리가 들리고 빛이 비이는데 당신과 얼라들한테는 비이지 않았던 모양이오. 그기도 하늘님의 조화 아니겠는교?"

"그래 하늘님이 머라 하시든대요?"

"내 차차로 다 말해 주께요. 중요한 기는 우리 안에 하늘님이 있닥카는 기요."

"우리 안에 하늘님이락꼬요?"

"그렇다니. 나하고 당신, 얼라들 그카고 간난이와 꽃분이 모두한테 하늘님이 있닥카셨으요. 세상 사람 모두, 짐승도 초목까지도 모두 모두 하늘님을 품고 있다니더."

수운이 방 안에서 혼자 자문자답하는 모습은 박씨 부인을 절망하게 했으나 수운이 간절하고도 차분한 음성으로 시간과 공을 들여 하늘님과 했던 대화 내용을 차근차근 설명해 주었으므로 박씨 부인도 차츰 의심을 풀고 그의 말에 귀를 기울이게 되었다. 그리고 수운의 말을 좋아하는 첫 번째 사람이 되었다. 박 씨는 하늘이 바라는 것이 차별 없는 세상이라는 말에 크게 공감했다. 부부는 간난이를 첫째 딸로, 큰아들 세정이 또래인 꽃분이는 자라면 며느리로 삼자고 약속했다.

동학의 탄생

겨울이 지나가고 신유년(1861) 봄이 되었다. 경주에 신인(神人)이 나타났다는 이야기가 돌더니 소문은 바람을 타고 무섭게 퍼져 나갔다. 한편으로는 수운의 말에 귀를 기울이고, 찾아와 가르침을 구하는 이도 있었으나 웬 일인지 가르치려고 하지 않았다, 다른 한편으로는 수운을 시기하고 비방하는 사람들도 적지 않았다. 특히나 최씨 문중의 사람들은 부친 근암공의 위신과 집 안의 가풍을 어지럽힌다며 원망하고 나무라는 소리를 하루도 그치지 않았다. 도가 한 자 높아질 때 마(魔)는 열 자가 높아진다는 말처럼 소문이 분분하던 신유년(1861) 6월을 넘기면서 수운은 드디어 사람들을 맞아들여 물음에 답하기 시작했다. 이치 문답을 하려는 사람도 많았지만, 무너져 가는 세상의 윤리를 걱정하는 유생, 나날이 높아져 가는 서양 세력의 위협 앞에 등불처럼 흔들리는 나라를 구할 방법을 묻는 지사들도 적지 않았다. 또한 수운의 신비한 비방을 받아 병을 고치려는 사람도 부지기수로 몰려들었다.

수운은 병든 이들에게 영부를 태운 선약을 주고 그들에게 주문을 가르쳐 주었다.

"지기금지 원위대강 시천주조화정 영세불망만사지(至氣今至 願爲大降 侍天主造化定 永世不忘萬事知), 지극한 하늘 기운이여 지금 여기 크게 내리소서. 내 가슴속 하늘님 모시니 조화가 자리 잡고 영원토록 잊지 않으니 만사가 다 깨달아지리라."

또한 이치를 따져 묻는 이들에게 수운은 자신이 하늘님에게서 받은 도는 서학과 다른 생명, 살림, 빛의 뜻이 포함된 동학(東學)이라는 것을 설명하고 무엇보다 먼저 부부와 가족이 모두 함께해야 한다는 것을 주문했다. 내 안에 하늘이 있으니 소중한 존재이며 가족, 이웃, 삼라만상이 모두 하늘을 모시고 있으니 모두 한결같이 소중한 존재임을 알아차려야 한다고 강조했다. 모두에게 공손했고 서로서로 존중하는 모습이 귀하다고 했다. 작은 것을 소중히 여겨야 할 것과, 모든 생명이 귀함을 이야기했다.

양반은 상놈을 짐승 취급하던 시절이었다. 백정과 과부는 사람 취급도 하지 않던 시절이었다. 관리는 백성을 마구 다루던 시절이었다. 짓밟히며 한숨을 쉬고 살던 사람들은 지금까지 살아오며 누구에게도 들어 보지 못한 아름다운 이야기를 수운에게서 들었다. 아, 내가 그렇게 소중한 사람이었던가? 아니, 우리 모두가 서로에게 그렇게 귀중한 존재들이었던가? 미물들에게 인사를 건네니 마음이 하늘로 날아오르는 듯했다. 학대하고 무시하고 돌아서면 가슴 한구석이 찜찜했지만, 존중하고 귀하게 여기면 돌아서면서 마음속에 환한 빛이 들어차는 것이 정말 신기한 노릇이었다. 무엇이든 있는 자와 없는 자가 서로 나누었다. 혼자 먹으면 배가 불러도 마음 한구석이 허했지만 기쁜 마음으로 나눠 먹으면 배가 덜 차도 가슴이 뿌듯한 것 역시 참말로 이상할 노릇이었다.

수운이 마련한 강연의 자리에 참석하여, 함께한 양반에게 존댓말을 처음 들었을 때 백정은 천지가 개벽한다는 게 무엇을 뜻하는지 비로소 깨달았다. 광주리 장수 아줌마나 갖바치나 옹기 장수나 소금 장수나 모두 터질 듯한 가슴을 안고 용담 계곡을 나섰다. 검곡에 들어가 화전을 일구고 살던 최경상(후에 최시형, 해월)이 수십 리 길이 멀다 않고 찾아와 입도한 것도 그해 여름이었다.

유학하는 양반들이 모여 수군대기 시작했다. 삿된 도로 양반과 상놈이 엄연한 신분 질서를 파괴하는 위험하고 불순한 자이니 경계해야 한다고 했다. 경주 관아에 가서 현감을 쑤석거리니 관은 수운에게 모든 활동을 중지하라고 명령을 내렸다.

수운은 그해 겨울 남원 은적암에 피신을 가야 했다. 한시도 쉴 수 없었다. 좀 더 많은 이들에게 하늘님의 말씀을 전달해야 했다. 용담가에 이어 포덕문, 교훈가, 도수사, 권학가, 논학문 등을 계속 지었다. 이어 수덕문, 몽중노소문답가를 지어 제자들에게 보내고, 다음 해인 임술년(1862) 여름을 지나 경주로 돌아가니 서면 일대의 길이 메어질 정도로 찾아오는 사람들이 많아졌다. 박 씨와 간난이가 손목이 저릴 정도로 쌀을 씻어 밥을 지어야 했고 손님들이 들고 오는 곶감의 싸리 나무 꼬챙이가 집 밖에 산처럼 쌓여 나무꾼이 산으로 가다 말고 지게에 담아 돌아갈 정도가 되기도 했다.[3]

임술민란으로 세상이 시끄러우니 관에서는 전보다 더욱 수운을 주시했다. 이런 와중에 협잡꾼이 끼어들어, 수운을 잡아들이면 그를 따르는 무리들이 속전을 바칠 거라며 경주 영장을 부추기니 영장이 9월에 수운을 체포했다. 그러나 수운의 제자 수백 명이 관문 앞에 몰려와 거세게 항의하니 영장은 엿새 만에 방면할 수밖에 없었다.

수운은 서서히 준비를 해야 했다. 겨울부터 다음 해인 계해년(1863) 봄까지 대구, 신령, 영천, 청하, 영덕, 영해를 돌아다니며 포덕에 힘을 쏟았다. 50~60가구 단위로 접을 만들고, 30여 개 접을 공식화하고, 각 접에는 책임자인 접주를 임명했다. 여름이 되자 유생들이 본격적인 배척 운동에 나섰다. 수운은 제자 중에 조용하면서도 성실하며 심지가 굳은 최경상에게 북도중주인을 맡겼다.[4] 경주 남쪽은 수운이 드나들며 관리할 수 있으니 경주 북쪽은 책임자가 따로 필요했던 것이다. 추석 전날 수운은 최경상에게 도통을 전했다. 만약 일이 생길 경우라도 최경상이라면 모든 조직을 관리하며 책임지고 이끌어 갈 만하다고 판단하였다.[5]

9월이 되자 서원들이 들썩거렸다.[6] 유생들은 양반과 상놈의 구별이 당연하고 남녀가 유별한데 어찌 나라의 질서를 어지럽히는 동학을 그대로 둘 수 있느냐고 조정에 상소를 넣었다. 금수 같은 야만의 도는 뿌리를 뽑아야 한다고 했다. 조정은 선전관 정운구를 보내 수운을 체포하게 했다. 12월 10일 체포된 수운은 과천으로 대구로 끌려다니며 모진 고문을 당했다. 다음 해인 갑자년(1864) 감옥에 있을 때 수운은 혼신의 힘을 다해 최경상에게 네 글자를 쓴 쪽지를 전했다. 고비원주(高飛遠走). 높이 멀리 달아나라. 무조건 잡히지 말 것이며 동학의 뜻을 기필코 널리 드높여라. 그해 3월 10일 수운은 삿된 도리로 정치를 어지럽혔다는 좌도난정(左道亂政)의 죄로 대구장대에서 참형을 당했다. 수운은 다음과 같은 시를 남기고 이승을 떠났다. 하늘님을 만난 지 4년, 사람들에게 도를 전한지 3년 만의 일이었다.

등불은 물 위를 비추되 수면을 밝힘에 빈틈이 없고
(燈明水上無嫌隙)
기둥 나무는 말랐으되 지붕 떠받힐 힘은 충분히 있네.
(柱似枯形力有餘)

2. 씨앗불

임술민란

삼정의 문란이 극에 달했던 철종 13년, 임술년(1862). 전국에서 흉흉한 소식이 끊이지 않았다.[7] 과도한 세금 부과로 인하여 백성들의 고통은 극에 달해 있었다. 경상도 상주, 곡창을 자랑하던 이 고을에도 민란의 소식은 빠르게 날아들었다. 2월에 일어난 단성과 진주의 농민 반란은 상주 사람들에게도 불씨를 옮겨 준 셈이었다.

이미 결가가 너무 심하게 징수되어서 분노를 터뜨리며 봄이 와도 농사일을 시작할 마음이 나지 않았던 상주 농민들은 새봄과 함께 들려오는 진주 소식에 귀가 번뜩 뜨이었다.

상주군 공동면, 첩첩이 산에 둘러싸인 작은 마을에는 오순도순 모여 사는 농민들이 있었다. 관에서는 오가작통이라 하여 다섯 가구를 묶어서 세금을 함께 내라는 통에 오 가구로 지정된 이웃들은 서로 고통과 불만을 나누며 살았다. 새벽부터 논일을 하는 정나구에게 이웃집 사는 오복이가 논두렁에 앉으며 말을 걸었다.

"어이, 진주 소식 들었나? 농민들이 진주성을 엎어 뿌고 창고를 열어가이고 곡식을 다 나나줬다 카네"

"먼 소리라요? 누구가 진주성을 엎어 치았다고요?"

무논에 써레질을 하던 정나구는 일손을 멈추고 오복이를 바라보았다. 오복이는 반쯤이나 찡그린 얼굴을 나구에게 들이밀며 웃음인 듯 울음인 듯 읊어 댔다.

"암만 농사 지아도 세금도 다 못 내는데 논 갈아엎으면 뭘 해여. 우리도 진주 사람들처럼 뭉치 가이고 뭔 수작을 내야 되지…."

정나구는 오복이의 말에 가슴이 벌렁거렸다. 들판엔 아지랑이가 모락모락 피어오르고 까닭 없이 아침부터 가슴이 울렁울렁하더니 이 소리를 들으려고 했는가? 정나구는 입을 벌리고 오복이를 바라보았다. 오복이는 논두렁에서 피어오르는 아지랑이를 바라보며 손을 내저었다.

"저너무 아지래이 때메 어지랍네. 어질어질 앞이 안 보이여. 아침 밥도 못 먹고, 지우 점심이나 나물죽으로 때워야 될 판이네."

정나구는 여기저기를 살피며 논두렁으로 걸어 나왔다. 그리고 오복이의 코앞으로 다가서며 물었다.

"뭔 수작? 농담이라도 그런 말 하지 마래이. 지금 맘이야 당장이라도 이 써레를 들쳐 메고 관아를 쳐들어가고 싶지만 한 번이라도 민란이 성공한 적 있더나?"

정나구는 허물어지듯 논둑에 주저앉았다. 그리고 깊은 한숨을 내

쉬었다. 오복이가 그런 나구에게 물병을 내밀었다. 급히 마시는 통에 목덜미로 물이 흘러내렸다.

"올해도 농사지 봤자 남는 건 쭉정이뿐일 거라. 박씨네 논 열 마지기 얻어가 부칠라꼬 이야기를 했지마는, 죽어라고 농사지 봐도, 추수하면 세금 줘야 되고, 관에서는 만져 보도 못한 환곡 이자를 내놓으라 카이 뭐가 남겠나? 그칸다고 농사 안 지 먹을 수도 없고, 이노무 세상이 하늘과 땅이 쩍 들러붙어 버리만 좋겠네."

정나구는 아예 논둑에 누워서 푸념을 늘어놓았다. 잔바람이 지나가면서 무논에 주름살 같은 물결무늬가 번져 갔다. 길가에는 냉이가 뾰족이 고개를 내밀고 샛노란 민들레도 꼿꼿이 피어났다. 들판은 완연한 봄이었지만 오복이의 홀쭉한 배에서는 꼬르륵 소리만 들려왔다.

"그렇께 말인데, 아무래도 이래가 있으만 안 되애. 우리도 뭔 수를 내야지 이렇게 당하고만 있을라고? 이래도 굶고 저래도 굶을 팔자라면…."

오복이는 염장을 질렀다. 정나구의 눈빛이 핏빛으로 변해 갔다. 원래 급성인데 오복이의 염장질에 그만 속이 뒤집혔다. 충혈된 눈으로 마을을 내려다보았다. 지난 해 들이닥친 전염병으로 많은 사람들이 죽어 나가고 동네에는 노는 아이들도 별로 없었다. 대농(大農)이 아니고서는 먹을 양식이 남아 있지 않았다. 오복의 뱃속에서도 꼬르륵 소리가 났다. 둘은 물병을 주고받으며 들이켰다. 물이 들어가니 그래도

속이 좀 시원했다.

"그래 가지고? 진주민란은 어찌 됐는가 이야기 함 해 보소."

정나구가 오복이를 닦달하자 오복이 두 눈망울을 굴리며 손을 들어 자기 목을 치는 시늉을 했다.

"고을 부사의 목을 쳤대여. 농민들이."

"뭐라꼬?"

정나구가 등을 일으켰다. 엊그제 환곡의 이자를 내지 못했다고 관아에 가서 매찜을 당하고 온 터라 부사에 대한 적개심이 부글부글 끓어올랐다. 이방이 관리 소홀로 사라진 환곡을 애매한 백성들에게 물게 한 것이다. 정나구는 아직 아물지 않은 허벅지를 만지작거리며 애초에 입을 다물겠다고 입술을 깨물며 다짐했던 것조차 순식간에 잊어버리고 오복이를 다그쳤다.

"몇 명이나 모있대여? 그래 주동한 사람덜은?"

오복이는 볼이 발갛게 달아올라서 주변을 살피더니 빠른 목소리로 말을 이어 갔다.

"수만 명이 모있다네. 그래 가지고 진주성을 함락시키고 부사의 목을 치고 관리들을 다 때려죽있대여. 농민들 갈봤던 관리들 집을 찾아가가, 몽땅 불을 싸질렀다 캉께 속이 다 안 시원해여. 우리들한테 결가 안 낸다고 곤장질을 해 대는 호방 놈 좀 거게 갖다 보내만 얼매나 좋겠어. 거따가 곡창을 열어 가이고 백성들 다 나놔 줬대여. 관리들이 환곡으로 이자 빼먹을라고 쟈뒀던 곡식을 모두 백성들한테 나놔

줬다 카니께 얼매나 신이 났겠어?"

정나구의 입이 쫘악 벌어졌다. 오복이는 입가에 허연 거품을 내뿜으며 말을 이어 갔다.

"어차피 한 번 죽을 긴데, 여태 당한 수모를 그래라도 갚는다 그카만 나라도 같이 하겠네. 그동안 우리가 당한 걸 생각해 보소. 쪼마할 때부터 지금까지 관리들에게만 당했는가? 양반들한테는 또 얼마나 당했는가! 그카고 이 근년에는 굶어 죽거나 병들어 죽거나 둘 중에 하나라. 우리가 오늘은 이래 살아 있다 캐도 언제 죽을지 몰라여. 자네 다리는 어떤가?"

정나구는 베옷을 걷어서 종아리를 보여주었다. 허벅지에도 멍이 시퍼렇게 들었지만 종아리까지 성한 데가 없었다. 오복이는 몸서리를 쳤다. 내일이면 오복이도 끌려갈 것이다.

"염병할! 농사꾼한테 봄날은 금보다 귀하다 캤는데 오늘은 기분 잡쳤네."

정나구는 써래를 챙겨 지고 집으로 향했다. 아직도 할 말이 많은 듯 오복이가 뒤에서 따라오고 있었다. 골목 어귀에 이르자 정나구는 오복이에게 일렀다.

"우리 오 가구 오늘 저녁에 우리 집에 모이도록 하세. 내일이면 관아에서 군포 때메 또 부를 팅께 먼 대책을 세와 나야 안 되겠는가?

"대책은 무슨 대책, 어데 가서 베를 구해여?"

오복이가 시큰둥하게 대답을 하며 사립문을 열고 들어갔다. 정나

구도 골목길로 들어가서 사립문을 열었다. 도치가 뛰어나오며 설레
발을 쳤다.

"아이고 아버지, 관아에서 오시라 캐요. 동포를 안 냈다고 포졸이
금방 왔다 갔어요. 내일 오 가구 전부 관아로 나오라 카던데요…."

열 살 아들 도치는 방금 포졸이 나간 길을 가리키며 걱정스레 아버
지의 표정을 살핀다. 정나구는 엉거주춤 지게를 부려 놓고 도치에게
물었다.

"다섯 집 모두 나오라 캐여?"

"예, 한 집이라도 빠지면 안 된다 카민서 단디 베루고 갔어요. 아마
을식이 아제네 집으로 간 거 같애요."

도치는 울상이 되었다. 어린 소견에도 집 안에 불어 닥치는 흉흉한
기운에 오금이 저려 왔다. 정나구는 사립문에 기대어 섰다. 어제는
환곡 때문에 불려 갔고, 내일은 또 동포 때문에 불려 갈 것이고, 모레
는 결가세 때문에 불려 갈 것이다. 정나구는 나지막이 중얼거렸다.

"살 방법이 없네. 날마중 매타작을 하만 무쇠라 캐도 어째 견디여?

아들이 걱정 어린 표정으로 한마디를 하고는 고개를 떨궜다.

"아부지가 안 계시만 저를 잡아간다 카대요."

아들의 말에 나구는 정신이 번쩍 나서 고개를 쳐들었다.

"뭐라고? 애비가 멀쩡하게 살아 있는데 머 때메 너를 잡아간다 카
드나?"

정나구의 눈에 불똥이 튀었다. 자기도 모르게 창고에 들어가서 잘

갈아 놓은 낫을 집어 들었다. 만약 아들 도치를 건드리는 놈이 있으면 당장이라도 목줄을 딸 참이었다. 오가작통법으로 다섯 가구당 세 필씩 부과된 군포를 맞추지 못했다고 몇 번이나 호출을 당했다. 그러나 당장 독 안에 쌀 한 톨 남아 있지 않는데 어디서 베를 구하겠는가! 정나구는 아들에게 낫을 보이며 결연한 목소리로 외쳤다.

"너를 잡아가만, 내가 먼저 포졸 모가지를 따 버릴끼라. 긍께 니는 걱정 안 해도 되여. 어여 방에 드가라. 나는 뒷집에 가 볼팅께."

그는 낫을 들고 김 씨네로 향했다.

"논둑 베었는가? 낫을 들고 웬일이라요?"

김 씨가 마루에 앉아서 무명베로 허벅지를 감으면서 정나구를 올려다보았다.

"여보게, 자네도 내일 관아로 오라 카등가?"

정나구는 낫을 담벼락에 내려놓고 김 씨에게 물었다.

"오라 카만 안 가고 배기겠는가? 하도 무서바서 하매부터 베로 다리를 싸매 놨네."

김 씨는 신음 소리를 내며 베를 돌려서 허벅지를 칭칭 감고 있었다.

"곤장 들어가면 베로 싼들 무슨 도움이 되겠소. 살이 뭉그라지고 피가 터지고 한바탕 저승길로 드갔다 나와야 되지. 이노무 숨질이 안 끊기고 사는 게 희한하지. 내일은 가서 손이 발이 되도록 빌어 봅시대이. 담 장날까지 동포를 맹글라 바친다고."

그러나 김 씨는 정나구의 말을 듣는 듯 아니 듣는 듯 이미 넋이 나가 있었다. 정나구는 나머지 세 집을 둘러보고 혀를 끌끌 찼다. 다른 집도 마찬가지였다. 관아에 가서 매를 맞게 되면 살아 올지 죽어 올지 알 수가 없었다. 대문만 나서면 죽어 들어오는 노인이 한둘이 아니었다. 요즘 들어서는 재 너머에 호랑이도 자주 나타난다고 하니 호랑이 밥이 될지 곤장 밥이 될지 목숨이 경각에 달린 것이다.

"저녁에 우리 집에서 다섯 집이 모이도록 해여."

정나구는 김 씨에게 이르고 낫을 들고 냇가로 나갔다. 마을 앞으로 흐르는 시내에는 올챙이가 가득했다. 꼬리를 흔들며 헤엄을 치는 걸 보니 곧 개구리가 될 놈들이었다. 냇가에 놓인 식돌에다 낫을 갈았다. 스윽 삭 스윽 삭 낫 가는 소리를 들으니 어금니에 저절로 힘이 들어갔다. 다시 화가 바글바글 솟아올랐다.

'이래 죽으나 저래 죽으나 살기 힘들만 한판 저질러 뿌리자.'

내일 가서 또 매찜을 당할 것을 생각하니 나구는 참을 수가 없었다. 그는 살기에 차서 낫을 갈아 제친 후 마을을 내려다보았다. 넓게 사면이 다 산으로 둘러싸여 있으니 바람 탈 일도 없고 홍수와 가뭄만 아니면 먹고사는 게 풍족했다. 초겨울이 되면 곶감을 깎아 설날이 되면 먹었고, 산밭에 심은 면화도 풍족했으며 산자락마다 심어진 뽕나무는 누에의 먹잇감으로 집집마다 부업이 착실했다. 그러나 연이은 가뭄은 창고를 텅 비게 만들었고, 먹고 입기 위해 갈무리한 것들은 모두 세금으로 빼앗겨 버렸다.

정나구는 입술을 깨물었다. 어린 아들 도치와 병든 아내를 생각하면 어디 깊은 산골로 들어가서 화전이나 일구며 사는 게 더 나을지도 몰랐다. 그러나 우선은 관아에 잡혀가서 당한 매질에 앙갚음을 하고 싶었다. 오복이의 말이 가슴에서 떠나지 않고 벌떡벌떡 화를 돋우고 있었다. 입술에서 피가 흘러나왔다. 그러나 그는 그것을 느끼지도 못하고 번쩍 빛이 나는 낫을 들고 집으로 돌아왔다. 아들을 불렀다.

"도치야, 아부지는 할 일이 있응께 니는 어무이 모시고 산골로 드가라. 여서 계속 살만, 양반이 아니니 과거도 볼 수 없고 나맨치로 맨날 세금에 시달릴 낑께 세금 없는 데로 가야 한다."

어린 도치는 아버지가 하는 말의 뜻을 몰라서 어리둥절한 표정을 지었다.

"아부지맨치로 살만, 지 목숨도 이숫기 힘들어여."

정나구는 목소리를 낮추어 아들에게 나직하게 일렀다. 그러나 열 살 도치는 당당하게 아버지에게 대답을 했다.

"아부지, 저는 아부지맨치로 안 살 거라요. 사람들 모다 가지고 포졸들을 물리칠 끼라요."

정나구는 깜짝 놀라 얼른 아들의 입을 막았다.

"안 돼여. 포졸들한테 달려들만 목숨 날아가여. 지금 세상에서는 남자는 목숨만 달리면 군포부터 내야 항께 세금 때메 지대로 못 살어. 암말 말고 내가 말한 데로 가야 돼여."

도치가 울먹이며 나구에게 매달렸다.

"그라마, 아부지는 어쩰라고요? 아부지는 어데 살고, 어무이하고 지하고만 산속에 드가라 캐요?"

정나구는 어린 아들에게 잘 새겨들으라며 손을 잡고 당부를 했다.

"나는 꼭 하고 싶은 일이 있다. 그런데 내가 그 일을 하만, 니하고 니 어무이하고 목숨이 위태로와서 피해야 돼여. 너 오늘 낮에 동포를 내지 않으마 니 잡아간다 그카지 않았나? 그맨치로, 내가 머를 하만 니하고 어무이하고 잡히강께 내빼야지."

정나구는 생각난 김에 일을 저질러야 한다고 생각했다. 아내에게 꼭 가져가야 할 짐을 챙기라고 했다. 깊은 산골에서 화전을 일구며 사는 친척을 찾아가게 할 생각이었다. 마음이 약해지면 세 식구가 모두 죽게 될 처지였다.

"좋은 세상 오만, 그때 니는 좋은 일 하민서 살아래이."

도치는 아버지가 무슨 말을 하는지 알지 못하고 옷자락에 매달리기만 했다. 그러나 정나구는 당차게 아들을 밀어내며 떠날 준비를 하라고 했다. 아내는 잔기침을 하며 살기 띤 남편의 모습에 고개를 숙일 뿐이었다.

이미 정나구는 가슴에서 활활 타고 있는 불을 끄지 않기로, 태워 버리기로 결심을 해 버렸다. 저녁이 되자 나구는 사랑방에 이웃집 사람들을 불렀다. 오복이와 김 씨, 이 씨, 문 씨가 모였다.

"내일 관아로 들어오라 카는데 갖고 갈 동포가 없응께 어째만 좋아여?"

네 사람은 모두 말이 없었다. 침울한 표정으로 서로를 바라볼 뿐이었다. 한참 후에야 오복이가 입을 열었다.

"밤 봇짐 싸가지고 전부 산속으로 내뺍시대이. 어차피 지금도 죽을 판인데 도망가 화전 일군다 캐서 굶어 죽겠는가요?"

그러자 환갑이 지난 김 씨가 힘없는 소리로 대답을 했다.

"나는 나가 많아 가이고 여를 뜨만 얼매 몬 가서 죽어여. 밤 보따리를 싼다 캐도 밤시도록 산길로 내빼야 되는데 몸이 이래 가이고 마이 걷도 모해. 다섯 집 중에서 한 집이라도 남으만 혼줄이 날 낀데, 참말 딱하네. 네 집만 떠나고 나 혼자 남아서 곤장을 다 우째 할지 모리겠네. 그래도 어차피 죽을 목숨인께 내 생각은 하지 말고 갈라 카만 가시오."

눈매가 축축해진 김 씨의 말에 네 명은 다시 숙연해졌다.

"살 궁리를 하는 기지, 어르신 죽으라 카는 게 아니라요. 당장 내일 떨어질 불똥을 어째만 좋은가 생각해 보입시대이."

정나구는 다시 네 명에게 물었다.

"방법이야 뭐 있겠으요? 가 가지고 손이 발이 되도록 싹싹 빌어야지요."

볼이 움푹 패인 문 씨가 촉기 잃은 눈에 금방이라도 쓰러질 듯한 자세로 한마디를 던지고는 벽에 기대어 눈을 감았다. 다섯 사람은 서로 한숨만 쉬다가 밤이 깊어서 집으로 돌아갔다. 정나구는 터벅터벅 골목길을 걸으며 하루빨리 농민들을 모아야겠다고 생각했다.

다음 날 새벽이었다. 사립문 밖에서 인기척이 났다. 정나구는 일찌 감치 논으로 나갈 채비를 하고 마당으로 나섰다가 사립문 안으로 들 어서는 뒷마을 을식이와 마주쳤다.

"어이, 나구! 내가 지금 뽕잎을 마이 따야 돼서 그카는데 좀 도와 봐 요."

을식이 다급한 목소리로 나구의 손을 잡았다. 나구는 할 일이 태산 같았지만 그가 재촉을 하는 데는 이유가 있을 거라고 생각하여 따라 나섰다. 마을 뒷산에 뽕나무를 가득 심은 탓에 새순이 그득해서 누에 를 치는 데는 부족함이 없을 것 같았다.

"올해도 누에는 풍년이겠네. 뽕잎이 이렇게 많으니 누에 팔자가 우 리보다 낫구마이."

정나구는 여린 새순을 손으로 훑어서 가마니에 담았다. 풋내가 코 를 찔렀다. 을식이가 낫을 건네주며 일렀다.

"그렇게 하만 한나절 걸리도 마이 모따네. 낫으로 줄기를 비이 뿌 게."

정나구는 낫으로 뽕나무 가지를 쳐 냈다. 발밑으로 떨어진 가지를 한꺼번에 모아서 바지게에 넣을 참이었다.

"진주 소식 들었나? 오복이가 자시이 듣고 왔드만. 우리도 이래 있지만 말고 인나야 하지 않겠나? 암만 일을 해도 관에다 바치고 나믄 먹고살 수가 없잖은가. 자네 생각은 어떤가?"

나구가 낫질하는 손을 멈추고 을식에게 물었다. 오복이도 같은 생각을 하고 있으니 사람들을 모으는 것은 어려운 일은 아닐 것이다.

"그렇다고 그 일을 누가 주동을 하겠는가? 실패하만, 목숨이 날아가고, 성공한다 캐도, 주동자는 잡히가 죽임을 당할 낀데 거사를 하잔 말이라?"

을식이 물었다.

나구는 일부러 냉정한 목소리로 대답했다.

"날마다 누에 크는 걸 보만, 신이 나서 춤을 추고 싶겠지. 그치만 이래 키운 누에를 결국 다 가져가다시피 하는 기 누구냔 말이라? 관에다 바치고 양반들이 뺏아 가고 남는 기 없는 건 농사를 짓는 우리나 누에를 치는 자네나 마찬가지란 말이라. 그라이 진주 소식이 나무 일 겉지가 않네."

을식은 뽕잎에 코를 대고 킁킁대며 말했다.

"글게…. 누에 치는 기 재미지다가도 세금 생각하마…."

을식이도 낮게 한숨을 쉬었다. 정나구는 산자락 아래로 펼쳐지는 고을을 바라보았다. 무논에 산 그림자가 드리워서 반들반들 빛나고 있었다. 온 세상이 봄을 맞아서 윤기가 흘러내렸다. 아마도 사람만이 가슴에 분노가 치솟고 있을 것이다.

"오늘 우리 다섯 집은 관아에 호출이라. 가서 얼매나 맞을랑가 몰라여. 걸어가 집에 돌아올 수 있을랑가?"

나구는 화가 난 김에 낫질에 힘을 주어서 뽕잎을 되는 대로 쳐 냈다. 뽕잎이 이리저리 흩어졌다. 허공에서 흩어지는 이파리가 정나구의 얼굴로 떨어졌다. 을식이는 나구를 쳐다보며 목소리를 낮추었다.

"우리 오 가도 동포를 아직 못 내서 재촉을 당하고 있네. 우리도 아마 내일쯤에 관아로 끌리가야 될 끼라. 그래가 말인데…. 맨날 이래 참고만 있을 수는 없을 테지."

정나구는 그 말을 낚아챘다.

"그렇께, 우리가 전부 장날 모이기로 하세. 내일 우리 다섯 집에 연락을 할 텡께 자네는 자네 이웃 오 가에게 연락을 하고 이래 가지고 뜻이 있는 사람들을 장날 모이라고 하세."

"그래서?"

을식이가 낫을 떨어뜨리며 정나구에게 물었다. 그의 동공이 부풀어 올랐다.

"한판 하는 거지. 관아로 쳐들어가는 거라. 부사 목줄 따고, 관졸들 귀싸대기도 때리고 불도 지르는 거라."

을식이는 뒤로 쓰러지듯 넘어지며 단말마의 목소리로 외쳤다.

"그걸 누가 한단 말이라? 잡히마 목숨이 날아가는데."

"목숨이야 한 번 가는 것, 이래 가나 저래 가나 마찬가지 아이라? 모이만, 누군가 주동 인물이 나올 끼라."

정나구가 강단지게 쏘아붙였다.

"설마, 자네가 주동할라 카는 기는 아이지?"

을식이는 정나구의 바짓가랑이를 잡으며 물었다. 그러나 정나구는 대답을 하지 않았다. 다만 낫을 내리고 흩어진 뽕잎을 주워서 을식이의 바지게에 얹어 주었다. 그리고 말없이 발길을 돌렸다. 넋이 나간 을식이 정나구의 뒷모습을 내려다보고 있었다.

다음 날 날이 밝자마자 포졸들이 몽둥이를 들고 득달같이 달려왔다. 아침부터 골목길이 어수선했다.

"오늘까지 동포를 못 낸 사람들은 관아로 오라 캤는데 머해여? 빨리 관아로 가!"

포졸들은 기선을 제압하기 위해서 몽둥이를 휘두르기 시작했다. 길을 나선 사람들이 일단은 몽둥이를 피해 사방으로 튀기 시작했다. 그러나 일부 포졸은 진즉에 길목을 지키고 있던 터였다. 정나구는 자리를 지키고 있었으나 오복이는 쏜살같이 뛰어 을식이네 뽕밭 너머로 사라졌다. 몇 발자국 못 가 김 씨와 문 씨가 포졸들에게 잡혔다.

"빨리 관아로 가자. 내뺄 생각은 하지 말고."

포졸들이 으름장을 놓았다. 김 씨와 문 씨는 고개를 푹 숙이고 죄인처럼 포졸들을 따라 걸어갔다. 정나구도 그들의 뒤를 따라나섰는데 앞서 가던 포졸이 갑자기 옆구리를 낚아채며 발로 걷어찼다.

"아이고, 풐!"

정나구는 여지없이 땅바닥으로 쓰러졌다. 그러자 포졸들이 두 명 달아들어 나구에게 발길질을 하며 소리쳤다.

"내뺀 놈을 잡아 와래이. 안 그라만 니는 죽을 줄 알아라."

정나구는 죽는다고 소리를 질렀다. 그러나 발길질은 멈추지 않았다. 옆구리로 종아리로 가슴팍으로 날아오는 억센 발길과 방망이질이 단말마의 고통을 주었다.

"오늘 중으로 잡아서 관아로 안 델꼬 오만, 우리가 다시 니를 잡으로 올끼다. 그라만 죄가 두 배로 늘어날 팅께 알아서 행동해래이."

포졸은 정나구를 놓아주며 오복이를 잡아 오라고 했다. 정나구는 길가에 우두커니 앉아서 고통에 몸부림을 쳤다. 맞은 데가 쑤시고 아팠다. 일어서려고 해도 몸이 말을 듣지 않았다. 허리에 강한 통증이 왔다. 느티나무를 잡고 일어서려는데 도치가 엉엉 울며 달려왔다.

"아부지. 지를 잡으시오."

"아이 야야, 도치야. 니 어디서 오는 기가?"

"아부지 맞는 거 다 봤어요. 저러키 나쁜 포졸 놈들이 어댔어요? 아부지가 뭔 죄를 지었다고 이키 때린다 말이라요. 아부지. 이라지 말고 차라리 산속 깊이 드가서 살아요."

눈물을 훔친 도치는 어린 등을 내밀며 정나구에게 업히라고 하였다. 열 살짜리의 등은 잡고 일어설 나무등치만도 못했다. 나구는 나구는 아들의 여린 등을 물리치고 힘겹게 엉거주춤 몸을 일으키며 아들에게 손짓을 했다.

"어여 집으로 드가라. 내가 알아서 할 틴께. 너는 모른 칙하고 어여 드가라."

정나구는 아들에게 자신의 초라한 모습을 들킨 것이 화가 나기도 하고 부끄럽기도 해서 돌아가라고 자꾸만 손짓을 했다. 그러나 도치는 눈물을 흘리며 정나구를 부축했다.

"아부지. 그라마 제 손 꼭 잡고 걸으시오."

정나구는 아들의 손을 잡고 결리는 옆구리를 이리저리 비틀며 겨우 중심을 잡았다. 아침도 시원찮게 먹었는데 맞기까지 했으니 기운이 남아 있을 리가 없었다. 어디에서 소식을 들었는지 허우적거리며 아내가 달려왔다. 아내는 남편을 보더니 울먹이며 등을 내밀었다. 도치가 부축을 해 주어서 겨우겨우 아내의 등에 업혔다. 아내는 남편의 몸이 너무 무거워서 잘 걷지 못했다. 두어 걸음 걷고 나면 주저앉았다가 다시 일어서곤 했다. 정나구는 스스로 일어나서 걸어야지 생각했지만 아내의 등에서 까무룩 정신을 놓고 말았다.

동네 사람들의 도움으로 겨우겨우 집으로 돌아와 자리에 누워서도 정나구는 제대로 운신하질 못했다. 옆구리에 피멍이 들어 있었다. 아내는 피멍을 없애려고 치자를 갈아서 붙인다, 약초를 붙인다 분주했다. 멍이 사라진다고 속골병까지 가라앉는 것이 아님에도, 오직 그것만이 살길이라는 듯 그 일에 매달렸다. 도치는 아버지 곁에서 눈물을 훔치며 어쩔 줄 몰라 했다. 땅거미가 질 무렵 관아에 끌려갔던 김 씨와 문 씨도 초죽음이 되어서 돌아왔다. 마을이 온통 초상이 난 것처럼 통곡과 신음 소리로 가득했다.

정나구는 정신이 오락가락하였지만 한 가지 생각은 버릴 수가 없었다.

'도치하고 도치 어매는 어데 깊은 데 산속에 드가서 죽음을 피해야 되여. 나는 죽어도 괘안치마 식구들은 살리야지.' 그는 도치에게 말을 전하려 애를 썼다. 이전부터 해 왔던 말이지만 더욱 간곡했다.

"니는 이래 살몬 안 된다. 깊은 산골에 드갈 준비를 해라."

도치는 아버지를 쳐다보지 않고 열린 방문 밖으로 하늘만 바라보았다. 아버지처럼 살지 않겠다고 다짐을 했지만 무엇을 해야 할지 알 수 없었다. 소년은 주먹을 어루만지며 분노를 삭였다. 아버지를 때린 포졸들을 당장에라도 죽이고 싶었다. 그러나 아무런 힘이 없었다. 주변에는 온통 관아에서 맞고 돌아온 사람들뿐이었다.

게다가 마을에는 홍역이 돌고 있었다. 홍역이 한번 쓸고 가면 마을에는 죽은 아이들이 늘어서 산골짜기 한쪽이 애기 무덤들로 가득 찼다. 어제도 이웃에 사는 아이 한 명이 죽어 나갔다. 도치는 두렵고 무서웠다. 당장이라도 들이닥칠 것 같은 포졸들이 무서워서 어디로든지 도망을 치고 싶었다.

며칠 뒤 몸을 추스른 정나구는 불편한 몸을 이끌고 창고에 보관해 놓은 씨앗들을 꺼내서 도치에게 짐을 지워 주었다. 그리고 남은 보리쌀 두어 되를 보따리에서 싸서 아내에게 지워 주고 마을을 떠나라고 했다. 부부는 이렇게 헤어지면 두 번 다시 만나기가 힘들 것이라는 생각에 가슴이 미어졌다. 하늘도 무심하시지. 어찌 우리 식구 셋이 함께 사는 것도 이렇게 힘이 듭니까. 어찌 우리 식구들을 이리 갈라 놓습니까. 그러나 마냥 한탄만 하고 있을 수가 없었다. 도치라도 살려야 한다는 생각은 부부가 다르지 않았다.

정나구는 울고불고 아버지를 떠나지 않으려는 도치를 보내기 위해 거짓말을 할 수밖에 없었다.

"아부지는 안 죽는대이. 꼭 살아서 니랑 니 어매를 찾아갈 끼다. 지금 빨리 안 떠나마 모두 죽는대이. 도치야. 그때까지 아부지 대신 니 어매를 잘 살펴 주그래이. 알굿제? 아부지가 꼭 찾아갈 끼다. 꼭! 그라이 지금은 뒤도 돌아보지 말고 어서 가그라."

혼자 남은 정나구가 뜨거운 눈물을 닦고 있는 동안 을식이는 밤새 걸어서 두 모자를 화전민촌에 데려다주고 왔다. 정나구는 허리를 세울 수 있을 만큼 몸이 회복되자마자 지팡이에 몸을 의지해서 사람들을 모으기 시작했다.

"내일모레가 장날이라요. 장에 나가입시다."

"입에 풀칠도 모하는데 머 살 끼 있다고."

동네 사람들은 시큰둥하게 말했다.

"이르케 살아야 됩니까? 모이야 방법이 나옵니다. 온 백성들이 다 모인다 캅니다. 장에 가입시대이."

오복이는 오가작통으로 세금을 거둬들이는 관의 방법 그대로 다섯 가구 단위로 장날 모인다는 소식을 전달했다.

"이번 장날 장터 포목전 감나무 아래에서 좋은 모임이 있다 카네
요. 모두 장에 가입시대이."

정나구 역시 오 가구의 대표들에게 은밀하게 소식을 띄우고 다니
자 골목마다 사람들이 속삭이기 시작했다.

"장에 먼 일이 있는가 함 나가 볼라고. 진주서 민란이 나가 부사를
죽이 가지고 뭐 어쨌다 카던데, 우리도 여게서 하루 걸러 매질을 해
댕께 뭔 수를 내도 내야지 안컷나. 그놈들은 하늘이 무섭지 않은가?
우리 상주 사람들도 부사를 죽일라 칼라나? 나는 그기 궁금해 가지고
장에 가 볼라고."

"나도 그 소식이 디기 궁금하여. 근데 말이라. 우선 씨를 뿌리 놔야
가을에 거둘 기 있지. 농사를 안 짓고 어떻게 밖에 나가여?"

"농사지만 뭐하거러? 먹을 게 남아야지."

정나구는 힘이 났다. 사람들이 여기저기서 들썩거리니 일단 장터
로 몰려들 것이다. 그런데 그가 이리저리 기웃거리고 다니는데 몇 사
람이 웅성거리고 있는 것을 보았다.

"무슨 구경거리라도 있나? 왜 여기 모여들 있어?"

"소식 안 들었나? 우리들이 결가랑 동포를 안 냉께 세금 거둘라고
새로운 관리를 보낸대여. 그 사람이 오만, 일일이 다 찾아댕기민서
세금을 거두고, 만약 안 내만 안 낸 사람은 잡아간다카네."

이웃 마을에 사는 늙수그레한 사내는 나구에게 격의 없이 이곳저

곳의 소식을 들려주었다. 나구는 그들이 하는 이야기를 묵묵히 듣고
있었다.

"우리도 진주처럼 무슨 수작이 나야지. 이러다간 집 안에 남은 씨
앗톨 하나도 다 빼앗기게 생겼어."

정나구는 좋은 기회라고 생각해서 그들에게도 일렀다.

"그러지 말고 내일모레가 장날인께 장터로 가 보입시대이. 그라만
소식을 잘 알게 될 끼라요."

사람들이 고개를 끄덕였다. 장터로 사람을 모이게 하는 일은 계획
대로 진행이 되고 있었다. 정나구는 종이를 가지고 다니며 슬슬 동
네마다 대표가 될 수 있는 사람들의 이름을 모았다. 오복이도 이름
을 모아다 갖다 주었다. 정나구는 힘을 얻었다. 이젠 앞에 나서서 함
께 이 일을 해 나갈 사람을 구할 참이었다. 장터에 모인 사람들 중에
일을 함께할 만한 사람이 틀림없이 나타날 것 같은 예감이 들기는 했
다.

드디어 장날이 왔다. 한 무더기 사람들이 장터를 향해 걸어갔다.
정나구도 묵묵히 그들을 따라 장터로 걸어갔다. 들판에는 종달새가
지저귀고 온 산야에는 진달래와 개나리가 흐드러졌다. 길가에 널브
러진 쑥과 미나리도 봄기운을 돋우었지만 누구 하나 신명이 나는 표
정을 짓지는 않았다. 걱정 반 근심 반 호기심 반으로 사람들은 장터
로 몰려들었다. 장터엔 벌써부터 사람들이 아주 많았다. 그들은 웅성

거리며 장안의 소식을 전하기도 하고 듣기도 하였다. 정나구도 사람들이 모여 있는 포목전으로 향했다. 포목전에는 상주에서 나온 면화와 무명이 반지르르하게 진열되어 있었다. 그러나 연이은 흉년으로 거래는 이루어지지 않고 파리만 날리고 있었다.

포목전 앞의 넓은 장터에 한 무더기의 사람들이 모여서 소식을 전했다.

"선무사를 파견한대여. 그 사람이 와서 결가 문제를 해결한다 카는데 예천이나 성주에서도 우리 고을처럼 결가를 가지고 말이 많다여."

"그키나 결가를 많이 내라카만, 몇 사람이 내겠어? 죽거나 멀리 내빼라는 말하고 같지."

정나구가 얼핏 살펴보아도 모인 사람들은 백 명이 훌쩍 넘은 것 같았다. 그러나 그들은 그저 걱정에 차서 웅성거릴 뿐 조직적인 항의를 하는 것은 아니었다. 포졸들이 장터를 돌면서 농민들의 동정을 살폈다. 정나구는 입 안이 바싹 탔다. 이럴 때 누군가 나타나서 한마디만 하면 금방이라도 모두들 일어날 것만 같았다. 나구는 자신이 그 일을 할 수 없음이 매우 안타까웠다. 말도 잘하고 믿음직스러운 사람이 선동을 해야 할 것이다. 분위기를 어떻게 일으켜 세워야 하는지 분간이 서지 않아서 안절부절못하며 눈에 띄는 사람을 찾기 시작했다.

그는 사람들 속을 걸어다니며 날카로운 눈매로 동정을 살폈다. 누군가 앞에 나설 사람이 보이면 추켜세워 주고 싶었다. 포목전 앞에 모여 있던 무리 안에서 큰 소리가 들려왔다. 정나구는 그쪽으로 달려

갔다.

"이카고 있을 기 아니라 우리도 모여 의견을 모아 보입시더. 누군가 중심이 되어야 일이 될 거라요. 한데 모이서 의견을 모으도록 하입시더."

"누가 앞에 나서서 일을 끌어가야 하는 기 아니라요?"

구레나룻이 덥수룩한 사내가 소리를 질렀다. 책임자를 찾는 소리가 몇 번씩 터져 나왔지만 아무도 나서지 않았다. 정나구의 눈에 또다시 핏발이 섰다. 그는 자기도 모르게 앞으로 나갔다.

"우리 이래 당하고 있지 말고 대책을 맹가 봅시대이. 결가를 높이마 농사를 지어도 남아나는 것이 엄꼬, 지금 씨를 뿌리고 가꾸어야 할 때지만도 도통 일할 기분이 나야 말이지. 어떻게 할 건지 말들 좀 해바여. 여러분은 우예 생각해요?"

정나구가 큰 목소리로 말했다.

"맞소! 옳소!"

사람들이 함성을 질렀다.

"이래 가지고는 몬 살아여. 뭔 수를 냅시다."

"모이서 관아로 가야지."

정나구는 웅성거리는 사람들의 소리를 들으며 빠르게 머리를 굴렸다. 대충 백여 명의 사람들이 모인 것 같았다. 그러나 관아로 들어가려면 적어도 오백 명 정도는 모여야 포졸들을 겁나게 할 수 있을 것이다. 정나구는 사람들에게 더 강한 자극이 필요하다고 생각했다.

"여태 세금 때메 관아에 가서 곤장을 맞은 사람이 한둘이 아니라요. 나도 며칠 전에 혼쭐이 났어요. 그런데 선무사가 파견이 되마 더 심해질 거라요. 죽어 나가는 사람이 한두 명이 아닐 수도 있다 캐요. 사람 목숨이 파리만도 못하게 되었다고요. 그러니 뭉쳐야 살 수 있을 거라요. 다음 장날에는 이웃들을 딜고 나오시 봐요. 이 정도 갖고는 관아에 갈 수 없을 기라요. 그라고 협상을 할 내용도 맹글라야 됩니대이."

"와아, 좋소!"

여기저기에서 환호성이 들렸다. 정나구는 대중들이 자기의 말을 들어준 것이 너무 기뻤다. 자기 스스로가 마치 대단한 사람이 되어 중대사를 처리하고 있는 듯한 기분이 들었다. 그는 떨리는 가슴을 안고 다시 큰 소리로 외쳤다.

"이 정도로는 안 되니 다음 장날에 더 많이 여 모이 가지고 제대로 의논들을 해 보입시대이. 마캉 자기 궁리한 거를 갖고 나오시야 돼요."

사람들은 나구의 말에 또다시 환호성을 질렀다. 그리고 흩어져서는 삼삼오오 무리를 지어서 이야기를 나눴다. 나구는 그들 사이를 돌아다니며 이야기를 들었다. 농민들 가슴속에 각각 싹트던 분노의 불씨가 한데 모여 댕겨지기 시작했다. 나구는 그 불씨를 어떻게 타오르게 할까를 골똘히 생각했다.

우선은 마을별로 대표가 있어야 했다. 정나구는 종이에 쓴 이름을 살펴보고 알 만한 사람들에게 확실하게 기별을 하기로 했다. 다음 장날에는 최대한의 인원을 모아야 할 것이다. 나구가 생각에 잠겨 있는데 근처의 무리에서 누군가 굵고 큰 목소리로 조리 있게 이야기하는 것이 들렸다.

"지금 상주 관아는 우리가 빌려다 쓰도 않은 환곡 4만 섬의 이자를 우리더러 내라 캅니다. 거다가 지난해부터 결가가 터무니없이 높아졌십니대이. 가을에 곡식을 걷아도 세금 떼고 나만 먹을 기 남지를 않고요. 우리는 죽을 일만 남은 깁니다."

누군가가 강단 있는 소리로 외쳐 댔다.

"이대로는 안 됩니더. 가입시대이, 모두 모이가 관아로 가입시대이!"

굵은 목소리의 남자가 다시 말을 이었다.

"사람이 이래 적어 가지고는 택도 없습니대이. 사람들을 더 모이가이고 장날마다 여서 계획을 짜가 상주성으로 쳐들어가입시다."

사람들이 함성을 지르며 박수를 쳤다. 흩어지던 주변의 사람들이 다시 모여들었다.

"이래만 안 됩니대이. 비밀로 모이야지 이래 모있다가는 당장 포졸들이 달려올 낍니대이."

작은 눈을 반짝이며 아까 그 굵직한 목소리를 가진 사람이 군중 밖으로 나왔다.

"우리 농민들이 마이 모이야만 문제가 해결될 수 있을 끼라요. 우선은 뜻을 모다야 되고요. 오늘 동네 드가시만, 이 뜻을 사방에 전달해 주시기 바랍니대이."

정나구는 굵은 목소리의 남자에게 가까이 다가갔다. 저 사람을 잡아야 일을 도모할 수 있을 성싶었다. 그는 두루마기를 입고 갓을 쓰고 있었다. 평민은 아닌 듯싶었고 양반이 왜 이런 일에 나서는지도 짐작이 가지 않았다. 정나구는 잠자코 뒤에 서서 그가 하는 소리를 들었다.

"우리가 뭉쳐야 일을 할 수 있습니대이. 열심히 일한 대가를 말캉 관리들이 세금으로 빼사 가는데 앉아서 굶어 죽어서는 안 될 끼 아이요. 우리만 이러는 게 아니라 벌써 진주에서 단성에서, 그라고 전국에서 농민들이 인났다 캅니다. 우리 고을에서도 이제 인날 때가 됐습니대이."

"우우우!"

분노에 찬 농민들이 함성을 지르기 시작했다. 그들은 더 이상 잃을 것이 없었다. 이제 기다리고 있는 것은 세금을 내지 못했다고 관에서 닦달을 당하는 것뿐이었다. 닦달을 당하느니 차라리 관아에 쳐들어가서 모두 뒤집어 엎고 백성들의 저항을 보여주고 싶었다. 그 일에 누군가 아주 강렬하게 자신들을 이끌어 주길 바랐다. 그런데 한 사람이 나타난 것이다.

정나구는 뒤에 있다가 앞으로 나아가 조심스럽게 그의 곁에 가서 섰다. 한참 핏대를 올리며 말을 하던 남자는 바로 옆에서 자신을 뚫어지게 주시하고 있는 정나구를 발견했다. 갓 아래에서 그의 눈이 빛났다. 그는 낮은 목소리로 물었다.

"어데서 온 누구라요?

정나구는 자신을 소개했다.

"공동면에서 온 정나구라고 합니더. 이 많은 문제를 풀라마 누군가 앞장을 서야 할 낀데 답답한 사람이 나서기 마련이지요."

"나는 김일복이라고 합니다. 결가를 과하게 거다 가는 거는 나도 옳다고 생각 안 해요."

정나구는 김일복의 얼굴을 주의 깊게 살폈다. 작지만 깊은 눈빛을 가졌고 느리지만 힘이 있는 목소리를 가진 그는 예사 사람은 아닌 것 같았다.

"어르신은 농민은 아닌 것 같은데… 양반이 왜 이런 일에 나서는 거라요?"

정나구가 저돌적으로 김일복에게 물었다. 김일복은 당황한 표정으로 정나구를 바라보았다. 칼로 그은 듯한 날카로운 눈매와 우뚝 솟은 코, 얇은 입술을 가진 정나구는 날렵한 짐승처럼 위험해 보였다. 금방이라도 달아들어 물 것 같은 인상이었다. 김일복은 긴장을 풀지 않고 대답했다.

"그래요, 나는 양반이라요. 몇 번 과거를 보러 갔어도 마캉 즈들끼리 짜고 사람을 뽑으니 뜻을 이루지 몬하고 지금은 농사만 지요. 양반이라 캐도 결가를 피해 갈 순 없어요. 우리한테 부과된 세금은 모두 종들이나 소작을 주는 사람들한테 넘겨야 하니 이중으로 마음이 아플 뿐이라요. 오래전부터도 이거는 양반이나 평민을 떠나서 부당한 일이라고 생각했거등요. 누군가는 바로잡아야 할 일입니대이. 온 나라 농민들이 관리와 양반들이 부리는 횡포에 녹아나고 있어요. 여기에서 바로잡지 않으면 나라가 망할 수도 있는 거라요."

김일복은 매우 차분한 목소리로 정나구를 향해 자신의 뜻을 말했다. 정나구는 김일복에게서 쉽게 무시할 수 없는 기운을 느꼈다. 정나구는 두 손을 모으고 김일복에게 물었다.

"저는 별로 아는 게 없으니 어르신이 도와주시야 될 거라요. 이 문제를 우째만 좋아여?"

김일복이 정나구의 손을 잡았다.

"오늘은 사람들의 가슴에 불씨만 질러 놓고요, 일단 계획을 제대로 짜야 할 거라요. 이 불씨가 꺼지지 전에 일을 도모해야 하거등요."

김일복이 다시 굵은 목소리로 대중을 향해 소리를 높였다.

"오늘은 모두 드가시고 다음 장날에는 사람들이 더 마이 나오시도록 해 주이소. 그 캐야 해결책을 마련할 수 있십니대이."

군중들이 웅성거렸다. 정나구는 김일복을 따라서 재빨리 무리를 빠져나갔다. 김일복은 정나구를 자기의 집으로 이끌었다.

"마침 선무사 이참현이 온다 카이 그 사람과 담판을 지어야 할지도 모르요. 준비를 단단히 하지 않고서는 일을 망칠 수도 있어요."

김일복은 결가 열 냥을 반으로 줄여야 한다고 했다. 정나구는 그가 양반이라는 것을 생각하면서 입장의 차이가 있을지도 모를 것이 걱정이 되었다. 그는 다그치듯 물었다.

"결가만 해당되는 기 아이고 군포도 줄가야 되고 4만 석 환곡 이자도 없애 뿌리야 안 돼요?

"그라지요. 평민들에게는 군포도 징수하고 환곡의 이자도 내야 한다고 하니 마이 더 힘들겠네요. 그렇다고 양반이라고 부담이 적은 것은 아니라요. 나같이 농사만 짓는 양반에게도 결가는 거다 가고 있어요."

김일복이 냉정하게 잘라 말했다. 그러나 정나구는 김일복의 이야기에 귀를 기울이고 있지 않았다. 그는 자신의 생각에 깊이 빠져들어가고 있었다. 이번 참에 관리들에게 보복을 하고 싶었다. 진주민란 소식에 그는 묵었던 복수를 하고 싶은 생각으로 몸이 떨렸다.

"우리가 모이서 암만 항의를 해도 세금을 아주 없애진 못할 겁니대이. 할 수 있는 데까지 요구를 하고 요구가 안 받아들여지면 조정을 해야 될 끼라요."

김일복은 차분한 목소리로 정나구에게 선무사와 협상할 것을 준비하자고 했다. 정나구는 그가 몰락 양반 치고는 잘난 체를 하지 않는 게 맘에 들었지만, 양반은 양반인지라 다 믿을 수는 없다고 생각했다. 그러나 지금은 스치는 지푸라기라도 잡아야 할 처지인지라 그가 앞에 나서 주는 것이 그저 감사할 뿐이었다.

"어르신, 그럼 다음번 장날엔 결가를 어떻게 정할지, 환곡의 이자는 어느 정도 갚아야 할지 우리가 먼저 정하는 게 어떨까요? 그다음에 선무사를 만나도 될 낀대요."

"그러지요, 우리가 먼저 의견을 결정하고 나서 선무사와 담판을 져야지, 선무사가 한 대로 따라가서는 오히려 이용만 당할 거라니."

정나구의 눈이 다시 빛을 발했다. 할 수 있다는 자신감이 불쑥 솟아올랐다. 김일복이 함께해 주겠다고 하니 이제 동네마다 찾아다니며 뜻을 함께해 줄 사람을 설득하는 것이 훨씬 수월해질 것이었다.

이틀 뒤 정나구는 김일복 집을 찾았다. 김일복은 잘 익은 농주를 내왔다. 그리고 봄 햇살이 기우는 마루에서 봄 상추 겉절이를 안주로 술잔을 건넸다. 양반이지만 평민인 자기를 무시하지 않는 것이 고마웠다. 정나구는 김일복에게 감동해서 두 손으로 술잔을 받았다.

"삼정이 엉망이 된 거는 하루 이틀 일이 아니지만 이렇게 보고만 있을 수는 없지요. 조정에서 제 역할을 몬 하고 있으이 관리들은 마캉 백성의 고혈을 빨아먹느라 혈안이 되가 있고. 죽어 나가는 거는 백성인데 이제 더 이상 참을 힘이 없는 것 같네요. 여기저기에서 몬 살겠다고 아우성 치지만도 조정에서는 그거를 막을 방도도 없는 거 겉애요."

김일복은 이글이글 눈빛이 타오르는 정나구를 바라보며 속내를 털어놓았다. 그 역시 처음부터 나구가 편했던 것은 아니었다. 천성적으로 반골 기색을 타고난 외모였다. 툭 튀어나온 광대뼈와 찢어진 두

눈은 매우 날카로운 빛을 발하고 있었다. 평소라면 피하고 싶은 인물이었다. 그러나 지금처럼 백성들의 삶이 팍팍하여 분노가 이글거릴 때 문제를 해결하려고 한다면 이렇게 강단 있는 사람이 더 귀하게 쓰일 수도 있는 법이다.

술이 한 잔 들어가더니 정나구가 경계가 풀어진 듯 상추 겉절이를 안주 삼아 입에 넣으며 물었다.

"어르신은 부농이신데 머할라고 이런 일에 관심을 가지시요? 다른 양반들은 먹고살 만하만 우리 같은 농군들을 무시하고 우째만 세금을 안 내고 피할까만 궁리하니더만…."

정나구는 눈꼬리를 치켜 올리며 호기심에 찬 눈초리를 보냈다.

"다 망한 양반집이 무슨 권세가 있다고 백성들을 괴롭히겠어요! 선비란 자고로 책이나 읽고 옳은 일을 행하는 것이 도리라고 알고 있을 뿐이라요. 나야 선비 축에도 몬 들어요. 머 책은 째매만치 읽었지만도…."

김일복은 씁쓸한 미소를 지었다. 향리에서는 공부깨나 한 사람이었지만, 과거에 급제하지 못하는 한 쓸모가 없는 학문이었다. 유난히 드센 유학자들이 모여서 파를 형성하고 있는 상주의 분위기에서는 백성이 다 죽어 나간다손 누구 한 사람 나설 양반은 없었다. 김일복은 그런 분위기가 답답했던 터였다. 그는 말없이 다시 술을 한 잔 들이켰다.

"전답에 물린 세금만으로도 감당하기 어려운데 누가 가지고 간지도 모르는 환곡을 이자하고 원금까지 합해 가지고 백성들한테 거다간다 카니 이기 말이나 됩니까? 군포까지 겹쳐서 백성들은 농사를 짓고 누에를 치고 삼베를 짜도 남는 게 하나도 없습니다. 죽어라 일하고도 먹을 기 없어 굶어 죽을 판인 사람들이 천지삐까링께, 사람이이래 죽는 것은 도리가 아니라요."

정나구는 말을 마치고 나서 농주 한 사발을 벌꺽 들이키고 턱에 묻은 술 찌꺼기를 한 손을 쓰윽 닦아 내리면서 다시 김일복을 다그쳤다.

"우째만 좋겠능교?"

김일복은 고개를 숙이고 생각에 잠겼다. 한참 뒤에 고개를 들더니 수염을 쓸며 말했다.

"우선은 사람들을 모다야죠. 장날 모이라 켔으이, 사람들을 모다 놓고 세금을 줄구거나 없애는 방법을 생각해야 될끼라요."

정나구는 종이를 꺼내어 펴서 동네 대표자들의 이름을 보여주었다.

"이 사람들한테 모다 허락을 받았다꼬요? 언제 이런 거를…."

동네별로 적힌 대표자 명단을 보며 김일복은 놀라움과 감탄이 섞인 눈길로 정나구를 바라보았다.

"억지로 낀 사람은 없어요. 스스로 나선 사람들이라요. 지가 지난 장날 만나서 확실하니 답을 받았고, 장에 안 왔던 사람은 여 저 찾아다니매 생각을 물었어요."

정나구는 확신에 찬 목소리로 대답했다. 그리고 그 대표자가 데려올 사람들이 꽤 많을 거라고 생각했다.

"그 캐도 나중 일을 생각해서 그 명단은 비밀로 해야 합니대이. 남기지 말고 태워 삐리는 것도 좋은 방법일 끼고. 그런데 이 사람들이 관아로 쳐들어가자 카마 함께 나설까요?"

김일복은 누가 보고 있는 듯 이리저리 살피면서 조용히 말했다.

"이건 아직 별 의미가 있는 이름은 아니라요. 단지 동네 사람들한테 이러이러하다고 연락은 꼭 해 주겠다 카는 그런 거라요."

나구의 말에 김일복은 여전히 걱정이 많은 얼굴빛을 띠며 정나구에게 말했다.

"그래서 사람들이 모이마 누군가 책임을 지는 대표자가 있어야 하는 법이라요. 농민들이 모여서 세금을 줄가 달라고 요구할 때 앞에서 이끌 사람을 미리 정해야 해요. 우왕좌왕했다가는 낭패가 될 거라요."

"그야 우선 어르신과 제가 나서야지요. 안 그래여? 장날이 되기 전에 뜻을 같이하는 사람들이 다시 모이 가지고 의논을 해얄 것 같습니대이."

정나구는 술잔을 내려놓고 주먹을 굳게 쥐었다. 굳게 닫힌 그의 입술에서 진한 한숨이 흘러나왔다. 그동안 관에서 당한 수탈은 이만저만한 게 아니었다. 더 이상 사람 노릇을 하며 살아갈 수가 없는 지경에 이르렀다. 그는 두 손으로 깍지를 끼고서 우두둑 소리를 내며 손가락을 제꼈다.

"만일을 모르니 오늘 우리가 모인 것은 비밀로 하입시다."

김일복이 정색을 하며 정나구에게 다짐을 받고자 했다. 정나구가 야무지게 대꾸를 했다.

"사사로운 일로 큰일을 망쳐가 되겠으요? 우리가 만난 것은 숨소리 한나도 밖으로 내보내지 않을 끼라요. 단지 서로 뜻이 달라서 배신을 하게 된다 카마 운명이라고 생각해야 되겠지만도 그럴 일은 없어야 될 거라요."

정나구와 김일복의 눈빛이 허공에서 날카롭게 부딪쳤다. 실패하면 목숨이 날아가는 일이었다. 아니 성공해도 날아갈 수 있는 목숨일 것이다. 조정은 민란 뒤에는 백성의 말을 들어주는 척하면서도 반드시 주모자를 색출해 엄벌에 처하곤 했다.

3. 타오르는 불

관아로 쳐들어가자!

장날 아침 일찍부터 감나무 아래로 모여든 농민의 수는 백여 명이나 되었다. 그들은 한결같이 분노에 찬 표정으로 삼삼오오 무리를 지어 불만을 토로했다. 정나구는 징을 치며 사람들을 모았다. 징 소리는 봄날 장터를 울리며 긴 여운으로 사람들의 가슴속으로 퍼져 나갔다. 하늘은 파랬고 감나무 여린 새싹이 한들거리며 바람에 날리고 있었다. 정나구가 치는 징 소리는 이제 막 나온 약초들을 혹은 봄나물을, 갓 자란 채소들을 들고 나온 장꾼들을 울렁거리게 했다. 지이잉 지이잉 징 소리가 퍼져 나가자 여기저기에서 사람들이 구름 떼처럼 몰려들었다. 사람 무리는 금세 4, 5백 명으로 늘어났다.

"관아로 갑시대이. 세금 때문에 살 수가 없으니 관아로 가서 부사를 만나 가지고 조정을 하도록 합시대이."

누군가 걸걸한 목소리로 대중을 선동했다.

"옳소, 관아로 가서 성을 차지하고 우리 뜻을 전합시대이."

성난 농민들이 박수를 치며 관아로 가자고 했다. 농민들은 누가 말하지 않아도 낫과 호미, 괭이 들을 들고 있었다. 그러나 김일복이 큰 목소리로 외쳤다.

"지금 당장 관아로 가는 것은 일을 그르치는 것입니대이. 여기에서 우리가 세금을 어떻게 내야 하는지 의견을 먼저 모아가 관아로 가야 한다고요. 뒤죽박죽 개인 의견이 나오면 뜻을 이룰 수가 없습니대이."

"맞소."

누군가 맞장구를 쳐 주었다. 주름진 얼굴에 머리카락이 다 빠져 상투가 기울어진 사내가 목소리를 높였다.

"우선 전정으로 물리는 세금부터 어떻게 조정해 봅시대이. 세금을 지금의 반으로 줄여야 하지 않겠소. 너무 많은 세금을 내라고 하니 살아갈 수가 있겠소. 이대로 가다는 모두 굶어 죽을 거라요."

그러자 다른 쪽에서 함성 소리가 들렸다.

"아니라요. 지금 열 냥을 내라고 하는데 다섯 냥을 내도 농사짓고 남는 게 없어요. 두 냥이 가장 알맞습니대이. 일 년 내내 고생해가 먹고살 거는 남아야지 안 그라요? 관리들만 살 판이라요."

"옳소. 좋습니대이. 두 냥으로 낮추도록 합시다."

농민들이 함성을 지르기 시작했다. 농민들은 누가 뜻을 전달했는지 솟대에 노란 깃발을 달고 나왔다. 한 떼의 관군들이 몰려왔다. 그들은 농민들의 수가 기 백명이 넘는 것을 알고 슬그머니 발걸음을 늦추고는 뒷걸음을 쳤다. 먼지를 일으키며 달려온 기세가 한풀 꺾인 채로 겸연쩍게 멀찍이서 바라보고만 있었다.

정나구는 포졸들의 움직임을 살폈다. 그리고 김일복에게 속삭였다.

"낫과 호미뿐 아니라 다음 장에서는 죽창이라도 가져와 무장을 해야 할 것 같습니대이. 저놈들이 숫자 때문에 그 카지만 지금 우리를 몹시 낮차서 볼 거라고여. 언제 덮칠지 몰라여."

"옳은 말입니대이. 다음 장날에는 옆집 뒷집 마캉 데리고 모두 무장을 해얄 거라요."

김일복도 표정을 굳히며 야무지게 대답을 했다. 김일복은 다시 무리들 속으로 들어가 외쳤다.

"우리 요구대로 다 받아들여지는 거는 아닐 거라요. 그라이 조정을 하도록 합시대이. 결가는 마지기당 열 냥을 내라 카지만도 너무 많으니 다섯 냥만 내도록 요구하는 게 어떨까요? 두 냥은 받아들여지기 힘들 거라요."

그러나 대중들이 소리를 지르며 반대를 했다. 김일복은 일순 당황했으나 차분하게 마음을 다스리며 다음 문제를 꺼냈다.

"다섯 가구당 동포 두 필을 내라고 한 기는 한 필씩으로 줄가서 내도록 합시대이."

그러자 군중 속에서 목소리가 들려왔다.

"열 집에서 동포 한 필을 내는 기 더 알맞지 않소? 다섯 집에서 한 필을 내는 것도 너무 많거등요."

김일복이 정나구를 건너다보았다. 정나구는 굳게 입을 다물고 군중들의 반응만 살피고 있었다.

"그럼, 일단 열 집에서 한 필로 줄이자고 의견을 결정하고 선무사와 담판을 짓도록 해 보입시대이."

김일복이 군포 문제를 정리하며 환곡의 문제를 꺼냈다.

"누가 빌려 간지도 모르는 환곡 500섬을 마을 사람들에게 모두 물어내라고 하니 이것도 말이 되는 소리가 아닌데 이 문제는 우째까요?"

그러자 정나구가 나섰다.

"그 환곡은 관리들이 잘못한 거라요. 그노마들이 곡창을 열어서 슬슬 빼어 먹었을 수도 있고, 누군가에게 빌려주고 정리를 안 한 것일 수도 있소. 우리하고는 아무 상관이 없는 거라요. 그런데 그거를 애매한 백성들한테 물어내라 카이 이거는 관리들 책임을 우리한테 뒤집어씌우는 일이라요. 백성은 죄가 없소. 각자 빌린 환곡 갚기도 힘든데 우리가 그까지 책임질 필요가 없는 기라요. 500섬 환곡은 갚을 수 없는 거라요."

정나구의 말에 군중들은 환호성을 지르며 만세를 불렀다.

"그건 갚지 맙시대이. 그녀마들이 빼돌린 거라요."

김일복은 당황했다. 관아에서 그 말을 받아들여 줄 리가 없었다. 환곡을 담당하는 관리는 자신의 잘못을 인정하기 싫어서 기필코 그

것을 백성들에게 나눠서 물리려고 할 것이었다. 김일복은 무겁게 입을 열었다.

"그게 말이라요, 물론 여러분들이 빌려 쓴 것은 아니지만 관리들이 없어진 환곡을 채워 넣으려고 하기 때문에 우야든동 짐을 지울라 칼낀데여. 현실적으로는 부담액을 줄여야지 아주 못 낸다 카만 일을 풀어내기 더 어려불 겁니대이."

그러나 정나구가 얼굴을 붉히며 반론을 제기했다.

"아니라요. 백성들이 잘못한 것도 없는데 억울하게 계속 당하면 우짜라고요. 이번 기회에 백성들도 살아 있다는 것을 보이줘야 합니대이. 안 그라고는 계속 같은 일이 반복될 끼라요. 여태도 그래 왔고 지금은 패악질이 젤로 심한 때 아니라요?"

"옳소! 그렇게 합시대이. 물러서면 안 됩니대이."

정나구의 말이 떨어지자마자 군중 속에서 지지의 함성이 들려왔다. 김일복은 당황했다. 자신이 한 말에 대해서는 반대를 하면서 정나구가 하는 말에 대해서는 찬성을 하는 게 못마땅했다. 정나구가 말하는 의견이 관아에 받아들여질 리가 없었다. 자신은 절충안을 만들고 현실적인 제안을 제시하고 있는데도 군중들이 소리를 지르는 것이 안타까웠다.

정나구는 더욱더 힘찬 목소리로 말했다.

"여기에서 물러서서는 안 됩니대이. 우리의 의견이 안 받아들이지만, 디기 씨기 뎀벼들어야 될 끼라요. 우리는 환곡을 한 톨도 갚아서는 안 되고 결가나 동포도 최대한 줄가서 내야 합니대이. 우리가 먹고살 만한 양식을 냅두고 뺏아 가야지, 농사를 지 가이고도 허구헌 날 굶다 죽는 사람이 얼마나 많아요? 누구 좋은 일 시키려고 뼈 빠지게 농사를 지야 되는지 더 이상 물러서서는 안 됩니대이."

군중들의 함성 소리가 높아졌다. 그들은 가지고 온 농기구를 흔들며 정나구의 말이 옳다고 소리를 질렀다.

"옳소!"

"관아로 갑시다!"

"여서 이래지 말고 이젠 관아로 가서 우리 뜻을 전합시대이."

군중들이 일제히 앞으로 나아갔다. 앞자리에 선 사람 중 누군가 나발을 불었다. 나발이 울리자 그것이 신호가 되어 징과 함께 꽹과리와 북이 터졌다. 농민들은 꽹과리를 두들기며 노래를 불렀다. 일단 노래가 터져 나오자 걷잡을 수가 없었다. 농민들이 미친 듯이 앞을 향해 달리며 굿판이 벌어진 것이다.

예기치 않은 일이었다. 정나구는 좀 당황했다. 이들을 어떻게 해야 할지 알 수가 없었다. 행렬이 움직이기 전에 말을 맞춰야 하는데 이미 선두에서 이동이 시작되었고 행렬을 멈출 방법이 없었다. 정나구가 소리를 질렀지만 노랫소리에 묻혀 버렸다. 어느 순간 노랫가락은 함성으로 바뀌었다.

"관아로 가자!"

"결가를 줄구자!"

"환곡을 없애자!"

농민군들은 낫과 쇠스랑, 호미, 혹은 죽창까지 들고 있어서 걸음
소리와 더불어 쇠 부딪치는 소리가 요란하게 들판으로 퍼져 나갔다.
그 소리를 듣고 양민들이 담 너머로 고개를 내밀었다. 혹은 길가로
나와서 구경을 하는 사람도 있었다. 그러나 상주 부사 못지않게 긴장
한 사람들은 양반들이었다. 양반들은 농민들이 뭉쳤다는 소리를 듣
고 피난할 채비를 차려 놓고 있었다. 성난 군중이 덤벼들어 양반집에
불을 지를지도 모르는 일이었다.

상주성을 지키던 부사 한규석은 전령이 달려와서 농민들이 몰려온
다고 보고를 하자 혼비백산했다. 그는 관군들에게 무장을 하고 농민
들을 막을 준비를 하라고 이르며, 무기 창고를 열어서 화승총과 화약
을 내주었다. 그는 농민들 숫자가 수백 명이라는 보고에 어쩔 줄 몰
랐다. 진주에서 부사의 목이 베어졌다는 소식은 이미 모든 관리들에
게 전해졌다. 약삭빠른 이방은 아침부터 끙끙거리다가 몸이 아프다
며 집으로 돌아가고 없었다. 그도 피해야 한다고 생각했다. 지금 농
민을 상대로 싸우는 것은 무모한 일이었다. 그는 병졸들에게 명령을
내려 놓고 관사로 들어가 급히 바랑에 금붙이를 찾아 넣었다. 슬금슬
금 북문으로 걸어가서는 병사들이 눈치채지 않게 성을 점검하는 것
처럼 이리저리 살펴보다가 슬쩍 북문을 빠져나왔다. 아무도 없는 것
을 확인한 뒤 그는 재빨리 평복으로 갈아입었다. 아무도 그가 부사인
지 알 수 없었다. '벼슬을 하면 무엇하랴, 목숨이 제일이지. 농민들에

붙잡혀서 조리돌림을 당하며 죽는 것은 어리석기 짝이 없는 일 아니냐!' 그는 북쪽을 향해서 줄행랑을 쳤다. 부사는 미친 듯이 달리다가 성 쪽을 돌아보았다. 어느새 농민들이 벌 떼처럼 성 쪽으로 몰려가고 있었다.

장터에는 갑자기 먹구름이 몰려오고 흙바람이 일었다. 세찬 바람이 몰아치며 금방이라도 빗방울이 떨어질 것 같았다. 스산한 기운이 돌자 농민들의 고함 소리가 더 커졌다. 대낮인데도 어둑해졌다. 회오리바람 속에서 이리저리 휩쓸리며 농민군의 행렬은 성문을 향해 나아가고 있었다. 꽹과리 소리는 더 높아졌고 바람 소리와 농민들의 함성 소리가 합세해서 괴이한 소리가 파도를 치듯 들판을 휘돌았다. 누가 들어도 소름이 끼치는 괴성이었다. 징 소리, 북소리, 꽹과리 소리는 점점 더 세차게 울려 퍼졌다. 농민들이 급류를 타듯 빠른 걸음으로 성문 앞에 도착했다. 금방이라도 성문을 부숴뜨릴 것만 같았다. 무장한 관군들이 겁에 질린 채로 성벽 위에서 농민들을 내려다보고 있었다.

"부사 나으리, 난리가 났습니대이. 농민군들이 쳐들어왔어요. 한두 명이 아니라요. 빨리 명령을 내리 주시요. 우째만 좋겠어요?"

병방이 관아로 가서 애타게 부사를 불렀지만 대답이 없었다. 병방은 이상해서 방문을 열어 보았다. 방 안은 텅 비어 있었고 부사가 귀중품을 넣어 두는 서랍이 텅 빈 채로 나동그라져 있었다. 병방은 어이가 없어서 혀를 찼다.

"아니, 농민들이 쳐들어왔는데 고을 부사가 코빼기도 안 비추고 내 빼 뿔면 성은 누가 지킨단 말이라?"

병방은 터벅터벅 성벽으로 돌아와서 아래를 내려다보았다. 낫과 죽창을 든 농민군들이 수백 명이 끊임없이 소리를 지르고 있었다. 그러나 그들이 농기구로 무장을 하고 있다고 하더라도 관군에게는 총과 화살이 있으니 두려워할 일은 아니었다.

"부사는 나오라! 우리 요구를 들어라."

금방이라도 빗방울이 떨어질 것 같은 하늘이었다. 한 사내가 군중의 앞으로 나와서 소리를 질렀다. 병방이 앞으로 나아갔다.

"부사는 출타 중이라. 할 말이 있으마 우리한테 해라."

병방은 화승총을 한 방 허공에 쏘았다. 농민들 무리가 총소리를 듣고 웅성거렸다.

"아이라. 빨리 안 나오만 목숨이 위험항께 빨랑 얼굴 내밀으라 캐라!"

농민들 속에서 또다시 우렁찬 목소리가 들려왔다. 병방은 부사가 떠났다는 사실을 농민군에게 알려야 할지 말아야 할지 분간이 서지 않았다. 그러나 지금 당장은 저들이 물러나게 해야 했다. 저들과 싸워서 좋을 일이 없었다.

"부사는 몸이 편찮아서 쉬러 갔다. 긍께 다음에 오만, 기별을 해가 나오라 할 낑께 오늘은 일단 요구를 말해라."

병방의 외침에 군중들이 수런거렸다. 병방은 예기치 않은 상황이 발생할까 봐 화승총을 꼭 쥐고 있었다. 저들이 낫과 곡괭이를 들고 한꺼번에 덮친다면 화승총에 불이 붙는다 해도 관군들의 피해가 늘어 갈 터였다.

"좋다, 우리들은 부사를 만나가 결가와 군포 그리고 환곡에 대해서 담판을 질라 칸다. 만약 다 내라 카만 이 성을 다 뿌사 치울 끼라. 그 카니께 부사한테 다음 장날에 나와서 우리들 말을 들으라 캐라!"

병방의 다리가 후들후들 떨렸다. 병방이 뭔가 대답을 하려고 고개를 내밀었을 때 농민들이 일제히 소리를 질렀다.

"우우우우! 이대로는 못 돌아간다. 성을 다 뿌수자. 우리의 힘을 함 보이주고 가자."

병방은 총을 꼭 쥐며 다리에 힘을 주었다. 저 많은 농민군들이 성벽을 타고 오르면 한바탕은 전투가 벌어질 터였다. 그것은 막아야 했다. 그는 재빨리 군중을 향해 소리를 질렀다.

"부사에게 기별을 보내겠다. 다음 장날은 부사가 직접 나서서 협상을 하도록 할 낑께 오늘은 고마 돌아가라!"

그러나 분노에 찬 농민들에게 그 말은 닿지 않았다. 그들은 성으로 돌을 던졌다. 공방이 화승총으로 몇 발을 쏘아 댔지만 무서워하지 않았다. 여기저기에서 날아온 돌멩이가 성벽을 부딪치고 떨어졌다. 어떤 것은 성안으로 떨어지기도 했다. 관군들은 돌멩이에 맞지 않으려고 뒤로 물러서서 농민들을 바라보고 있었다. 병방의 마음에 조금 여유가 생겼다.

"공격하지 마라, 자들은 가진 기 돌삐빽기 없다. 긍께 돌삐 떨어지만 스스로 물러날 팅께 보고만 있으만 된다."

병방은 누대에 올라서 농민들을 내려다보았다. 그들의 함성은 크고 분노에 차 있었다. 그대로 방치하면 다음 장날에는 치열한 전투가 벌어질 것 같았다. 저들을 달래야 했다. 부사는 떠났으니 누가 저들을 달래 줄 수 있을지 알 수 없었다. 이미 예천과 성주에 세금을 조정할 특사가 파견되었다고 하니 그가 와서 조정을 해야 할 터였다.

그는 인근의 부사들에게 상주의 사정을 전해야겠다고 생각했다. 부사는 언제 돌아올지 알 수 없었지만 성이 점령되는 것은 막아야 했다. 회오리바람은 점점 더 세지고 있었다. 이윽고 굵은 빗방울이 떨어졌다. 농민들이 이리저리 휩쓸리며 비를 피하기 위해서 여염집의 처마 밑으로 흩어졌다.

"오늘은 하늘이 도와주는구나!"

병방은 흩어지는 농민들을 바라보며 안도의 한숨을 쉬었다. 이렇게라도 공격을 피할 수 있어서 다행이었다. 여기저기 흩어진 돌멩이들이 농민들의 숫자만큼 많았다. 그는 무거운 발길을 돌려서 관사로 들어갔다. 그리고 인근의 부사들에게 보낼 서찰을 쓰기 시작했다.

다음 장날을 기다리기도 전에 4월 27일 선무사 이참현이 파견되었다. 이참현은 상주 고을에 들어서자마자 동대청으로 농민 대표를 불러들였다. 삼정 문제를 논의하자는 것이었다. 그는 토지의 소유량에 따라서 대민 대표와 소민 대표를 선정하고 삼정에 대해서 협상을 하러 들어오라고 공시했다. 농민들은 재빨리 모임을 열고 대표를 선정했다. 대민 대표로 김일복 외 두 명이, 소민 대표로 정나구 외 세 명이 나섰다.

농민 대표들은 서로 입을 맞춘 뒤 관아의 동대청으로 나아갔다.

"자, 농민 대표들이 삼정에 대해서 부담할 수 있는 액수를 먼저 제시해 보시오."

선무사 이참현은 자신감에 차 있었다. 마치 자신이 세금을 징수하는 장본인이라도 되는 양 거만한 표정을 짓고 있었다. 그는 느물느물한 미소를 띠며 먼저 대민 대표에게 물었다. 김일복이 냉정하게 의견을 냈다.

"군포는 한 필로 줄여 주시오. 두당 두 필은 너무 많습니대이. 마을별로 오가구당 열 필을 내라 카는 거는 내지 말라카는 거랑 같습니대이. 그리고 결가는 5냥으로 정하는 게 적절할 것 같습니대이. 환곡은 우리가 빌려간 기 아닝께 우리한테 거다서는 안 됩니대이."

이참현은 대민 대표의 말을 받아 적으며 표정을 드러내지 않았다. 사무적인 자세로 대민 대표를 바라볼 뿐이었다. 소민 대표인 정나구는 그런 이참현의 표정을 자세히 살피며 왠지 모를 비애감을 느꼈다. 이자는 문제를 해결하기 위해 파견된 것이 아니라 농민들을 능멸하기 위해서 온 것인지도 몰랐다. 또한 이참현이 대민 대표를 바라보는 눈빛과 소민 대표인 자신을 바라보는 눈빛이 매우 다르다는 것을 느꼈다. 이참현은 정나구 쪽을 바라보며 무시하듯 물었다.

"소민 대표도 생각이 그러한가?"

정나구는 이참현을 쏘아보며 입을 열었다.

"대민과 소민은 입장이 서로 다릅니대이. 수확이 많은 사람과 적은 사람을 함께 세를 매기는 것은 소인들에게는 마캉 불리한 조건이라요. 소민들은 수확물이 더 적웅께 세금도 더 줄가 주시야 됩니대이."

이참현은 헛기침을 하며 정나구의 강한 눈빛을 피했다. 그리고 허공에다 시선을 두며 명령했다.

"그러니까 요구 조건을 묻지 않느냐!"

"군포는 동네별로 정해 주시야 될 거라요. 개인당 두 포를 내야 한다는 것은 너무 징수가 과합니대이. 얼라한테도 군포를 매기니 살 수가 없어요. 동네별로 두 냥 정도로 정하던가. 그카고 결가도 석 냥으로 내리야 됩니대이. 열 냥을 내고 나만 저들은 먹고살기 없거둥요. 환곡의 문제는 백성들이 빌리지도 않았는데 원금과 이자를 내라 카이 부당하기 짝이 없습니대이. 그기는 환곡을 관리한 자가 잘못해서 일어난 일이니까, 마땅히 관리가 물어야 될 거라요."

정나구는 이미 농민들의 의견을 모아서 정리해 온 것들을 당당하게 요구했다.

"뭐라고? 사라진 환곡에 대해서 이자도 물지 않겠다고? 그 환곡이 어디로 사라졌겠는가? 다 농민들이 빌려 가서 안 갚은 것이다. 너희들이 저지른 일을 관에 뒤집어씌우는 게 아니냐? 괘씸하구나."

이참현은 마당 한쪽에 침을 퉤 뱉으며 혀를 끌끌 찼다. 정나구의

주먹이 절로 쥐어졌다. 정나구는 이를 악물었다. 그렇지만 어떻게라
도 협상을 해야 했다. 그것만이 농민이 살아남는 길이었다.

"좋다. 오늘 의견은 잘 들었다. 더 생각해 보고 결정은 다음 장날
이곳에서 내리겠다. 집으로 돌아가거라. 그리고 닷새 뒤에 다시 이곳
으로 나오도록 해라!"

이참현은 냉정하게 잘라 말했다. 김일복이 정나구를 건너보았다.
구경을 나온 농민들이 주춤하며 뭔가 미련이 남은 듯한 표정으로 물
러서지 않고 있었다. 김일복이 이참현에게 조용히 물었다.

"이렇게 만나자고 했으이 무슨 생각을 하시는지 말씀을 해 주셔야
하지 않을 거라요? 그 캐야 기다리고 있는 농민들에게 뜻을 전달할
수 있지 그 카지 않으마 민란으로 이어질 수도 있습니대이."

이참현이 김일복의 말에 바짝 놀라 소리를 질렀다.

"무어야? 민란이라니? 감히 나를 협박하는 것이냐? 난을 일으켰다
가는 어떤 일을 당하는지 알지 못하느냐? 세금을 내지 않으면 벌을
받아야 마땅한 게다. 그래도 형편들이 안 좋아서 감할 길이 있는지 찾
아보려고 나라에서 나를 파견을 했는데 관리에게 겁박을 하는 게냐?"

김일복은 입을 다물었다. 속으로는 이참현이 앞으로 당할 일을 상
상해 보며 뒤로 물러섰다. 정나구가 이참현을 바라보며 한마디를 던
졌다.

"이래도 죽고 저래도 죽으만 우리가 우쩰 거 같습니까? 현명하게
생각하시기 바랍니대이."

이참현은 대답을 하지 않았다. 대신 정나구와 김일복을 부릅뜬 눈으로 쳐다보았다. 동대청에 서서 구경하는 사람들로 시선을 돌리던 그는 어금니를 꽉 깨물고 있었다. 농민들이 이참현의 따가운 눈초리에 하나둘 빠져나가기 시작했다. 김일복과 정나구도 동대청을 빠져나와 성 앞에 발을 멈추었다.

"오늘 애쓰셨습니대이. 어차피 시작한 일이니 좋은 결과를 보마 좋을 거라요."

김일복이 정나구에게 위로의 말을 건네는데 말투가 이전의 말투가 아니었다. 게다가 한 발 빼는 듯한 표정인 것 같아 나구는 내심 불안했다.

"선무사가 대민을 대하는 자세와 소민을 대하는 자세가 마캉 다르고 문제를 해결하기보다는 윽박질러서 관의 뜻대로 하려고 하는 것 같습니대이."

정나구는 말을 하면서도 김일복도 양반 출신의 대농이라 입장 차이가 있을 것이라는 생각을 했다.

"일단 다음 장날 협상을 해 보고 그다음에 행동으로 드가야 되겠네요. 일이 잘 안 풀리마 농민들을 모다서 다시 성으로 쳐들어가야 할 거라요. 일이 잘되어야 할 낀데…."

김일복의 얼굴 표정은 가늠하기 어려웠다. 같이하겠다는 것인지, 발을 빼겠다는 것인지 그는 확실하게 말을 하지 않고 있었다. 지난번 장날에도 김일복은 관아로 향하는 무리에서 빠지지 않았던가. 정나구는 김일복이 입장의 차이는 있어도 목적이 크게 다르지는 않을 테니 함께하게 될 것이라고 애써 정리를 했다. 그러나 한편으로는 양반이 위험을 감수하기가 쉽지는 않을 것이며 결정적일 때 발을 뺄지도 모르겠다는 걱정이 마음 한구석에 스멀스멀 기어올라 왔다. 정나구는 뒤숭숭한 마음에 무거운 걸음으로 마을로 돌아왔다. 느티나무 아래에서 오복이가 기다리고 있었다.

"오늘 선무사 만난 거는 어째 됐나?"
오복이는 정나구를 보자 반가운 기색을 하며 소식을 물었다.
"우리 생각맨치는 쉽게 안 될 거 같아여. 우리 요구 사항을 말하라 캤지만, 건성이고 듣는 척만 해여. 이미 정해진 관의 입장이 있고, 우리한테 강요할라 카는 심보라. 협상이라 카는 거는 시늉만 하고 있는 거로 비네."

오복이가 인상을 찌푸리며 입맛을 다셨다.
"그것도 모리고 우리는 큰 기대를 하고 있었네. 결가도 낮춰지고 사라진 환곡도 우리가 안 갚아도 될 끼라고 생각했지."
"시늉을 해야 댕께 쪼매라도 줄가는 주겠지. 근데 그기 뭐 우리 사는 데는 크게 도움이 안 되니까 하나 마나라."
정나구는 분노가 치솟아서 가만히 있을 수가 없었다. 그는 느티나무 둥치를 두들기며 소리를 높였다.

"피해를 줄굴라만 협상을 해야 되여. 그런데 협상을 하자믄 저들한 테는 우덜이 얼마나 무서븐지 보이줘야 우덜을 대하는 태도가 빈할 끼라. 지금으로는 그저 지들이 으름장만 놓으만, 농삿꾼이 세금을 낼 수밖에 없다 이래 생각하고 있는 거 같애여."

오복이의 표정이 심각하게 변하였다.

"우리는 지난 장날 이후로 기대를 마이 하고 있어. 뭔가 이뤄질 듯 한 낌새를 느끼지 않았나. 그래서 한판 씨기 붙고 나서 우리에게 돌 아올 이익을 생각하매 희망에 들떠 있는 거라. 그란데 우리 희망이 불씨를 댕기기도 전에 꺼지게 되만 다른 사람들도 아마 화가 씨게 날 꺼라. 성난 농민들이 무슨 행동을 하게 될지는 아무도 몰라여."

오복은 말을 마치고 충혈된 눈으로 허공을 바라보았다.

정나구도 고개를 끄덕이며 허망한 표정을 지었다.

"이미 이 일에 손을 댔응께 먼가 지대로 결판을 내야지. 아직 희망 은 있어. 우리가 얼매나 씨기 나가는가에 따라서 일이 달라질 거라."

정나구는 말을 하면서 다음으로 무엇을 해야 할지 머리를 굴리고 있었다. 이대로 갔다가는 농민들은 모두 굶어 죽을 처지였다. 여기저 기에서 민란이 일어나서 관의 힘이 약해져 있는 것도 하나의 기회이 기는 했다.

"우리도 힘을 보이야 할 때가 온 거라. 관리들은 오로지 잿밥에만 관심이 있지, 백성들이 가진 것은 마캉 지들 껀 줄 알고 뺏을 생각뿐 이라. 세금 조정을 위해서 특별히 파견됐다 카는 선무사도 지 밥그릇만 챙기고 앉았던 거로."

정나구의 목울대가 마구 꿈틀거렸다.

"관리들만인가? 양반 놈들은 또 전부 세금을 농민들한테 돌리 놓고 지들만 핀하이 살라고 기를 쓰고 자빠졌응께, 모두 우리만 죽으라는 소리지…."

정나구의 볼에 뜨거운 눈물이 흘러내렸다. 곁에 있던 오복이의 주먹이 저절로 쥐어졌다.

"농민들의 고혈을 빨아먹고 사는 놈들이 양반들이라. 갸들이 관리들보다 더 나빠여. 하늘이랑 땅이 딱 붙어서 양반만 골라서 죽이 삐리고 농민이 주인이 되는 새로운 세상을 만들었으면 좋겠고마는."

정나구가 주먹을 쥐고서 하늘을 향해 소리를 질렀다. 오복이가 이를 앙다물며 대꾸했다.

"이래저래 우리만 죽어나. 왕이 정치를 포기하고 나라 꼬라지가 엉망인께 관리들이 서로 이득만 취할라꼬 혈안이라. 기왕 죽을 거 이래 가만 앉아가 죽을 끼 머라. 안 죽을라만 뭐라도 해봐야 허는 거 아니래여?"

"일단 다음 장날까지 준비를 하고 기다려야지. 결정이 우째 날지. 그치만 마냥 기다리는 건 아이고, 사람들에게 준비를 시켜야 해여. 선무사가 왔지만 우리에게 유리한 것은 한 개도 없을 것 같애."

정나구와 오복이는 반짝이는 무논을 바라보았다. 모내기가 끝난 논에는 물이 가득 차 있었다. 상주 고을을 꽉 채우고 있는 무논에서는 햇볕이 반사되어 반짝반짝 마치 거울이 펼쳐진 것 같았다. 저 아름다운 들판을 꽉 채울 곡식들이 농민들의 입으로 들어가지 못하고 관리들의 창고로 들어간다고 생각하니 또 한 번 이가 갈리었다.

　다음 장날에 농민들은 성난 얼굴들로 장터로 모여들었다. 정나구는 재빨리 김일복을 찾아보았으나 군중 속에 김일복의 모습은 보이지 않았다.

　"결가를 열 냥 내라 카디만 성주 동네는 여덟 냥으로 깎았대여!"

　"환곡도 그대로 원곡과 이자를 우리보고 마캉 갚으라 칸대여!"

　"군포도 전부 그대로 내라 칸대."

　이참현의 세금 조정 발표 내용에 분노한 농민들이 소리를 지르며 입에서 입으로 소식을 전했다. 군포를 열 집에서 한 필씩만 내거나 동네별로 두 냥을 내자고 하였는데 여전히 두당으로 징수한다는 결정에 농민들의 분노는 더 커졌다. 선무사 이참현은 성주에서는 농민들이 거세게 나오자 두 냥을 깎아 주었는데 이쪽 상주 농민의 의견은 하나도 받아들이지 않고 그대로 세금을 걷겠다는 것이다. 농민들은 분노해서 동대청으로 달려가 선무사가 나오자 욕을 퍼부으며 돌멩이를 던졌다.

　"성주하고 상주는 다른 나라 백성이라? 왜 상주 사람들한테만 농간을 부리여?"

　"나라 녹을 받아먹고 살민서 백성들을 우롱하다니 사기꾼이라."

"저런 관리부터 잡아 조지야 해여."

이참현은 달려드는 농민들을 보고 놀라서 허둥지둥 신발도 신지 못하고 뒤뜰로 달아났다. 그가 뒷담을 넘어서 동대청을 빠져나가 도망치는 것을 보고 농민들이 뒷담으로 몰려들었다. 농민들은 계속 돌을 던졌다. 이참현은 걸음아 날 살려라 하고 정신없이 뛰어 성 밖으로 도망쳤다. 그가 보이지 않을 때까지 농민들은 그의 뒤를 따라가며 돌을 던졌다. 농민들은 다시 장터로 모여 정나구와 더불어 삼정에 대해서 의견을 나누었다.

"결가는 성주처럼 여덟 냥으로 하자 합시더!"

"다른 데서는 7냥 반으로 하겠답디더!"

"성주는 여덟 냥인디 상주는 열 냥으로 하는기 말이나 되어? 다른 디서 7냥 반으로 하자만 우리도 그라만 안 되여?"

군중이 함성을 지르자 정나구가 징을 두드리며 외쳤다.

"결가 여덟 냥 아래로!"

사람들이 함성을 지르며 좋다고 북을 울려 주었다.

"군포는 동네별로 두 냥씩!"

"좋소!"

이번에는 꽹과리 소리가 울려 퍼졌다.

"환곡은 원곡은 제외하고 이자만 내는 걸로 하만 어땔까요?"

정나구의 목소리가 허공에서 쩌렁쩌렁 울렸다. 그런데 누군가 깃발을 흔들며 소리를 질렀다.

"환곡은 우리가 쓴 게 아니니 원곡도 이자도 물어서는 안 될 끼라 요. 관리들이 몰래 내주고 챙긴 거 아니라요?"

"좋아요. 그렇게 합시대이!"

정나구는 강하게 외치는 소리에 매우 긴장했다. 일이 뜻대로 안 되 면 농민들은 정나구에게도 곧바로 돌을 던질 것만 같았다.

"그렇지만 그런 요구가 통할 것 같진 않습니대이. 원곡과 이자 둘 다 안 낸다 카만 들어주지 않을 것 같으니 이자라도 낸다 캐야 됩니 다. 억울해도 결가나 군포를 줄일라 카만 환곡의 이자는 내야지 않을 까요?"

"안 되여!"

농민들은 다시 아우성을 쳤다. 정나구는 물론 환곡의 이자를 내고 싶은 마음은 추호도 없었다. 그렇지만 농민들 요구대로라면 협상이 잘 이뤄질 것 같지 않았다.

"협상을 할 수 있도록 우리도 쪼매 양보를 합시다. 만약 이참현과 협상을 모하만 우리는 세금을 내다가 죽어야 할 판이라요. 세금을 못 낸 사람들이 동헌에 불리가가 곤장을 맞다 죽는 일이 줄줄이 이어질 끼라요."

"그럼 이자만 내도록 합시대이!"

정나구는 사람의 의견을 정리해서 다시 불러 주었다.

"우리가 이참현에게 이 말을 전하면 들어주지 않을 기 뻔하오. 누 군가 중재를 해 줘야 합니대이. 그럴라만 향반을 찾아야 할 끼라요.

우리의 의견을 중간 입장에서 선무사에게 전달할 사람이 필요하단 말이라요."

정나구가 군중을 둘러보며 의견을 묻자 앞줄에 서 있던 오복이가 뒤로 돌아 큰 소리로 사람들에게 말했다.

"대농이지만 김일복 어른은 농민 입장에서 일을 마이 해주고 있응께 그분께 부탁을 드리도록 합시대이. 우리 의견을 선무사에게 알려 주라고요."

"좋습니대이!"

"그럼 다음 장날에 또 모이야 합니대이. 꼭 나오시야 할 끼라요."

다음 모임 날을 알려 주었지만 일행은 쉽게 흩어지지 않았다. 한바탕의 한풀이가 이어졌다. 풍악이 울리고 한스런 민요 가락이 이어지며 행렬이 길게 장터를 한 바퀴 돌았다. 오랫동안 쌓이고 쌓인 분노가 강물처럼 흘러 바다로 모여들고 있는 것 같았다. 역사 이래로 민란이 성공한 적은 한 번도 없었다. 아무리 힘이 장사라도 관군을 이길 수는 없었다. 한양에서 군대를 모아 내려오면 잡혀 죽는 것이 그간에 있었던 민란의 최후였다. 정나구는 농민의 행렬을 바라보며 가슴이 벅차기도 했지만 한편 처자식을 떠나보낼 때부터 마음 깊은 곳에 고여 드는 두려움도 떨칠 수 없었다.

'잡히면 죽을 것이다.'

정나구는 잠시 뒤 고개를 들고 도리질을 했다. 산산이 부서져 죽더라도 오늘 이 순간 불꽃처럼 타오르고 싶은 욕망을 누를 길이 없었다. 그는 대열을 빠져나와 쏜살같이 김일복의 집을 향해 달렸다.

"어서 오이소."

글을 읽던 김일복의 얼굴 표정에 잠시 긴장감이 돌았다.

"오늘 모임 소식은 이미 들었어요. 선무사가 줄행랑을 쳤다고?"

"예. 참말로 모지란 인간이라요. 우쨌든 세금을 줄궈야 하는데 방법이 없을 끼라요? 다음 장날 다시 모이기로 했는데 중재할 사람이 필요합니대이."

"그래 가이고 여로 왔네여?"

정나구는 김일복을 쳐다보며 간절한 눈빛을 보냈다.

"저희 고을에는 양반입네 하는 자들이 전부 세상을 바꿀라는 생각은 안 하고 지금처럼 그냥 사는 기 핀하다 카고 농민들이 힘들게 사는 거는 모린 척하는데, 이기는 정말 잘못됐는 거라요. 약한 자들한테 세금을 미라 가지고 지들 이익만 챙기고 있응께 진짜로 선비다운 행동은 아이라고 생각합니대이."

김일복은 수염을 쓰다듬으며 한숨으로 대답했다.

"학문을 하는 자란 시대의 어려움을 해결하려고 드는 기 진실한 태도지만도 늘 무리가 만들어지마 그 뜻도 또한 변질될 수 있응께. 마캉 기득권을 가지고 있는 그들이 변하기는 어려운 일이라요. 하루아침에 굳은 생각도 아니고 오랜 시간 동안 세상의 중심이 양반이라는 생각들을 하고 있으이. 이 고을 일도 나랏일도 전부 지들이 좌지우지해야 한다고 여기고 있을 꺼라요. 참말로 누가 나서기는 나서얄 긴데…."

"어르신! 이번에 나서가 한 번 도와주이소. 어르신만이 우리 농민들의 애끓는 마음을 해결할 수 있을 거라요."

김일복은 눈을 감고 입을 굳게 다물었다. 정나구가 무릎을 꿇고 대답을 기다려도 아무 말을 하지 않았다. 두 사람 사이로 침묵이 흘렀다. 봄날의 따가운 햇살이 마당에 머무르고 있었다. 정나구는 한참 있다가 자리에서 일어나 팔짱을 끼고 마당을 서성였다. 들판에는 모내기가 한창이었다. 지금 농민들은 잠시도 쉴 틈이 없었다. 그런데도 그 농사를 지어서 남는 것이 없다는 생각에 장날에는 어김없이 모임에 나오는 것이었다

"어르신 다시 한 번 생각해 보시고 뜻이 있으시만 다음 장날 장터로 나와 주이소."

정나구는 방을 향해 고개를 숙이고는 황급히 대문을 나섰다. 김일복에게도 쉬운 결정은 아닐 것이었다. 관에서는 앞장서서 일을 도모하는 자들을 가만두지 않을 것이기 때문이다. 김일복이든 정나구든 앞에 나서는 것은 후일 어떤 피해도 감수해야 한다는 것을 뜻했다. 그것은 목숨이 될 수도 있으니 서운하기는 해도 김일복이 저리 망설이는 것도 이해가 안 가는 바는 아니었다.

정나구는 집으로 돌아가 해야 할 일을 떠올리며 빠르게 걸음을 옮겼다. 농사는 때를 놓치면 안 되는 일이었다. 앞으로 일이 어떻게 전개가 될지는 모르지만 어쨌든 농사꾼은 절기를 놓쳐서는 안 되었다.

빨리 무논에 모를 심고 밭에 씨앗을 뿌려야 했다. 그는 허우적허우적 집을 향해 달리다 걷다 했다.

양반 놈들 집에 불을 지르자!

닷새 후인 오월 열나흗 날, 농민들은 또다시 장터로 모여들었다. 4월 초부터 웅성거렸으니 한 달이 지나 소문은 널리 퍼져 있었다. 공동면, 내북면, 화북면, 화남면, 화서면 고을고을의 농민들이 성난 이리처럼 몰려들더니 관아로 가자고 외쳤다. 정나구는 과연 김일복이 나타나 앞에 나서 줄 것인지 궁금했다. 손에 땀을 쥐고 무리들을 살펴보았다. 먼발치에서 갓을 쓰고 두루마기를 입은 사람이 보였다. 김일복이었다. 그의 손에는 종이가 들려 있었다. 김일복은 새벽에 집을 나서서 선무사를 찾아가 농민의 입장을 전하고, 이청에 들어가 공형과 협상을 벌이고 오는 길이라 했다. 정나구는 너무 반가워 땅바닥에서 김일복에게 넙죽 절을 했다. 김일복을 의심하고 조바심쳤던 것이 후회되었다. 김일복은 장터에 모인 정나구와 농민들에게 선무사의 의견을 전해 주며 새롭게 조정을 하자고 하였다.

"선무사는 결가를 8냥으로 낮추는 거에 합의했어요. 그 카지만 환곡은 원곡과 이자를 함께 물어야 한다는 생각이라요. 일단 결가를 두 냥 깎았으니 환곡 문제는 여러분들이 양보하는 기 우째까요?"

정나구와 오복이가 딱 잘라 맞섰다.

"안 됩니대이. 결가보다 더 억울한 기 환곡이라요. 우리는 곡식을
안 빌렸스요. 환곡을 할 이유가 없는 거라요. 누가 빌려 간 건 줄도
모르는 거를 우리한테 내라는 거는 아주 고약한 심뽀라요. 안 그래
여?"

정나구의 싸늘한 눈빛에 힘이라도 실을 양인 듯 농민들이 고함을
질렀다.

"가자, 관아로! 관아로 가서 우리 힘을 보이줘야 한대이!"

아무도 말릴 수가 없었다. 성난 농민들은 벌 떼처럼 상주성으로 향
했다. 다른 한편에서는 김일복의 한계를 지적하며 마지막으로 조관
(朝官) 양반 김승지의 도움을 청하자는 주장도 나왔다. 일부는 김 승
지의 집으로 몰려가기 시작했다. 그러나 김 승지는 소식을 듣고 이미
피하고 없었다. 그는 농민의 편에 서서 관아에 들어가 조정을 할 생
각이 전혀 없었다. 화가 난 농민들은 누가 말할 것도 없이 김 승지의
집에 불을 놓았다. 벌건 대낮에 김 승지의 집이 활활 타올랐지만 아
무도 불을 끄는 사람은 없었다. 성난 농민들이 무서워서 동네 사람들
은 어디론가 숨어 버렸다.

지역의 토호 세력인 양반들이 농민들을 피한다고 생각하자 정나구
는 화가 머리끝까지 나서 다음으로 조 승지 집으로 향했다. 조 승지
는 농민들이 쳐들어온다는 소식을 듣고 급히 바랑 하나를 챙겨 들고
논둑길로 달려 나갔다. 그러나 마을을 빠져나가기도 전에 정나구 일

행에게 붙잡히고 말았다.

"지고 있는 짐을 벗어 이리 내 놓으소!"

정나구는 조 승지의 바랑을 가리키며 말했다. 조 승지는 바랑을 벗어 아이를 안 듯 두 손으로 감싸고 놓지 않았다. 화가 난 농민들이 조 승지를 팔을 틀어서 바랑을 빼앗았다.

"도장이다!"

누군가 조 승지의 바랑을 뒤집었는데 그 속에서 나무 도장이 한 보따리 쏟아져 나왔다. 농민들이 도장을 주워 이름을 확인했다.

"동네 사람들 이름이라. 백성 이름으로 도장을 지 멋대로 만들어서 세금 내겠다는 문서에다가 지 맘대로 찍었구만. 묘 파가라고 함서 산 뺏어 가 즈그들 산 맹글 때도 이러케 맘대로 도장 찍었을 거 아이라. 이런 못된 양반 놈들 같으니."

농민들의 분노는 하늘을 찔렀다. 화가 난 일행들이 다시 외쳤다.

"양반들 집을 마캉 불태우자!"

농민들은 양반 집마다 차례로 몰려가서 처마에 불을 놓았다. 고래 등 같은 기와의 서까래에서 연기가 솟아올랐다. 하늘을 찌르던 양반들의 위세가 눈앞에서 타들어 가고 있는데도 양반들 누구도 말리지 못했다. 양반들은 목숨을 부지하기 위해서 몸을 숨기는 게 상책이라는 걸 알고 있었다. 그들은 농민들을 피해서 산속을 헤매며 이웃 고을로 피신했다. 산비둘기가 구슬프게 우는 산기슭에서 양반 세도가들은 조상 대대로 물려받아 살아오던 기와집들이 화염 속에 무너지는 것을 바라보며 이를 갈았다. 김 찬관, 성 참봉, 이 선전, 김 봉사, 김 정언의 집 등 읍내의 대갓집들을 모조리 태운 농민군들은 평소에 서슬이 퍼렇던 자들의 비굴한 모습을 보고 한편으로는 시원하면서도 한편으로는 더욱 얄미워졌다. 별것도 아닌 놈들이 그동안 하늘처럼 군림해 오지 않았던가. 나구는 가슴이 후련했다. 죽을 때 죽더라도 쌓인 한이 풀리는 것만 같았다. 다음 날은 수탈의 하부 집행인인 이서배들의 집을 찾아서 한 집 한 집 불을 질렀다.

"농민들의 피를 빨아먹는 거머리 같은 관리들이다. 한 집도 빠짐없이 불을 질러라!"

정나구는 농민들의 가슴에 더욱더 세찬 바람을 불어넣었다. 이미 눌러 두었던 원한을 터뜨려 버린 농민들은 하루 종일 흥분된 상태에서 이서배들의 집을 찾아다니며 기둥뿌리 하나 남기지 않고 다 태워버렸다. 평소에 악행이 심했던 양반들이 모여 살던 소리마을의 강씨들 집성촌에도 몰려가 모두 태워 버렸다. 그리고 다음 날은 다시 상주성으로 몰려갔다.

그 무렵 상주 부사 한규석은 이미 한양에 도착해 있었다. 그는 진주 부사처럼 목을 베이지 않고 도망을 친 것이 다행이라 안도하며 후일을 도모하는 데 골몰했다. 조정에 줄을 대어 난을 수습하면서도 자신의 잘못을 감추는 것이 그의 주된 그의 관심사였다. 이미 혼줄난 관리들은 성으로 돌아가지 않았다. 성은 텅 비어 농민들의 차지가 되었다. 농민들은 창고를 뒤져서 군안과 환곡 대장, 살옥 문안들을 모두 불태우고 그 밖의 문서가 들어 있는 건물들도 깡그리 불을 질렀다.

스무 날 정도 상주성은 농민들의 차지가 되었다. 그들은 그곳에 모여서 이제까지 겪은 수모를 풀고 해원의 노래를 불렀다. 정나구는 목이 쉬도록 노래를 불렀다. 그리고 산속으로 피해 들어간 아들 도치를 생각하며 뜨거운 눈물을 흘렸다. 그는 조만간 이런 한풀이 대신으로 내놓아야 할 것이 자신의 목이라는 것을 알고 있었다. 그러나 언제 다시 찾아들 양반과 관료들이 다시 그들의 생명 줄을 쥐고 있을지라도 해방의 세상에서 부르는 노래는 높고 깊었다.

부모님 날 내실제 금이야 옥이야 하싫지
자슥 입에 밥 들어가마 에헤라 디야
논에 물꼬 찰랑거리마 에헤라 디야
천지간에 귀한 것은 목숨 달린 것이라
내 자슥 내놓고 보니 금보다 옥보다 예쁘네
누구라서 내 자슥 입에 들어갈 거를 빼앗나
누구라서 내 자슥에 호령호령 하는고
천지간에 새 세상은 내 손으로 만든다

그때만 해도, 그 노래가 사라지지 않고 삼십여 년 후 갑오년(1894)에도 이어질 줄은 꿈에도 알지 못하였다.

4. 꽃은 져도 열매는 남아

꽃을 피우다

1864년 수운은 형장의 이슬로 사라졌다. 최경상(최시형)은 비통하기 그지없었지만 그에게 남겨진 과업을 소리 없이 실천하기 시작했다. 스승이 좌도난정의 죄로 죽자 최경상은 용담정과 검곡을 떠나 기나긴 도망자 생활을 시작하게 되었다. 최경상은 이후 경상도 북부, 강원도, 충청도 내륙을 두루 오가며 34년간 도피 생활을 하게 되는데 그 중 그가 비교적 오래 머문 곳은 경상도 상주였다.

상주 고을은 백두대간을 기준으로 동서남북으로 마을이 형성되었다. 화동, 화서, 화남, 화북면이 바로 그곳인데 사람들은 통틀어 그곳을 화사면이라 부르기도 했다. 해월은 백두대간을 타고 하루에 백 리 2백 리를 바람처럼 날아다니며 포덕을 했다. 그 결과 화사 지역의 사람들은 거의 다 동학 도인이 되었다. 해월의 말을 귀 기울여 듣고 있으면 절로 고개가 끄덕여졌기 때문이다. 해월이 온다는 소문이 들리면 이미 도인이 된 사람들은 또 다른 사람들을 애써 끌어 들이고 싶어졌다.

상주 고을에는 양반 토호 세력이 많았다. 비옥한 땅에 곶감과 면화와 누에로 재산을 키운 양반들이 마을마다 자리를 잡고 안정적으로 재산을 불리고 있었다. 해월은 이런 양반가들에도 동학을 전하는 데 열성을 다하였다. 화사 지역에서 특히 해월의 발걸음이 잦았던 곳은 팔음산 아래의 화동면 덕곡이었다.

그곳에서 기반을 잡고 살아온 신씨 가문의 신광서는 해월에게는 매우 신임을 받는 접주였다. 그는 길죽한 얼굴에 구레나룻이 길고 눈썹이 짙었는데 같은 마을의 정기복과 더불어 화동 지역의 각 집을 돌면서 포덕을 해 나갔다.

어느 비 내리는 여름날, 해월은 삿갓을 쓰고 덕곡으로 내려갔다. 신광서는 해월을 맞이하여 사랑으로 모시고 정기복을 불렀다. 그리고 집 울타리를 둘러싸고 있는 대숲에서 죽순을 베어 내서 반찬으로 만들어 밥상을 차렸다. 해월은 죽순이 올라온 밥상을 대하고 그 자리에서 가르침을 펼쳤다.

"우리 입에 들어가는 모든 음식이 바로 하늘이니 먹는 것에 늘 감사해야 합니다. 오늘은 귀한 죽순을 장만하셨네요. 이 죽순 나물을 저 사람들에게도 조금씩 나누어 모두 함께 먹읍시다."

신광서는 고개를 숙여 대답하고, 마루에 앉아서 밥을 먹고 있는 여자 종들에게 죽순 나물을 나눠 주었다. 그리고 스승의 뜻에 다시 한

번 고개를 숙였다. 신광서는 면화를 재배하고 곶감을 만드느라 집에 종이 많았다. 빈부귀천이 따로 없고 모두 하늘을 모시는 귀한 사람들이라는 해월의 설법 이후로 종들과 가족들이 밥상을 함께하도록 했다. 그 전에는 감히 종들이 양반들과 겸상을 할 수도 없었다. 종들은 양반들이 먹고 남은 음식을 부엌에서 따로 먹어야 했다. 최근에 해월 덕분에 부엌 밖으로 나와 먹게 되었는데 이제야 비로소 사람 대접을 받는 것처럼 여겨졌다. 그런데 이제 반찬까지 함께 나누어 먹자고 하지 않는가.

부엌에서 보리밥만 먹어야 했던 신광서와 정기복의 종들은 해월에 대한 존경심이 더욱더 커졌다. 너나 할 것 없이 도인이 되겠다고 나섰다. 소문은 빠르게 퍼져 나갔고 종과 양반이 차별 없이 대접을 받는 것이 동학이라고 하여 화동에서도 도인들이 날로 늘어 갔다. 도인이 되기 위해서는 입도식을 치러야 했다. 해월이 입도식을 하는 날에는 신광서의 집 마당에 사람들이 가득 찼다. 넓은 마당에 모인 도인들은 해월의 말을 한마디라도 놓치지 않으려고 숨을 죽이며 들었다. 입도하는 데에도 종이나 주인이나 어떤 차별도 두지 않았다.

주인 양반들도 처음에는 종들과 공대를 한다는 것이 불가능할 것 같았지만 그렇게 하고 나니 자기 마음에 평화로운 기운이 깃드는 것을 알게 되었다. 살면서 그렇게 경이로운 느낌은 처음이었다. 미천하다고 생각했던 상대를 존중하니 자기 마음에 화평이 찾아온다는 것을 해월 선생의 말씀 이전에는 상상도 할 수 없었다. 종들도 예전에는 마지못해 굴종의 눈빛을 보냈으나 주인으로부터 존중을 받게 되니 진심 어린 존경의 눈빛을 보내게 되었다. 주변의 양반들은 신광서가 하인들에게 존대하는 것을 도덕을 짓밟는 망발로 여기고 금수의 짓거리라고 손가락질했다. 그러나 실제 경험자들은 상호 존중이야말로 엄청난 힘을 서로에게 주게 된다는 사실을 알고 나서는 또다시 해월을 경이롭게 바라보았다. 동학은 믿는 게 아니라 하는 것이라는 말을 비로소 피부로 느끼게 된 것이다.

키가 작고 행동이 민첩한 정기복은 산속에 깊이 숨어든 화전민을 찾아서 접을 키워 갔다. 그의 집은 누에를 많이 쳐서 넓은 뽕밭을 가지고 있었다. 산자락 하나가 모두 뽕밭이었는데 초여름이면 오디를 따기 위해 몰려든 화전민을 포덕하기 수월했다.

강선보, 해월을 만나다

충청과 경계에 있는 화남 임곡에 사는 강선보는 착실히 농사를 지으며 살아가는 지역의 토호였다. 가을 달이 무척 밝은 밤이었다. 강선보는 그날 잡곡들을 터느라 피곤한 몸으로 저녁상을 물리고 사랑에서 쉬고 있었다. 가을걷이에 바빴던 종들도 일찍 자리에 든 눈치였다. 누군가 문을 두들겼다. 강선보는 짚신을 찾아 신고 대문으로 나가 문을 열었다. 축 늘어진 바랑을 진 사내는 예사롭지 않은 눈빛을 지니고 있었다.

"실례합니다. 지나가는 객입니다. 하룻밤 머물 수 있을까요?"

"미안하지만 살림이 누추해서 누구를 대접할 처지가 못 됩니대이. 하룻밤 묵을 데를 찾으실라만 다른 데를 가 보이소."

사내는 강선보를 깊이 응시했다.

"집 안에 남은 일이 있으면 맡겨 주세요. 가을에는 깨진 항아리도 도움이 된다고 하는데 일손이 하나라도 늘면 좋지 않겠습니까? 헛간에서 자도 좋으니 하룻밤 묵게 해 주시면 고맙겠습니다."

거절할 수 있는 눈빛이 아니라고 생각하면서 강선보는 헛간에 가득 쌓아 놓은 콩대를 생각해 냈다. 올콩을 베어서 종들에게 마당에서 말리게 했지만 아직 털지는 못했다. 희미하게 선 달무리에 혹시 내일 비가 내릴까 봐 헛간에 쌓아 두었다.

"콩 타작을 해 보셨으요?"

강선보는 나이가 지극한 행인에게 무작정 일을 시키는 것이 내키지 않았으나 왠지 사내가 무엇인지 할 말이 있는 것처럼 느껴져 내칠 수가 없었다.

"그럼요. 날이 저물었지만 한번 해 보지요."

사내는 바랑을 내려놓고 헛간 구석에 말아서 세워 놓은 덕석을 꺼내어 간 뒤 쌓인 콩대를 마당으로 옮기기 시작했다. 강선보는 한밤중에 콩을 턴다는 사실이 마뜩치 않았으나 잠자코 사내가 일을 하는 모습을 지켜보았다. 사내는 도리깨를 찾아서 덕석 위의 콩대를 조심조심 내리쳤다. 타닥타닥 콩대에 떨어지는 도리깨의 힘으로 잘 마른 콩깍지에서 콩이 쏟아져 나왔다.

"많이 해 보신 솜씨네요. 그런데 이 오지에는 웬일로 오셨어요?"

강선보는 사내가 일을 하는 모습이 예사롭지 않아서 조심스럽게 곁에 가서 땅바닥으로 튀어나온 콩을 주워 덕석 위로 던졌다. 콩대에는 남아 있는 콩이 별로 없었다. 사내는 도리깨질을 아주 잘했다. 너무 세게 내리치면 콩대만 부러질 뿐 안에 들어 있는 콩알이 나오지 않는데 자근자근 잔 힘을 부려서 콩이 빠져 나오게 하고 있었다.

"마른 콩깍지에는 아무런 기운도 없는 것처럼 보이지만 그게 아닙니다. 이 콩깍지에도 기운이 흐르고 있습니다. 그래서 도리깨로 필요한 기운만 보내니 쏟아져 나오는 겁니다. 우리가 보고 있는 모든 것에는 서로에게 보내는 기운이 흐르고 있지요."

사내는 콩을 다 털더니 짚을 가져다가 능숙하게 새끼를 꼬아 가늘게 줄을 만들었다. 그러고는 조심스럽게 빈 콩대를 추려 내어 조금 전 만든 새끼줄로 다발을 묶어 한 귀퉁이에 세워 놓았다. 잠깐 동안에 일이 다 끝났다.

'혹시 소문에 들리는 해월 선생인가?'

강선보는 고개를 갸웃거렸다. 강선보는 동학과 동학도를 이끌고 있는 해월에 대해서 많이 들어 왔다. 청년 시절 도남서원에 수시로 드나들던 시절부터 상주의 유학자들은 동학을 비도라 칭하고 심하게 반대를 했다. 그러나 강선보는 동학의 주문 수련으로 깨달음을 얻었다는 사람들이 많다는 소문도 들어 알고 있었다.

"하늘의 뜻을 알면 새로운 세상을 볼 수 있습니다. 선비님은 하늘의 뜻이 뭐라고 생각하십니까?"

강선보는 소문의 주인공일지도 모른다는 생각에 한편으로는 가슴이 벅차오르면서 다른 한편으로는 시험에 드는 것이 두렵기도 했다.

"인의예지라고 생각합니대이. 저는 여태껏 유학을 익히며 살아왔십니다. 과거를 볼라고 갔지만 번번이 낙방을 해 가이고 이제는 가업을 이어 농사나 지민서 살라고 하지요. 남자로 태어나서 학문의 길을 가지 않으만, 금수와 다를 기 뭐가 있겠십니까?"

사내는 다시 헛간에서 콩대를 꺼내 도리깨질을 하면서 강선보를 바라보았다. 먹구름 한 장이 달 가까이 다가오고 있었다. 그러나 보름달을 가리진 못해서 사내와 강선보는 서로의 얼굴을 볼 수는 있었다.

"인의예지가 하늘의 뜻이라면 세상이 왜 이만큼 어지러워졌을까요? 관리라면 누구나 인의예지를 입에 달고 살고 있습니다만, 그런데도 백성이 살기 어려운 이유는 무엇 때문일까요?"

"그기야…."

강선보는 말문이 막혔다. 관리들이 타락해서라고 말하고 싶었지만 초라한 대답에 불과하다는 생각이 들었기 때문이었다. 요즘 들어 더욱 기승을 부리며 오가작통법을 강화하고 있는 관리들에게 생각이 미치자 할 말이 없어졌다.

"지금 나라는 백성들한테 해 주는 게 없습니다. 그런데 백성들은 여전히 세금을 바쳐야 됩니다. 나라에서는 날마다 해마다 세금을 더 많이 내라고 아우성을 치지요. 백성들은 뭐를 해야 목숨을 부지할 수 있을까요?"

사내는 익숙하게 도리깨를 내리치면서 사이사이에 말을 이었다, 강선보는 덕석을 털어 사내가 쏟아 낸 콩을 주섬주섬 모아서 바구니에 담았다. 벌써 몇 바구니에 콩이 찼다. 사내는 손길이 매우 빨랐다. 그러면서도 얼굴에는 온화한 기색을 잃지 않고 이야기를 이어 갔다.

"이렇게 어려운 세상에서 선비로서 잘 산다고 하는 건 어떻게 사는 걸까요?"

강선보는 사내의 물음에 대해 의문이 들었다. 그래서 사내를 바라보며 물었다.

"제가 부농은 아이고 중농 정도 되지만 우리 집 살림도 넉넉하지는 못합니대이. 이런저런 명목으로 세금을 거둬 가고 지한테 직접 못 물리는 거는 종들한테 군포를 물리 가지고, 암만 양반이라 캐도 세금을 피할 수는 없습니대이. 어르신이 보기에도 세금이 과하지 안한가요?"

"양반 집 안이 그 정도라면 보통 백성들은 어떠리라고 보십니까? 그들은 세금에 부역에 목숨 부지가 어려워 산속으로 도망쳐서 산짐승처럼 살아가기도 합니다."

"그러만 그런 문제를 해결할 방안이 있다는 기라요?"

강선보는 확신에 차서 한마디 한마디를 던지면서 일을 해 나가고 있는 사내의 말에 점점 빠져들어 갔다. 사내는 어느새 콩대를 거의 다 두들기고 다시 한 번 손으로 콩대를 들고 흔들어 남아 있는 콩을 쏟아 냈다. 이번에는 강선보가 빈 콩대를 다발로 묶어 마당 한 귀퉁이에 세워 두었다. 좋은 불쏘시개가 될 것이다. 다발 하나는 마당 가운데에 놓고 불을 붙였다. 연기가 매캐하니 피어올랐다.

"사랑으로 드시지요. 요기하실 걸 찾아보라 하겠십니대이."

강선보는 사내를 사랑으로 들게 했다. 종이 보리밥 한 그릇과 된장국을 차려 내왔다. 사내는 사랑으로 들어와서 밥상을 한쪽으로 밀어 둔 채 바랑에서 책 한 권을 꺼내어 강선보에게 내밀었다.

"선비님, 이 책을 잠시 읽어 보시오. 이 책에는 제 스승의 가르침이 그대로 들어 있습니다."

강선보는 사내가 내민 책을 받아 들고 한두 장 조심히 넘기며 물었다.

"여기 들어 있는 중심 생각은 뭔가요?"

"세상 만물에 하늘이 깃들어 있다는 것입니다. 우리 모두 양반이건 상놈이건 하늘을 모시고 있으니 우리는 모두 하나이고 또 하늘만큼 귀하다는 말씀이지요."

강선보는 무릎을 꿇고 절을 올렸다.

"일찍 몰라 봬서 죄송합니대이. 예서제서 마캉 동학을 한다는 소문은 들었십니대이. 그캐도 이리 선생님을 뵙게 될 줄은 몰랐네요. 해월 선생님이 맞지요?"

사내는 강선보의 손을 잡으며 미소로 답했다.

"선비님, 제 이야기를 어떻게 생각하십니까? 콩깍지 하나에도 기운이 흐르고 모든 기운은 서로 이어져 있습니다. 선비님과 내가 만난 것도 기운의 흐름입니다. 우리는 모두 그 기운으로 살아갑니다. 그 기운을 소중히 여기고, 감사한 마음을 잃지 않으면 선비님 삶이 평안해집니다. 오늘 제 말이 이해가 된다면 가끔 한 번씩 찾아와서 제 스승의 말씀을 전하고 싶소이다. 혹 함께 들을 만한 이웃들이 있다면 함께 들으셔도 좋겠지요."

그러나 강선보는 선뜻 대답을 할 수 없었다. 이미 관에서는 동학을 탄압하기 시작했고, 동학에 입도하는 사람들을 잡아들이라는 엄명을 내린 터였다. 몹시 끌리는 일이었지만 한편으로는 두려운 일이었다.

"관에서 동학을 믿는 사람은 고변을 하라 캐요. 오 가구를 묶어서 일 통으로 하고 통마다 동학을 믿는 사람을 마캉 찾아내라 카는데 사람들이 모일까요?"

해월이 잠시 눈을 감았다. 강선보는 그런 해월을 조심스럽게 살폈다. 해월이 눈을 뜨고 다시 목소리를 낮추며 말을 이어 갔다.

"옳은 일은 끝내 막을 수가 없습니다. 마당의 콩대를 태운 연기가 피어서 퍼져 올라가는 것을 막을 수 없듯이 진리가 퍼져 나가는 것도 막지 못합니다. 지금 조선에서는 양반 상놈의 구별이 엄격한 것이라고 차등을 두고 있지만 사람이 모두 평등하다는 것은 진리지요. 모든 사람이 다 평등하고 모든 짐승이 다 평등하며 모든 사물이 다 평등합니다. 그것이 하늘의 뜻이지요. 하늘의 뜻은 막을 수 없답니다."

강선보는 대답을 하지 않고 밀어 두었던 밥상을 해월 앞으로 놓아주며 해월에게 식사를 권했다. 해월은 묵묵히 밥을 먹었다. 밥술이 굵었지만 찬찬히 씹으면서 생각에 잠긴 듯한 표정이었다. 해월의 얼굴에는 그 무엇에도 흔들리지 않을 것 같은 고요함과 강인함이 흐르고 있었다.

강선보는 해월이 밥을 다 먹고 물까지 마시고 나자 다시 조용히 물었다.

"어르신은 하늘의 뜻으로 뭐를 이룰라 카시는데요?"

해월은 수염을 쓰다듬으며 미소를 담은 눈으로 강선보를 바라보았다.

"하늘의 뜻이 이뤄지면 모든 백성들이 행복할 수 있습니다."

"하늘의 뜻을 어째 가이고 이룰라 카시는가요?"

강선보는 점점 해월의 뜻이 궁금해지기 시작했다.

"그 길은 여러 갈래입니다. 한 길만 있는 건 아니지요. 우선은 각자 수행을 해야 합니다. 자신 안에 있는 하늘을 알아채고 지극한 마음으로 세상의 모든 생명이 서로 연결되어 있다는 것을 깨닫게 되면 반은 이룬 셈입니다."

"혼자 지극한 마음을 가져 가이고 세상이 달라질까요?"

"맑은 정신으로 마음을 모으면 원하는 것을 이룰 수 있습니다. 선비님께서는 오늘 저를 만난 길로 이후에 새벽마다 지극한 기운을 모아서 기도를 올려 보십시오. 그러면 어느 날부터 모든 사물이 선비님께 말을 걸어올 것입니다. 저 바람이, 그리고 저 나뭇잎 하나가 선비님에게 하는 말을 들을 수 있답니다."

해월은 차분한 음색으로 강선보에게 우선 심고하는 방법을 알려주었다. 무슨 일을 하기 전이나 하고 난 다음에 하늘에 조용히, 성심으로 알리고 스스로 다짐하는 심고만으로도 삶이 달라지게 되니 혼자서라도 시작해 보라 일렀다. 그러나 강선보는 믿을 수가 없었다. 사람의 기운이 모이면 모든 사물의 말을 들을 수 있다는 것이 가능할 것이라고 생각되지 않았다.

"그다음 길은 다음 날 듣기로 하겠습니대이. 오늘 밤에는 일을 많이 하셨으이 고마 푹 쉬시지요."

강선보는 사랑채를 나와서 마당가에 섰다. 구름 조각은 어딘가로 가 버리고 보름달이 중천에 떠서 세상을 비추고 있었다.

마당 가운데에서 타던 콩대는 거의 다 타서 실연기를 피우고 있었다. 잿더미 속에서 가끔 타닥타닥 소리가 들려왔다. 그는 마루에 앉아서 생각에 젖었다. 올해도 가뭄이 심해서 벼농사는 재미를 보지 못했다. 잡곡이나 겨우 거두었지 나락은 수확량이 평년에 비해 반도 못 되었다. 남에게 빌려준 논들도 마찬가지였다. 이런 해는 도지를 받기도 힘들었다. 남의 땅을 빌려 농사를 짓는 농민들은 더더욱 힘들 것이었다. 그는 불안감에 싸여 해월이 머문 사랑방을 바라보았다. 해월의 그림자가 창호지에 어리었다. 윗목에 밀어 두었던 짚을 끌어다 새끼를 꼬는지 손을 비비고 있었다. 강선보는 대문을 사이에 두고 건너편에 사는 재종형제들을 떠올렸다. 그들에게 해월의 설법을 들어 보라고 권해야 할지 말아야 할지 가늠이 되지 않았다. 해월의 목소리는 확신에 차 있었지만 관아에서 막고 있는 동학을 받아들여야 하는지 두려움이 앞섰다. 그는 내일쯤 재종형제들을 만나서 이 일을 의논해 보리라 생각했다. 마음을 정하고 나니 비로소 졸음이 찾아들었다. 하루 종일 일을 하느라 쌓인 피곤이 그를 잡아끌었다. 그는 안방으로 들어가 이내 잠이 들었다.

다음 날 강선보가 일어나 아침 문안을 드리려고 사랑방으로 가니 댓돌 위에 짚신이 사라지고 없었다. 문을 열어 보니 가늘고 단단한 새끼줄이 동그랗게 똬리를 튼 채 놓여 있었다. 그는 종들을 불러서 해월이 언제 나갔는지 물어 보았다.

"저들이 일어났을 때 아무도 없었는기라요."

"흐흠, 그럼 이른 새벽에 길을 떠나셨구만."

강선보는 해월이 인사도 없이 떠나간 것이 몹시 아쉬웠다. 언젠가는 다시 나타나리라. 그런데 그날이 언제가 될지 벌써부터 기다려졌다. 강선보는 해월을 생각하며 논둑으로 나갔다. 쭉정이로 가득 찬 논이었지만 추수를 하기 위해서 벼를 베라고 종들에게 일렀다. 그리고 그는 마을을 둘러보았다. 들판에서 스산한 바람이 불었다. 바람이 한바탕 휩쓸고 갈 때마다 오랫동안 비가 내리지 않아서 부연 먼지가 피어올랐다. 그는 여기저기 논밭에서 일을 하고 있는 동네 사람들을 바라보았다.

강선보는 마을에서 신임이 높았다. 뜻이 굳고 행동이 건실해서 마을에 어려운 일이 있으면 제일 먼저 나서는 사람이었다. 그래서 강선보가 무엇을 하자고 하면 반대하는 사람이 없었다. 강선보는 하루하루 날을 보내는 동안 서두르지 않고 차례로 친척 집을 드나들며 말을 꺼내 보았다. 해월이 전해 준 하늘의 뜻을 알려 주며 천지간에 모든 생물이 평등하다는 것을 생활 속에서 실천해 보였다. 종들에게 하는 언행이 예전과 달리 더 점잖아졌고, 필요없는 살생을 금했으며, 일을 하기 전과 마친 뒤에 하늘과 자기 자신에 심고를 올리니 사람이 더욱 빈틈없고 깊이가 생긴 듯했다. 종들에게 더 따뜻하고 점잖하게 대하니 종들은 하는 일들에 더욱 성의를 다했다. 그러자 재종형제들이 모두 동학에 관심을 기울이게 되었다. 후일 화남 강선보의 집을 해월이 다시 찾아오자 재종형제를 비롯해서 인근의 사람들 중 입도를 원하는 사람들이 찾아와 집이 비좁을 지경이었다.

끊임없는 포덕

해월은 상주의 깊은 산골에 숨어 살면서 바람처럼 백두대간을 타고 인근의 마을로 내려가 포덕을 했다. 화서 지역과 모동, 모서 지역을 합하여 중화라고 지칭하였는데 이 중화 지역도 해월의 주요 포덕 대상지였다. 모동은 충청도와 경계를 이룬 백화산맥 동쪽에 펼쳐진 동네로 그는 그곳에서 제일 큰 마을인 용호리에 사는 남진갑을 만났다. 남진갑은 인근에서 강선보 못지않게 인정을 받고 있는 사람이었다.

남진갑은 처음 해월을 만나 몇 마디 해 보고는 그가 소문의 주인공 동학 우두머리라는 것을 바로 알아차렸다. 그는 해월에게 큰절을 올렸다. 해월은 맞절을 한 뒤 입을 열었다.

"이 근동에서 많은 사람들이 존경하는 분을 만나 뵈오니 고맙습니다. 하늘의 뜻을 펼치는 데 도움을 주십시오."

남진갑은 해월의 마른 몸매와 빛나는 눈동자를 바라보며 홀린 듯이 대답했다.

"이 어렵고 힘든 세상에서 옳은 길을 갈차 주시고 온 백성이 살아날 수 있는 길을 마련해 주시니 우예 안 따르겠습니까?"

남진갑은 한동네에 살며 뜻이 건실한 이화춘을 불러 해월에게 소개했다.

"둘이가 힘을 모태서 동학을 퍼뜨리는 데 젖먹던 힘까지 다 쏟아붓겠습니대이."

해월은 그들의 손을 잡으며 뜨거운 힘을 느꼈다. 남진갑은 해월을 만난 지 얼마 되지도 않아서 도인들의 수를 몇 배로 늘렸다. 그가 가는 곳마다 해월의 발걸음 못지않게 많은 사람들이 도인이 되겠다고 나섰던 것이다.

해월은 부지런히 움직였다. 중화 지역에 동학의 뜨거운 바람이 마른 날 들불처럼 조용히 번져 나가고 있었다. 그러나 상주성을 중심으로 읍내에서는 도남서원에 불어닥친 유생들의 반 동학 열풍으로 동학 탄압이 점점 심해져 갔다. 유생들을 중심으로 한 토호 양반 세력들은 여기저기 상소문을 올리며 동학의 씨를 말려야 한다고 기염을 토했다.

모서 지역의 중심지는 용호리에서 가까운 사제마을이었다. 사제에는 김해 김씨가 뿌리를 내리고 착실하게 살림을 불리고 살고 있었다. 마을의 부자 양반 중에 김현영가가 있었다. 아래로 현동, 현양 삼형제가 의가 좋기로도 소문이 나 있었다. 해월은 사제로 들어가 김현영을 만났다. 김현영의 가문은 모내기 철이나 추수 철에는 밥을 지을 때 쌀뜨물이 냇가로 오 리나 흘러내려 갔다고 했다. 그만큼 가솔들이 많은 부잣집이었다.

김현영은 물려받은 재산으로 호의호식하는 이가 아니라, 가산을 착실하게 불려 온 부농이었다. 형제들이 모두 부지런하여 조상으로부터 받은 유산을 불리어 농토를 사들여 대농이 된 것이다. 김현영은 해월을 만나 동학의 가르침을 듣고, 그 뜻에 감동하여 현동, 현양 동생들에게도 전해 모두 입도하였다. 삼형제는 어렸을 적부터 훌륭한 가문 배경과 넉넉한 살림 속에 유학을 공부한 선비들이었다. 그러나 그들은 유학의 한계를 넘어선 동학의 사상에 깊이 매료되어서 해월의 뜻을 기꺼이 받아들였다.

김현영 일가는 있으나 없으나 서로 돕는다는 유무상자의 동학 정신을 실천하여 그 많던 재산을 인근의 동학 도인들에게 나누어 주었다. 도움을 받은 사람들은 자기가 가진 지혜든 힘이든 어떻게든 받은 것을 갚으려고 애를 썼다. 훗날 동학혁명이 일어났을 때, 삼형제는 전투가 있을 때는 군량미를 대었고, 도인들 뒷바라지에 성심을 다했다. 세 형제 중에서도 가장 탁월한 지도력을 발휘한 사람은 맏이 김현영이었다.

해월은 중화 지역에서는 어딜 가나 환영을 받았다. 조용히 마을에 나타나면 어린이와 부녀자들 그리고 노인들에게 남녀노소를 가리지 않고 자신을 낮추었다. 남의 집에 머물면서도 잠시라도 새끼를 꼰다든가 바구니를 만들며 쉬는 때가 없이 일하는 그의 모습을 보는 사람들은 거부감을 느낄 수 없었다. 해월은 어느 도인의 집에 머물러도 마당이라도 쓸고 나오지 그냥 신세를 지지는 않았다.

십여 년 전인 신미년(1871) 경북 영양에서 자칭 수운의 제자라고 하는 이필제의 병란이 있었다. 이필제는 갑자년(1864)에 억울한 죄명을 쓰고 순도한 수운 선생의 신원을 도모하자고 해월을 끈질기게 설득하였다. 마침내 해월의 동의를 얻어 인근의 동학 도인들을 동원하여 영양 군수를 처치했지만, 문경에서 다음 거사를 준비하다가 잡혀 처형되었다. 해월은 발 빠르게 도피했지만 양아들 준이와 동생의 남편인 임익서는 잡혀 다른 백여 명의 동학 도인과 함께 참수형을 당했다. 그때 손씨 부인과 딸들과 헤어졌는데, 어디로 갔는지 행방을 알 수 없었다.

이필제 거사 이후 해월을 좇는 관아의 눈길은 집요했다. 해월은 강원도 깊은 산속에 숨어 산골 사람들과 어울려 살았다. 수많은 도인들이 희생되었다. 해월은 남은 도인들과 함께 깊은 반성의 시간을 가졌다. 정진, 또 정진…. 깊은 수행을 하며 동학 조직을 재건할 궁리를 했다. 한동안 바깥출입을 마음대로 할 수 없었다. 이필제 사건 이후 그렇게 3년의 세월이 흐르고, 제자들은 부인의 도움 없이 수많은 도인들을 상대해야 하는 스승을 안타깝게 여겨, 갑술년(1874) 11살짜리 딸을 데리고 혼자 사는 김 씨를 부인으로 맞아들이게 했다. 해월의 초라한 입성은 깨끗해졌고 홀쭉하게 패인 볼에도 살이 올랐다. 해월은 새벽이면 어김없이 심고와 명상으로 마음을 다듬고 다듬었다. 관아의 추적이 뜸해지자 그는 그 맑은 기운으로 다시 살얼음을 딛듯 조심조심 보따리를 매고 포덕에 나서 동학의 핵심 사상을 퍼뜨려 나갔다. 그리하여 강원도뿐 아니라 충청도 내륙과 경상도 상주 인근 지역까지 많은 도인들이 생겨난 것이다.

해월은 김 씨가 데리고 들어온 딸 연화 외에 단양에서 태어난 두 아이 덕기, 윤과 함께 솔봉 아래 송두둑에서 살았다. 그곳에서 사는 십 년 가까운 세월 동안은 이필제 사건 이후 가장 평온한 나날이었는데 그동안 해월은 도인들의 도움을 받아 강원도 인제에서, 목천에서,

경주에서 수운의 말씀을 기록한 경전을 만들었다. 경전 덕분으로 동학도의 숫자가 급속히 불어나자 충청 감사 심상훈은 다시 해월을 잡기 위해 혈안이 되었다.

상주로 이사, 최맹순도 만나고

해월은 갑신년(1884) 오랫동안 머물렀던 단양 송두둑을 떠나 상주 화서의 봉촌 앞재마을로 거처를 옮겼다. 해월은 거처를 마련할 때, 항상 마당에서 멀리 동구 밖까지 내다볼 수 있고, 마을 뒤쪽에는 산이 있는 곳을 택했다. 만약 쫓기는 상황이 되면 도망할 곳은 항상 열려 있어야 했기 때문이다. 앞쪽으로는 제자들이 띄엄띄엄 살았다. 멀리서 찾아온 손님들은 낮에 제자의 집에 머물러 있다가 날이 어두워 동네 사람들 시선이 잦아들 무렵 해월을 찾았다. 앞재를 따라 냇물이 흐르고 산자락이 깊어져 화전을 일구기에 안성맞춤이기도 했다.

해월은 그즈음에 예천의 소야에 사는 최맹순을 찾아갔다. 앞재에서 북쪽으로 문경을 지나 그만큼 더 북쪽으로 올라간 곳에 소야가 있었다. 최맹순을 소개한 보은 접주 황하일에 따르면 최맹순은 일찍이 강원도에서 이사 와서 전국을 돌며 항아리 장사도 하고 지필묵 장사도 했다고 한다. 그는 심지가 굳고 총명하며 틀림없는 언행으로 양반들의 신뢰를 얻어 상당한 재물을 모아 가세를 키웠다. 틈나는 대로 서책을 가까이해 장사하는 사람 같지 않게 학식도 높고 전국을 돌면서 장사를 했기 때문에 세상 소식에도 밝다고 했다.

최맹순은 장사를 하느라 전국을 다니며 경주에서 시작된 동학이 이미 강원도와 충청도 전라도에 세력을 넓히고 있다는 것을 알고 있었다. 각지에 흩어져 있지만 동학도들의 언행에는 공통점이 있었다. 세속의 사람들과 달리 그들은 조용하면서도 지혜롭고 서로 돕는 따듯한 마음을 갖고 있었다. 망나니도 동학도가 되면 달라진다는 말을 듣고 동학에 입도했다는 사람도 만났다. 보은 접주 황하일로부터 해월이 그를 찾아온다는 기별을 받았다. 그는 마을 어귀 느티나무 아래에서 한나절을 서성이며 해월을 기다렸다.

"제가 먼저 찾아뵈려 했는데 이렇게 누추한 데를 찾아 주셔서 감사합니다. 오시는 길이 험했을 낀데요."

해월이 소야 입구 여러 그루의 느티나무가 서 있는 곳에 당도했을 때 최맹순은 땅바닥에서 큰절을 한 뒤 해월을 집으로 반가이 안내했다. 체격은 작았지만 근골이 야무진 사람이었다.

"도인을 만나게 된 것도 하늘의 뜻인가 봅니다. 전국을 돌아다니신다고 들었습니다. 조정이 어떻게 돌아가고 있는지도 잘 아신다고요?"

자리에 앉은 해월이 최맹순에게 우선 한양의 소식을 물었다. 최맹순은 듣던 대로 점잖고 신중했다.

"선생님도 이미 들으셨겠지만도 조선은 바람 앞에 등불입니다. 외세가 조선을 집어삼키려고 호시탐탐 노리고 있으니 큰일입니다. 외척의 세도정치로 나라 살림을 거덜내는 것도 모자라, 지금 조정에는 통째로 우리나라를 먹잇감으로 넘기려는 자들이 숱하다고 들었습니다. 왕과 왕비는 백성과 나라의 앞날보다 오로지 자리 보존하는 데에만 골몰하고 있답니다. 나라가 없어질 판인데 왕권에만 매달리고 있으니…."

최맹순은 말을 멈추고 있다가 뜨거운 눈물을 흘렸다.

"나라를 지킬 사람은 백성들 말고 누가 있습니까. 이제 조정에는 믿을 만한 힘이 없습니다. 돌아다니며 동학도들을 많이 만났습니다. 선생님 이야기, 선생님이 하신 말씀도 많이 들었고요. 저는 놀라는 마음으로 그 가르침을 들었습니다. 동학에 새 세상을 열 힘이 있다고 보았지요. 선생님이 난국을 헤쳐 나갈 길을 열어 주십시오."

"일찍이 동학을 창도하신 스승 수운께서는 일본을 가장 경계하라 하셨소. 조정은 앞으로도 힘을 쓰지 못할 것이오. 백성을 소중히 여기고 백성의 말에 귀를 기울여서 조정과 백성이 한 몸이 되어야 외적도 물리칠 수 있을 것인데, 구중궁궐에서 권력 놀이에 빠져 있으면 백성도 잃고 나라도 잃게 될 것이오. 지금 우리가 해야 할 것은 백성들을 일깨우는 것, 그들을 조직하는 것이오. 우리 안의 한울을 일깨워 손잡고 개벽세상을 만드는 것, 그것이 당신과 내게 달렸소."

해월은 최맹순에게 예천 주변에서 포덕 활동을 많이 하라 당부하고 관을 조심할 것과 유무상자 정신을 실천할 것, 실생활에서 하늘을 모시는 동학도의 모범을 보일 것 등 포덕의 요점들을 상세하게 알려 주었다. 최맹순은 기쁘게 자기의 역할을 받아들였다. 해월에게 최맹순은 천군만마를 얻은 것 같은 신뢰를 주었고, 최맹순에게 해월은 앞길을 밝혀 주는 든든한 등불을 얻은 것 같은 기쁨을 주었다. 영민한 최맹순은 해월이 떠난 뒤 적극적으로 포덕해 나갔다.

최맹순은 예천을 비롯해 문경, 김산, 성주 등으로 동학의 세력을 확장시켜 갔다. 경전이 만들어져 보급된 이후 동학을 포덕하는 것은 훨씬 수월해졌다. 경상도 양반들 중에도 동학도들이 급격히 늘어나게 되었다. 해월은 가슴이 벅차올랐다. 자신이 백 번 걸음을 해야 할 일들을 지역의 향반들이 맡아서 단걸음으로 해 내고 있었다. 최맹순은 관동포의 제일 접주가 되었다.[9] 참으로 귀한 인연이었다.

5. 식즉천(食卽天)이니

상주의 해월

여름 아침의 찬란한 햇살이 숲 속으로 고루 퍼져 들어왔다. 산골짜기에서 상주 앞재(전성촌)로 내려오는 냇물이 길게 흘렀다. 한여름이건만 이른 아침 냇물은 냉기가 돌았다. 동이 트기 전에 일어나 어스름한 속에서도 밭에 나가 일을 하느라 땀에 젖은 해월은 온몸을 차가운 물로 씻어 냈다. 동녘에서 떠오르는 태양빛에 눈이 부셨다.

해는 앞산 자락을 벗어나자 성큼성큼 걸음이 빨라지며 금방 하늘 가운데로 향하였다. 뽕나무 잎사귀에 맺힌 이슬이 햇빛에 사라지고 산속 깊숙이 내려앉았던 물안개들도 스멀스멀 공기 속으로 사라져 갔다. 해월은 물기운이 허공으로 사라지는 모양새를 조용히 지켜보았다. 늘 보던 것이라도 낮게 내려앉았던 습기들이 햇볕을 받아서 소리 없이 사라지는 것은 늘 경이로웠다. 그것뿐이랴. 태양은 구름에 가렸어도 구름 사이로 빛줄기를 쏘아 주고 그 틈에도 농작물은 열매를 키웠다.

해월은 새벽부터 수수밭에 김을 매느라 땀을 흘린 탓인지 배가 몹시도 고팠다. 그는 두 손으로 냇물을 한 움큼 쥐고서 입으로 가져갔다. 빈속에 물이 들어가니 온몸으로 시원한 기운이 퍼졌다. 새 떼들이 나무 위에서 아우성을 치고 풀숲에서는 풀벌레의 울음소리가 그치지 않고 있었다. 아내가 눈에 띄지 않자 그는 부엌으로 들어가 보리쌀에 감자를 깎아 넣고 죽을 안쳤다. 갈무리해 둔 말린 나물 중에 쉽게 풀어지는 것으로 한 움큼 죽 솥에 집어넣었다. 아궁이에 불을 지피고 죽이 끓는 동안 텃밭으로 가서 상추를 뽑고 풋고추 몇 개와 오이를 따서 흐르는 냇물에 씻었다.

마당 앞에 있는 작은 바위에다 상을 차리고 아내와 아이들을 불렀다. 아내는 동이 트자마자 산속으로 다니며 뜯은 산나물을 골짜기에서 씻고 있었다. 가을 겨울이 되면 먹을 반찬이 귀해지니까 봄여름에는 나물들을 조금이라도 더 많이 갈무리해 두어야 했다. 김 씨가 데리고 들어온 딸 연화는 스무 살이 되어 단양 송두둑을 떠나기 전에 제자 김연국과 부부의 인연을 맺어 근처에 살림을 차렸고, 김 씨가 낳은 아들 덕기와 윤이는 이제 열 살, 일곱 살이 되었다. 한참 까불고 놀 나이지만 집 안에 드나드는 숱한 손님들이 풍기는 엄숙함과 그들을 둘러싼 긴장감에 아이들은 일찌감치 철이 들어 갔다. 오빠보다 먼저 자리에서 일어난 여덟 살짜리 윤이 집 뒤에 자기가 만든 텃밭에서 뜯어 왔다며 돌나물을 한 주먹 씻어 주먹에 쥐고 왔다.

해월은 가만히 앉은 채로 도인들이 가져온 곡식을 받아 밥을 해 먹을 수는 없다며 식구들이 먹는 것은 꼭 죽을 고집했다. 죽은 밥할 때보다 곡식을 절반만 넣어도 되었다. 죽을 끓일 때 말린 나물 불린 것을 한 움큼 넣으면 향기도 좋고 배도 든든했다. 가족이 한자리에 모여 식고를 드리고 숟가락을 들었다. 윤이 뜯어온 돌나물도 여름이지만 질기지 않아 장을 끼얹으니 먹을 만했다.

산속에 있으면 더욱더 생명과 생명이 연결되어 있다는 것을 느낄 수 있었다. 나무를 태워서 재가 되면 그 재가 거름이 되어서 곡식과 상추와 오이와 고추를 키워 냈다. 그걸 먹고 사람들은 살아가는 힘을 얻는다. 그 생명들을 먹고 여자들은 새로운 생명을 잉태한다. 아이들이 자라나는 건 또 얼마나 경이로운가.

나구의 아들 도치

관의 지목이 심해진 요즈음이지만 하루하루 그에게 주어진 시간은 기적처럼 전개되었다. 오늘도 이 음식을 먹고 어느 마을로 가서 누구를 만날까. 조심조심 비밀리에 다녀도 그가 마을에 나타나면 사람들은 자기가 믿을 수 있는 이웃과 친척들을 애써 불러 모아 주었다. 평생 들어 보지 못한 아름다운 가르침에 듣는 이들은 또다시 만날 날을 기다렸다.

그는 나물을 넣어 끓인 보리감자죽을 달게 먹고 아내가 챙겨 준 바랑을 들고 집을 떠났다. 백두대간을 타는 남편을 위해서 아내는 물을 담은 호리병과 어제 저녁 따로 밥을 해 만든 누룽지 뭉치와 소금 한 주먹을 작은 주머니에 넣어 바랑에 담아 주었다. 산길은 매우 가파르고 풀숲이 짙어서 걷기가 힘들었다. 며칠 만에 걷는 걸음인데 날씨가 더우니 어느새 풀들이 허리까지 차올랐다.

그가 산자락 하나를 넘었을 때 아주 가까이에서 이상한 소리를 들었다. 맹수가 나지막이 으르렁거리는 소리였는데 아무래도 사냥감이 나타난 모양이었다. 그는 본능적으로 나무 뒤로 몸을 숨기고 앞을 바라보았다. 풀숲에서 대낮인데도 관솔불처럼 눈에서 빛을 뿜어 내고 있는 것은 분명 호랑이었다. 그는 숨을 멈추었다. 많은 시간 산길을 타면서 호랑이 자취를 수차례 보기도 했지만 이렇게 가까이에서 마주친 것은 처음이었다.

온몸이 사시나무처럼 떨렸으나 호랑이가 노리는 것이 자신이 아니라 건너편의 총각이라는 것을 알게 되자 그는 애써 정신을 가다듬었다. 젊은이를 살려야 했다. 젊은이는 약초를 캐고 있다가 호랑이를 발견했는지 한 손에 풀뿌리를 쥔 채로 몸이 얼어붙어 있었다. 해월은 마음이 급했다. 심호흡을 하고 총각 옆으로 조심조심 다가갔다. 몸집을 크게 보이게 하기 위해 두 팔을 벌리며 입으로는 나지막한 소리로 주문을 외웠다.

"지기금지 원위대강 시천주 조화정 영세불망 만사지. 호랑이님, 이 사람은 아직 할 일이 많으니 잡아 드시려거든 차라리 나를 잡아가시오. 시천주 조화정 영세불망 만사지."

그가 팔을 뻗어 총각의 손을 잡자 호랑이는 불을 뿜었던 눈길을 거두며 슬며시 숲 속으로 사라져 버렸다. 그는 계속 주문을 외웠다. 온몸에 땀이 흘렀다. 호랑이가 다시 나타나 덤빌 것 같았다. 해월은 젊은이를 잡은 손을 놓고 호리병을 꺼냈다. 그새 총각은 기절해 있었다. 해월은 물에 소금을 타서 총각 입술에 축여 주었다. 축 늘어졌던 젊은이가 애써 정신을 차리려고 눈을 꿈벅였다.

"호랑이는 사라졌소. 그런데 이렇게 깊은 산속에 혼자 무슨 일이오?"

총각이 겨우 정신을 수습하고 입을 열었다. 떠꺼머리였으나 나이는 꽤 들어 보였다.

"제 어매가 아파서 약초를 캐러 들어온 거라요. 더덕을 봐 둔 게 있어서 그거를 캘라다 고만 호랭이를 만났네요. 그란데 호랭이가 우예 사라졌을까요? 어르신이 지 손을 잡아 주신 거는 기억이 나는데….'

그는 젊은이를 일으켜 세워 소나무에 기대어 앉게 하고 바랑에서 누룽지를 꺼내어 부드러운 쪽을 뜯어내서는 그의 입에 넣어 주었다. 젊은이는 우물우물 누룽지를 씹어 삼키고 물 한 모금을 얻어 마시더니 한결 나아졌는지 기운을 차리고 일어났다. 그동안 해월은 젊은이가 떨어뜨린 호미를 주워 주변의 더덕들을 뿌리가 상하지 않게 조심조심 캐내었다.

"누구신데 그리 쉽게 호랑이를 물리치싰으요?"

젊은이는 해월을 바라보며 경외의 눈빛을 보냈다.

"온 마음으로 하늘에 기원을 했을 뿐이오. 이 사람은 젊어 아직 해야 할 일이 많으니 다른 짐승을 잡아먹는 게 어떠냐고 호랑이에게 부탁을 했다오. 그 부탁을 하늘과 호랑이가 들어준 모양이오."

해월이 미소를 지으며 젊은이에게 대답했다.

"저는 저 아래 동네에 살고 있어요, 지금 얼로 가시는가요? 저도 따라가면 안 될까여?"

젊은이는 해월의 바지춤을 잡으며 혼자 따로 가고 싶지 않다며 애원하는 눈빛을 보냈다. 해월은 고개를 저었다.

"보살펴야 하는 어머니가 계시다고 하지 않았소? 어머니와 저 동네에 머물면서도 할 일이 있을 거요. 산속에 들어올 때는 호랭이를 단단히 조심하고. 나는 갈 길이 바쁘다오."

해월은 주섬주섬 바랑을 챙겨 어깨에 걸었다. 시무룩하게 있던 젊은이가 다급하게 말을 이었다.

"어르신, 그라마 은혜를 우째 갚아야 하까요?"

"살다 보면 또 만날 날이 오겠지요. 서두를 게 뭐 있겠소? 나는 산 너머에서 화전을 일구고 살아가고 있으니 때가 되면 또 만나게 될 거요."

"이 길로 곧장 내려가면 어르신의 집이 나와요? 목숨을 구해 준 은혜를 우째 갚을 수 있을지…. 지금 우리 집으로 가시마 안 되시까요?"

젊은이는 그냥 물러설 기미가 아니었다. 해월은 옆에 있던 칡넝쿨에서 잎사귀를 따서 누룽지를 여러 겹 싼 뒤 흙을 잘 털어 낸 더덕과 함께 젊은이에게 내밀었다.

"어머니는 어디가 편찮으시오?"

젊은이는 해월이 내민 누룽지와 더덕을 바랑에 넣어 가슴팍에 안았다. 그러고는 막무가내로 해월의 손을 이끌고 자기 집을 향해 걸었다.

"숨이 차고 기침을 자주 하세요. 돈이 없으이까 의원한테 진맥도 못 받아 보고 기냥 집에 누워 기시기만 하는 거라요."

해월은 난처했지만 젊은이가 워낙 완강하게 이끄는 바람에 그를 따라 산자락 아래 오두막으로 갔다. 낯빛이 창백한 아낙이 기둥에 기대어 앉아 있었다. 젊은이가 바랑에서 더덕과 누룽지를 꺼내며 어머니를 불렀다.

"어매, 손님을 모시고 왔어요. 저가 호랭이를 만나서 죽을 뻔했거등요. 그란데 이 어르신이 쫓아 주셨어요."

어머니는 고맙다는 눈빛을 담아 해월에게 고개를 끄덕여 인사를 건넸지만 그것마저 몹시 힘들어 보였다. 해월은 아낙의 손을 잡으며 말했다.

"숨을 크게 들이쉬십시오. 그리고 하늘에다 살아야겠다고 마음을 전하십시오. 그러면 하늘이 기운이 내려 줄 것입니다."

그녀의 손은 뼈만 앙상하게 남아 있었다. 해월은 약초와 보식이 필요하다는 것을 알았다. 이 젊은이와의 인연도 보통 인연은 아닌 듯싶었다. 해월은 총각에게 물었다.

"이름은 무엇이며 몇 살이나 되었소?"

"도치라고 해요. 서른세 살이고요. 어릴 땐 상주에 살았는데 20여 년 전 임술년(1862)에 아부지가 우릴 여로 떠밀어 보내싰어요. 꼭 뒤따라 오신다 약속하싰는데 끝내 못 들어오고…. 저는 아부지 기다리며 한 해 두 해 보내다가 총각 신세도 못 면했지요."

"이십여 년 전에?"

해월의 질문이 이어지자 아낙이 기침을 내뱉으며 애써 일어나 벽에 기대어 앉았다. 도치는 어머니와 해월을 번갈아 보다가 울먹이며 입을 열었다.

"임술년에 탐관오리들한테 대들다가 대표로 지목되가 처형당하싰대요. 아부지 이름은 정나구고요. 아부지가 돌아가시기 전에 이웃 을식이 아재한테 부탁해 어매랑 저를 여로 보내싰어요. 아부지가 우예 돌아가싰는지는 나중에 나중에 오복이 아재가 와서 말해 주싰지요."

말을 마친 도치의 눈시울이 붉어졌다.

해월은 도치의 손을 잡았다. 그리고 아낙을 반듯하게 일으켜 앉혔다.

"호랑이가 왜 이 사람을 해치지 않았는지 그 이유를 알겠소이다. 하루 이틀 기다리시오. 제가 가서 약초를 구해 올 터이니 하늘님에게 나는 꼭 살아야 한다고 알리시오. 꼭이오."

도치는 눈물이 그렁그렁한 눈으로 해월을 골짜기가 끝나는 곳까지

배웅해 주었다. 해월은 도치의 정성 때문에 호랑이가 순순히 물러갔
다는 것을 직감으로 알 수 있었다. 먹이를 눈앞에 둔 맹수가 그냥 물
러날 리가 없었다. 가끔 해월과 동행하는 제자들이 시간이 얼마 지나
지 않은 호랑이의 흔적들을 보고 맹수들이 해월을 알고 피하는 모양
이라고 했지만 이번 호랑이는 해월 때문에 물러선 것은 아닌 것 같았
다. 두 사람의 인연을 맺어 주기 위해서 나타났던 것일까?

어느새 해가 중천에 떠 있었다. 날이 몹시 더웠다. 도치에게 누룽
지를 내주었더니 시장기가 찾아들어도 이젠 먹을 것이 없었다. 해월
은 재빠르게 산등성이를 타고 내려가 백화산 북쪽의 덕곡마을로 향
했다. 산자락에서 내려다본 밭두렁에 콩과 고구마 잎사귀들이 축 늘
어져 있었다. 강한 햇살을 견딜 수 없었던 모양이다. 비가 많이 내리
지 않아서 올해도 풍작은 아닐 것이다.

신광서의 종들

신광서의 집은 마을 뒤쪽, 산자락 아래에 자리하고 있었다. 뒤란에
대나무가 우거져서 산을 타고 내려온 해월이 남의 눈에 띄지 않고 들
어가기 쉬웠다. 집 안에 들어 선 해월은 집 안을 살폈다. 대낮이라 손
님이라도 있다면 조심해야 했다. 오늘은 이곳 덕곡 주변에서 최근 늘
고 있는 도인들과 모임을 갖고 포덕을 할 계획이었다. 해월이 뻐꾸기

소리를 냈다. 신호를 알아들었는지 신광서가 안방에서 나왔다. 그리고 이리저리 살피다가 해월을 발견했다.

"아, 스승님, 어서 오세요. 오늘내일 오실 줄 알았네요. 점심 요기도 못 하시지요? 얼른 점심상을 봐 오라 이르겠십니대이."

해월은 신광서의 안내로 뒷방으로 들어갔다. 방문에는 발이 쳐 있어 바람결을 따라 흔들리고 있었다. 매미가 한바탕 시원스럽게 울었다. 이내 보리밥에 풋고추 된장이 차려진 밥상이 들어왔다. 해월은 누룽지를 도치의 어머니에게 주고 오기를 아주 잘했다고 생각했다. 축 늘어진 도치 어머니의 모습이 눈에서 떠나지 않았다.

"저희도 형편이 좋지 않아서 쌀밥을 먹을 수 없게 되었십니다. 그래 가이고 이래 꽁보리밥을 드려서 죄송합니대이."

신광서는 날마다 늘어나고 있는 도인들의 상황을 알려 주었다. 해월은 고요히 밥알을 씹으며 생각에 잠겼다. 모서, 모동, 화북, 화남, 화동, 화서 지역에서만 해도 벌써 수백 명의 도인들이 생겨났다. 백화산과 팔음산 골짜기로 이어지는 교통의 요지에 자리한 모서 사제의 대접주 김현영 삼형제와 함께 신광서 역시 일대에서 큰 신망을 받고 있었다. 그 밖에도 새로운 접주들을 임명해야 많은 수의 동학도를 관리할 수 있을 것이었다.

"오늘 밤에는 새 접주들을 임명하려 하오. 그동안 포덕한 사람들을 모두 모이게 해 주겠소?"

키가 훤칠하게 큰 신광서는 긴 허리를 구부려 절을 올렸다.

"해가 지면 저희 집 마당에 모이도록 연통을 하겠십니다. 오늘 모임에는 아마도 열 명은 넘게 모일 거라요."

말을 마친 신광서는 부리나케 대문을 빠져나갔다. 해월은 보리밥을 꼭꼭 씹어 먹으면서 저녁 시간까지 할 일을 생각해 보고 있었다. 남의 이목을 피해야 하니 밖으로는 나갈 수 없고 집 안에서 할 수 있는 일을 찾아보아야 했다. 대나무를 쪄서 바구니를 짜는 것이 나을 것 같았다. 그는 생각이 떠오르자마자 자리에서 일어났다.

그리고 낫을 달라고 해서 대나무를 솎아 냈다. 이미 새순이 자라 대숲은 발을 디딜 수 없게 빽빽했다. 그는 연초록빛 대를 젖히고 갈색이 도는 오래된 대나무를 골라서 베어 냈다. 타닥타닥 낫으로 대나무를 치는 소리가 울타리에 퍼져 나갔다. 신광서의 집에는 종들이 서너 명 있었다. 그들은 해월이 무엇을 하는지 바라보고만 있었다.

해월은 대나무를 허리춤에 닿는 길이로 잘랐다. 그리고 종들을 불러서 함께 가늘게 잘랐다. 대나무를 잘게 쪼갠 것이 수북하게 마당에 쌓였다. 해월은 땀을 삘삘 흘리며 쪼갠 대나무를 매끄럽게 다듬기 시작했다. 그리고 가로 세로를 엮어 가며 바구니를 만들기 시작했다. 해월이 하는 대로 종들도 대나무 바구니를 엮기 시작했다. 어느 정도 넓이를 이루면 통대로 틀을 만들어서 고정을 시켰다. 그러면 손잡이가 생기면서 대바구니가 완성되었다.

"어데서 이런 걸 배우셨어요? 우째만 이래 좋은 손재주를 타고 나셨는고? 저들은 집 뒤에 대나무가 천지로 있어도 베서 바구니를 만들 생각은 몬해 봤으요. 새끼 꽈서 곡식 담을 그릇을 맹글어 보기는 했지마는….”

늙은 종이 해월의 재주에 탄복을 하며 물었다. 해월은 그저 빙그레 웃으며 해가 지도록 계속 대나무 바구니를 만들었다. 해월의 손끝에서 크고 작은 여남은 개의 바구니가 태어났다.

“손님으로 오셨어도 잠시도 안 쉬고 일을 하신께 참으로 대단하시네요. 새벽부터 화전 일구셨다믄서 낮잠도 안 주무시고 이래 많은 일을 할 힘이 어데서 나와요?”

늙은 종은 해월의 몸놀림이 신기해서 자꾸만 곁으로 다가와서 말을 시켰다. 해월은 그에게 숨을 들이쉬고 내쉬는 방법을 가르쳐 주었다.

“우리가 살아 있는 것은 하늘의 기운을 받아들이고 내뿜는 일을 반복적으로 하기 때문이오. 살아 있다는 것은 하늘의 기운을 받아들이고 있다는 것이며 감사한 마음으로 받아들인 하늘의 기운은 어디에든지 쓸 수 있는 것이라오.”

그러자 늙은 종은 허허로운 웃음을 흘리며 대답을 했다.

“저 같은 종놈이 숨 쉬는 걸 지대로 해서 뭐하게요? 기냥 정신없이 일만 해도 하루해가 바쁜데요. 호흡이 중한 게 아니라 먹을 것이 중할 거 같거등요. 입으로 들어가는 기 있으야 목숨을 이어 가지요. 그까잇 호흡이 뭐가 중요할 거라요?”

해월은 미소를 지으며 고개를 끄덕여 주었다. 늙은 종은 해월이 왜

고개를 끄덕이는지 알 수가 없었다. 해월의 말에 반대 의견을 내었는
데도 고개를 끄덕이다니, 그는 해월을 점점 이해할 수가 없었다.

"호흡이 중요하다는 걸 대부분 모르고 지내기가 쉽지요. 앞으로 종
과 상전이라는 것이 아무 의미가 없는 세상이 올 것입니다. 상전이라
고 좋은 밥을 먹고 종이라고 죽도록 일만 하는 세상은 앞으로 사라지
게 될 것입니다. 생명을 가진 자는 모두가 귀중한 대접을 받는 세상
이 올 터인데 그건 우리들 손으로 만들어 가게 될 것입니다. 밟고 밟
히는 삶이 옳지 않다는 것을 많은 사람이 깨닫게 될 것입니다. 행복
이란 스스로가 만들어 가는 것이지 누가 우리에게 가져다주겠습니
까? 내가 내 삶에서 행복할 수 있으려면 우선 내가 하늘이 만드신 완
벽한 존재라는 것을 깨달아야 합니다. 생명으로 태어난 것은 무엇이
나 호흡을 해야 합니다. 그러니 호흡이 중요하고 호흡을 잘해야 자신
이 하고 싶은 일을 이룰 수 있는 힘도 얻게 됩니다."

"종도 상전도 없는 세상이오? 하마 숨만 지대로 쉬어도 살아갈 수
있닥꼬요?"

늙은 종은 이제 해월의 곁을 떠나가지 않고 대발을 엮으면서 질문
에 질문을 이어 갔다. 해월도 그와의 대화가 좋았다. 언제 어디에서
누구에게라도 하늘의 뜻, 스승의 뜻을 전할 수 있다는 건 얼마나 감
사한 일인가.

"숨은 우리 몸에 맑은 공기를 들여보내 줍니다. 연기를 들이마시면
숨을 쉴 수 없어 괴롭지 않습니까? 그래서 맑은 공기로 호흡을 잘 하

는 것이 중요하지요. 태어날 때 하늘에서 준 선천의 기운, 생명력을 가지고 태어나는데, 또한 하늘이 내려 준 맑은 먹거리를 먹어야 후천의 기운을 제대로 만들어 그 생명을 지탱할 수 있습니다."

"맑은 공기는 알겠는데 저 뭐라 먹거리에도 맑은 게 있는 거라요? 그카고 우리 손으로 농사지어 먹는데 왜 하늘에서 내려 준 거락 카는 데요?"

해월은 늙은 종을 바라보며 소리 없이 웃었다. 다른 종들도 어느덧 해월의 말에 귀를 기울이고 있었다.

"모든 생명은 하늘 기운을 받아들여 살아갑니다. 곡식이며 채소며 모두 숨도 쉬고 햇빛을 받아 자라고 열매 맺지요. 비가 많이 와서 햇볕이 부족하면 과일도 단맛이 없고 알곡도 모두 쭉정이가 되지요? 그렇게 우리가 밥이며 반찬을 먹을 때 그것에 담긴 하늘 기운을 함께 먹어 스스로의 기운을 만들어 가는 겁니다. 그러니 그 기운이 신선하면 우리 몸도 신선해지고 그 기운이 탁하면 우리 몸도 탁해집니다. 그래서 우리는 함부로 짐승을 잡아먹으면 안 됩니다. 짐승은 자기 목숨을 빼앗는 사람에게 죽어 가며 원망심을 갖는데 그 고기를 먹으면 그 원망심이 그대로 우리 몸으로 들어옵니다. 그 원망심을 탁한 기운이라 볼 수 있지요. 그러니 고기는 될 수 있으면 삼가고 어떤 음식이든 항상 감사하며 좋은 뜻을 새기고 먹어야 합니다. 또한 먹고 난 후에도 좋은 일에 힘을 써야 하늘의 뜻을 이룰 수 있지요."

늙은 종이 해월에게 밭에서 따 온 참외를 갖다 주며 물었다.

"그카마 이 참외를 먹으만 하늘 기운하고 하늘 뜻을 먹는 거라요?"

해월은 흠집도 없이 잘 익은 주먹만 한 참외를 바라보며 되물었다.

"이 참외를 따면서 어떤 생각을 하셨습니까?"

"'옳게 손도 못 써 줬는데 잘 커 줘서 고맙대이.' 그런 생각을 했거 등요."

"그런 소중한 마음이라면 참외도 자신이 먹히는 게 기분 좋을 겁니 다. 먹을 것을 앞에 두고 독한 생각을 하면 음식이 몸속에 들어가서 도 독을 뿜어 내고, 좋은 일을 하기 위해서 먹으면 비록 식물이라 할 지라도 고운 향기를 낸다고 합니다. 그 참외 속에는 몇 달 간의 햇볕 과 비와 바람이 들어 있으니 감사한 마음으로 먹으면 좋은 하늘의 기 운과 뜻도 먹는 거지요."

해월은 마당가에 앉아서 바구니 짜는 것을 돕고 있는 종들에게도 웃으며 조용히 말했다.

"사람이 귀하고 천한 것은 정해진 것이 아닙니다. 본래 사람이란 어느 누구를 막론하고 귀한 존재입니다. 지금 내가 비록 천한 신분으 로 일을 하고 있다고 하더라도 그게 본모습은 아닙니다. 시대의 운으 로 잠시 그런 역할을 할 뿐이지요. 그러니 자신을 천하다고 생각하지 마세요. 나 너 할 것 없이 사람 모두, 나아가 생명 가진 것은 모두 귀 하고 소중합니다. 스스로 자신을 귀하게 대접하십시오. 그게 바로 동 학의 개벽사상입니다."

나이가 든 종은 여전히 의심이 많았다.

"남들이 저를 마캉 천하게 여기는데 저 혼자 귀하게 여긴다고 저가 귀해질까요? 남들이 우리를 귀하게 여겨야 귀해지는 거 아니라요?"

해월은 짜고 있는 대바구니를 가리키며 대답을 했다.

"저기 저 대나무는 울타리에 있을 때는 귀하지도 천하지도 않았습니다. 그냥 울타리 노릇을 했을 뿐입니다. 그래서 대숲이 꽉 차면 솎아 내서 아무렇게나 버려집니다. 불쏘시개가 되거나 지팡이가 되기도 합니다. 그러나 오늘처럼 바구니로 모습이 변하니 사람에게는 요긴한 물건이 됩니다. 사람은 물건과 달라서 그 쓰임을 스스로 정할 수 있으니 어찌 귀함과 천함이 정해져 있겠습니까? 귀함과 천함은 스스로 만들어 가는 것입니다. 그렇게 생각하는 사람들이 많아지면 귀천이 없는 세상이 진짜로 만들어지지요."

오후의 긴 그림자가 마당을 덮고 있었다. 종들은 여전히 해월과 더불어 바구니를 짜며 알 듯 모를 듯 해월의 설법에 빠져들었다. 한쪽에서 아무 말도 하지 않고 대나무를 자르던 젊은 종이 해월에게 물었다.

"동학은 신분이 천한 사람도 입도를 할 수 있다고 카든데 우리도 입도를 할 수 있으까요? 그래만 오늘 선생님께 입도를 하겠습니대이."

해월은 바구니를 짜며 가만히 그에게 고개를 끄덕였다.

"사람에게는 본시 귀하고 천함이 없습니다. 사람뿐만 아니라 모든 생명체는 하늘의 기운을 담고 있으니 모두 귀한 존재이지요. 동학도들은 만물의 기운을 받을 수 있는 수련을 하고 그 기운을 다시 만물과 나누는 수련을 합니다."

종들은 고개를 숙인 채로 해월의 말을 열심히 귀에 담았다. 해월은 스승을 보내고 난 후 거의 30여 년을 포덕을 하면서 지냈다. 어디를 가나 사람들을 만났는데 그 사람들에게 하늘의 뜻을 알리는 것은 언제나 기쁜 일이었다. 진실한 마음 하나로 입을 열기 시작하면 사람들은 대부분 해월의 뜻을 기꺼이 따라오게 되었다. 그렇게 해서 경상도 땅의 문경, 예천, 안동, 의성, 군위, 칠곡, 선산, 상주, 성주, 안의, 거창, 의흥, 개령, 고령, 비안, 인동, 김산 등지에서 동학은 엄청난 세력을 확보하게 되었다.

산 그림자가 마당을 완전 덮어 버리자 해월은 대바구니 짜던 것을 정리하고 자리에서 일어났다. 점심을 먹고 난 후 거의 대여섯 시간을 일한 것 같았다. 시간이 한달음으로 사라지고 마당에 대바구니만 가득 들어찼다. 해월은 조용히 집을 빠져 나와서 냇가를 거닐며 생각에 빠져 들어갔다. 오늘 밤에 해야 할 일을 머릿속에 그려 보았다. 도치 총각의 어머니를 도울 수 있는 방도도 생각해 보았다. 신광서의 집으로 돌아오자 그에게 해수 기침을 잡을 수 있는 도라지와 꿀을 구해 달라고 했다. 덧붙여 한글을 배울 수 있는 교본도 하나 부탁했다. 신광서는 한글 교본은 마침 막내가 글을 배워 필요 없게 된 것이 집에 있다고 하며, 백방으로 수소문해서 도라지와 꿀을 구해 왔다. 낮에 참외를 준 노인이 도라지를 잘게 잘라 꿀에 재워 주었다.

그 밤에 모서 지방에서만 수십 명이 넘는 도인들이 새롭게 모여들었다. 신광서네 종들도 모두 입도를 하겠다고 마당으로 나왔다. 입도식을 끝내고 해월은 새로 접주를 두 명 임명했다. 앞으로는 접주가 자기가 담당한 입도자들을 지도하게 될 것이다. 해월은 하루를 더 머물고 다음 날 이른 새벽에 신광서가 챙겨 준 도라지 꿀 항아리와 한글 교본을 가지고 산을 넘어 도치네 집으로 향했다. 가는 길에 폐에 좋은 뽕나무 껍질이며 구기자 뿌리 등 이것저것을 캐어 보따리에 넣었다. 도치는 너럭바위에 올라서서 그를 보자 반갑게 맞았다.

"인자 오시네요. 혹시 오시는 길에 호랭이를 몬 보싰으요? 며칠 전에 나온 호랭이가 또 올까 바서…."

도치가 바위에서 내려와 자기가 만든 덫을 한쪽으로 치웠다.

"아니, 무얼 잡으려고 덫을 놓았소? 호랑이는 저렇게 작은 덫에 걸리지는 않을 듯한데. 발목이 걸리더라도 덫을 가지고 가 버리지 않겠소?"

해월이 도치가 쳐 놓은 덫을 보며 말했다.

"아니라요. 호랭이를 잡을라꼬 덫을 놓은 기 아이고 산토끼라도 몇마리 잡아 가이고 호랭이한테 줄라꼬요. 저를 안 잡아먹고 살려 줬으이 쪼매라도 은혜를 갚아야 할 거 아니라요?"

도치가 말했다. 해월은 그제야 도치의 뜻을 알고 고개를 끄덕였다.

"그랬구려. 아버지가 그대를 위해 빌었던 소원이 있었을 것이오. 진실한 마음이면 하늘도 감응하게 마련이지요. 호랑이조차 총각을 보호해 주고 있으니 이제 어머니를 보살피고 귀한 몸을 좋은 일에 쓰도록 하시오. 이건 폐에 좋은 약초들이오. 잘 달여서 어머니께 마시게 하고, 이 도라지 꿀은 아침마다 정성들여 미지근한 물에 타서 한 사발씩 어머니에게 떠 넣어 드리세요. 그리고 이건 한글 교본이오. 한글을 익혀 놓으면 후일 써먹을 때가 있을 것이오. 호랑이에게 은혜를 갚고 싶으면 덫에 걸린 짐승들을 어제 그 자리에 갖다 놓으면 될 것이오."

"아이고오 고맙습니대이. 눈뜬 봉사는 꼭 면하고 싶었는데. 근데 호랭이가 다시 나타나까요?"

도치가 받은 책을 품에 안고 미심쩍은 표정으로 해월을 쳐다보았다. 해월은 도치를 향해 빙그레 미소 지었다.

"세상의 기운은 서로 통하게 되어 있다오. 총각이 호랑이에게 은혜를 입었다고 착한 마음을 내었으니 그 지극한 마음이 호랑이를 움직이지 않겠소? 도치 총각의 정성을 호랑이가 알게 될 것이오."

도치는 길게 휘파람을 불어 어디엔가 있을 호랑이에게 인사를 하고 해월을 앞세워 집으로 향했다. 집에 도착한 도치는 해월이 건네준 약초들을 씻어 작은 항아리에 넣고 물을 부어 화덕 위에 올려놓고 불을 지폈다. 도치 어머니는 방 안에서 계속 잔기침을 해 댔다.

"누에를 쳐 본 적이 있소?"

툇마루에 앉아 있던 해월이 도치에게 물었다. 잔가지를 화덕에 집어넣으며 불을 지피던 도치가 해월을 돌아보았다.

"누에는 본 적이 없는데요."

"이 산속에 뽕나무가 아주 많이 있더군요. 내가 다음에 산 아래 동네에 내려가서 누에를 구해 올 테니 누에 칠 준비를 해 보세요."

도치는 의아한 눈빛으로 해월을 바라보았다.

도치 모자가 굶어 죽지 않고 겨울을 나려면 누에를 치는 것이 도움이 될 것이었다. 약초를 캐고 산밭에서 나는 잡곡으로는 가을을 나기도 힘들 터. 병든 어미는 잘 먹어야 병도 털어 내고 일어날 수 있을 것이다. 해월은 산등성이를 덮고 있는 뽕잎을 바라보며 흐뭇한 미소를 띠었다. 올봄에는 오디도 잔뜩 달렸다. 해월은 초여름에 오디술을 담가 바위 동굴에 보관해 두었다. 몇 년이 지나면 약으로 쓸 수 있을 터였다. 해월은 도치와 그 어미에게 동학의 기본 공부법인 청수와 심고법을 일러 주었다. 그때 해월은 동학이라는 이름을 비로소 입에 올렸다.

도치의 방문

해월은 집으로 가는 길에 예쁜 꽃이 핀 작은 풀들을 뿌리째로 뽑아 딸 윤에게 선물로 주었다. 그러고는 집 뒤의 산밭으로 가서 배추벌레를 잡기 시작했다. 해월은 애벌레를 잡아서 가까운 나무에 앉아 있는 메추라기들에게 던져 주었다. 메추리들은 해월을 두려워하지 않고 밭가로 모여 들었다. 잎사귀 썩은 것들이며 거름을 많이 해서인지 유난히 배추와 열무가 튼실하게 자라 올랐고, 벌레 또한 많이 들끓었다.

애벌레들을 나뭇가지 젓가락으로 잡아서 메추리들에게 던져 주며 한편으로는 하룻밤 사이에 자라난 잡초들도 뽑아냈다. 어느새 햇살이 강하게 내비치자 해월은 냇가로 내려가서 멱을 감았다. 차가운 기운이 온몸을 타고 올라왔다. 그는 눈을 감고 긴 호흡을 내뿜으며 명상에 잠기었다.

산새들의 울음소리가 들리고 천지간의 부산한 움직임이 들리는 듯했다. 해월의 눈앞으로 재빠르게 산토끼가 덫에 걸리는 모습이 보였다. 그리고 그것을 들고 달려가는 도치. 산속 깊이 더위를 피해 나무 그늘에 앉아 있던 호랑이가 긴 하품을 하며 일어난다. 그리고 어슬렁거리며 산길로 들어서고 꿈틀거리는 잿빛 토끼를 한입에 문다. 해월은 선명하게 떠오르는 그 장면을 놓치지 않으려고 더욱 명상에 집중했다.

산중에 있으면 더욱 영이 맑아졌다. 그는 말갛게 흘러내리는 냇물에 몸을 담그고 다시 한 번 정신을 집중했다. 그러자 사제마을의 김현영의 집이 보였다. 김현영 삼형제가 모여서 뭔가 이야기를 나누고 있었다. 해월은 물에 머리를 담그고 이번에는 사제마을로 가 보아야겠다고 생각했다. 김현영 삼형제는 성실하고 강단이 있는 것이 아주 남달랐다. 그들에게 누에를 치는 도인들을 소개 받으면 누에를 쉽게 얻을 수 있으리라. 물속에 머리를 넣으니 정신이 더욱 맑아졌다. 해월은 물속에서도 늘 하던 대로 쉬지 않고 주문을 외웠다.

도치는 해월이 가져다준 약초를 달여서 어머니께 드렸다. 어머니의 기침이 다소 가라앉는 것 같았다. 도치는 신이 나서 덫을 더 만들어 산속 여기저기에 놓았다. 토끼가 잡히기도 했고 산비둘기가 걸리기도 했다. 도치는 짐승들이 덫에 걸릴 때마다 곧바로 달려가 호랑이가 나타났던 산길에 놓아두었다.

다음 날 가 보면 여지없이 짐승들은 사라지고 없었다. 호랑이가 나타나서 가져간 것인지 아니면 다른 짐승이 가져가는 것인지는 알 수 없었다. 어쨌든 은혜를 갚고 있는 것 같아서 도치의 마음은 뿌듯했다. 도치는 해월이 나타나길 몹시 기다렸다. 그러나 초승달이 뜰 무렵 떠난 해월은 보름달이 되어도 모습을 보이지 않았다.

도치는 산 고개를 넘어서 해월의 집을 찾아보기로 했다. 해월의 말을 더듬으며 찾아간 봉촌에 과연 외딴집이 한 채 보였다. 산 아래 자리 잡은 움막 주변에는 산밭이 일궈져 있었다. 산밭에는 온갖 채소가 자라고 있었다. 오이와 무와 배추, 그리고 고구마와 수수와 기장, 옥수수까지 없는 것이 없었다. 밭에는 잡초가 보이지 않았다. 해월 선생의 집이 틀림없을 것이었다. 어디선가 인기척이 났다. 도치는 놀라서 사방을 둘러보았다. 냇가 소나무 아래에서 아낙이 방망이를 두드리며 빨래를 하고 있었다. 도치는 아낙에게 다가갔다.

"혹시 이곳이 해월 선생님 댁인가요?"

부인은 잠시 놀라는 듯하더니, 도치의 행색을 보고는 이내 경계를 풀고 고개를 끄덕였다.

"저는 저 산 너머 사는 정도치라요. 어르신께 은혜를 입어서 뭐라도 돕고 싶어서 찾아왔는데요. 선생님은 어디 가셨는가요? 오시기 전에 저가 도울 일이 뭐 있을까요?"

머리에 수건을 쓰고 이불 빨래를 하던 아낙이 빙그레 웃으며 빨래를 짜서 널어 주겠느냐고 했다. 빨래가 커서 여자 혼자서 짜기는 힘들어 보였다. 도치는 빨래를 짠 뒤 마당으로 가지고 가 빨랫줄에 널었다. 그리고 할 일이 더 있는지 살펴보았다. 움막은 낡았어도 깨끗이 정리되어 있었다. 도치는 마루를 닦고 이제 머리만 내밀고 있는 잡초들을 모두 뽑아냈다. 살림 도구들은 아주 단출했다.

"오늘은 못 들어오실 거예요. 이웃에 좋은 분이 살고 있으니 반갑네요."

아낙이 환한 미소를 지었다.

"이웃이라 캐도 저그 산 너머래요. 한참 걸어야 되거등요. 여서 얼매나 사셨어요?"

아낙은 조용히 있다가 미소를 지으며 대답을 했다.

"얼마 되지 않았어요. 언제까지 있게 될지도 모르고요."

도치는 해월의 집을 둘러보며 집 위에 망대가 있는 것을 보았다. 그곳에 올라가면 저 산 아래까지 한눈에 들어올 것이었다. 도치는 해월이 왜 그것을 만들었는지 짐작이 갔다. 아버지처럼 해월도 관에 저항하는 무슨 일인가를 했을 것이고 지금은 관에 쫓기고 있을 것이다. 도치는 부인에게 인사를 하고 뒤돌아오면서 해월의 집을 남의 눈에 띄게 자주 찾아서는 안 되겠다는 생각을 했다. 그러나 한편으로는 행복한 웃음이 떠나지 않았다.

동학은 이미 상주에서 모르는 사람이 없을 만큼 소문이 나 있었다. 그런데 동학의 우두머리가 그렇게 가까이에 살고 있다는 것이 믿을 수 없었다. 아버지도 정해(1827)생이었으니 연배도 같았다. 도치는 아버지를 만난 것만큼이나 벅찬 감동에 젖었다.

도치 어머니 역시 기력을 되찾으면서 해월이 보통 사람이 아니라는 것을 알게 되었다. 해월에게는 남편이 못다 한 꿈을 이루어 낼 기운이 보였다. 게다가 해월의 깊은 눈빛에는 신중함과 배려심과 만물에 대한 사랑이 깃들어 있었으며 조용한 강단이 엿보였다. 모자는 해월에 감사하며 새벽에 마당 앞의 바위에 청수를 떠 놓고 함께 심고하는 것으로 하루를 열었다.

도치에게는 해월을 만난 이후 아버지에 대한 그리움이 더욱 밀려왔다. 아버지 같은 해월을 아주 가까이에서 자주 뵈었으면, 아니 먼 발치에서라도 지켜보는 것은 괜찮겠지 하는 생각으로 도치는 해월의 집이 내려다보이는 산꼭대기로 자주 올라가 보고는 했다.

이날도 해월의 집이 내려다보이는 산꼭대기로 올라가는데 뭔가 석연치 않은 소리가 들렸다. 숲 속에서 이글거리는 눈빛을 보았던 것이다. 도치는 그것이 호랑이라는 것을 직감으로 알아차렸다. 도치는 뒤도 안 돌아보고 집을 향해 달렸다. 이제 잡히면 호랑이는 자기를 다시 놓아주지 않을 것 같았다.

'호랭이가 해월 선상님을 보호해 주고 있구마이.'

도치는 그제서야 자기가 살아난 것이 해월의 덕이었다는 것을 확신하게 되었다. 도치는 더 이상 해월의 주변을 서성이지 않기로 했다. 해월은 뭔가 다른 삶을 살고 있었다. 도치가 범접할 수 없는 사람인 것이었다. 맹수조차 보호를 해 주고 있으니 어찌 가까이 할 수 있단 말인가? 도치는 해월이 다시 집에 나타나길 애타게 기다렸다. 해월이 나타나면 어떻게 수련을 하는지 가르쳐 달라고 매달릴 생각이었다.

그러던 어느 날 나뭇짐을 지고 집에 돌아오니 어린 누에가 담긴 바구니가 도치네 마당에 놓여 있었다. 해월이 두고 간 것일까? 도치는 누에를 키우는 법을 잘 몰랐으나 어디로 달려가서라도 배울 참이었다. 정신없이 산속으로 들어가 뽕잎을 따서 누에 바구니에 넣어 주었다. 방 안에서 도치의 바지를 깁고 있던 어머니가 마당으로 나왔다. 누랬던 피부가 한결 맑아졌고 기침을 하느라 구부정했던 등이 곧게 펴져 있었다.

"아이구. 웬 누에라? 선생님이 조용히 왔다가 가신 게지. 예전에 이웃에 누에를 치는 걸 째매 도와주민서 보기는 했는데…."

도치 모자는 그렇게 누에를 치기 시작했다. 도치는 뽕잎을 따느라 여름을 다 보냈다. 누에가 한숨을 자고 나도록 해월은 도치네에 모습을 보이지 않았다.

아침저녁으로 시원한 바람이 찾아들었다. 호랑이 때문에 해월의 움막 나들이를 자제하고 있던 도치는 큰마음을 내어 조심조심 해월의 집을 찾았다. 몇 켤레의 짚신이 놓여 있었다. 도치는 바위틈에 숨어서 움막 안을 살피었다. 나직나직한 남자들의 음성이 들렸다. 가끔씩 해월의 목소리가 들려왔다. 뭔가 심각한 이야기를 나누는 것 같았다. 부인이 부지런히 물그릇을 나르고 음식을 담아내었다.

도치는 조심조심 바위 위로 올라가서 움막을 들여다보았다. 바위에서는 망대가 훤히 보였다. 망대에 네 사람이 둘러앉아 있었다. 한결같이 심각한 표정으로 넷은 뭔가를 진지하게 이야기하고 있었다.

젊은 남자들은 해월에게 간곡하게 무엇인가를 말하는데 해월은 묵묵히 듣고만 있었다. 무엇인가 긴급한 일이 일어나고 있는 것 같았다. 그들의 이야기가 언제까지 이어질지 알 수 없어서 도치는 바위에 몸을 딱 붙이고서 계속 그들의 동정을 살폈다.

그런데 숲 속에서 이상한 소리가 들려왔다. 도치는 바짝 긴장했다. 그것은 분명 맹수의 그르렁 소리였다. 또다시 호랑이가 내려온다고 생각하니 가위에 눌려서 한 발짝도 움직일 수가 없었다. 도치는 바위에 바짝 엎드렸다. 대낮이지만 어둡게 우거진 숲 속에서 몇 개의 빛이 번쩍였다. 호랑이가 떼로 몰려온 것 같았다. 사람이 여럿이니 호랑이도 떼로 덤벼들 생각일까? 아니, 호랑이는 해월 선생을 보호하는 존재가 아니었던가?

숨이 멈출 것 같았지만 꼼짝도 못하고 바위에 붙어 있었다. 호랑이 떼도 망대에 있는 사람들처럼 좀체 돌아갈 줄 몰랐다. 도치는 죽을 맛이었다. 일어설 수도 없고 달려갈 수도 없고 그대로 바위에 붙어 있어야 하다니…. 금방이라도 호랑이가 달려들 것 같아서 몸이 덜덜 떨렸다.

이윽고 한낮의 태양이 서쪽으로 기울고 긴 산 그림자가 들녘을 삼켜 버리자 이야기가 끝났는지 사람들이 일어나 밖으로 나왔다. 도치는 긴장해서 호랑이 떼를 바라보았다. 몸을 숨긴 채 빛만 번득이고 있던 호랑이 떼들이 서로를 바라보며 그르렁거리고 있었다.

"선생님! 이제 상주에도 도인들이 모래알처럼 많아졌습니다."

얼굴이 통통한 사내가 해월에게 고개를 깊게 숙여 인사를 하면서 덧붙였다. 때마침 그르렁거리던 호랑이 소리가 더욱 커지며 쩌렁쩌렁 메아리쳤다.

"가만, 이건 맹수의 소리야. 저들이 우리를 따라온 건가?"

갸름한 얼굴의 중년 남자가 일행 앞으로 나서며 숲 속을 뚫어지게 바라보았다. 으르렁거리는 호랑이 소리가 여전히 들렸다.

"야단났군, 호랑이 소리야. 배고픈 호랑이가 사람 냄새를 맡으면 천 리라도 쫓아온다는데…."

키가 크고 몸이 마른 사내가 일행들을 집 안쪽으로 몰아넣으며 해월을 바라보았다. 해월은 그들에게 잠자코 있으라고 손을 내저었다.

"식즉천이오. 우리가 먹는 것이 하늘이듯이, 우리를 먹는 것도 하늘이니 우리가 호랑이 밥이 된다고 하면 그것도 하늘의 뜻이 아니겠소. 너무 무서워하지 말고 호랑이에게도 우리의 뜻을 전해 보기로 합시다."

해월은 조용히 앞으로 나와 호랑이들이 으르렁거리고 있는 곳을
쳐다보며 주문을 외웠다. 한 떼의 호랑이들이 으르렁거리는 소리가
산골짜기를 울렸다. 도치는 바위를 붙잡고 매달렸다. 신음 소리가 절
로 나왔다.

"호랑이가 뭔가를 던져 주고 가는데요."

누군가 다급한 소리로 외쳤다. 호랑이 떼가 숲을 헤치고 달려가는
소리가 들려왔다. 이윽고 잔 나뭇가지가 흔들리며 소란스러웠던 숲
이 잠잠해졌다. 도치는 바위 위에서 고개를 들고 숲을 바라보았다.
소나무 사이로 사라져 가는 호랑이의 꼬리가 보였다.

"저기 호랑이가 물어다 놓은 게 있어요. 꿈틀거리는 것이 아마 짐
승인가 봅니다."

동그란 얼굴의 사내가 숲을 헤치며 달려갔다. 남은 사람들도 조심
조심 숲 속으로 들어갔다. 도치는 바위 위에 서서 숲 속을 바라보았
다. 누렇게 생긴 무엇인가가 움직이고 있었다.

"노루네요. 갓 잡은 것 같습니다. 아직 숨이 붙어 있어요. 호랑이들
이 왜 노루를 잡아다 놓고 갔을까요?"

"호랑이들이 우리에게 뭔가를 주고 싶었던 모양입니다. 그러나 놓
아주는 게 좋겠소. 호랑이가 먹지 않은 것을 어찌 사람인 우리가 잡
아먹겠소."

"오늘은 날이 저물고 있으니 여기에서 저녁을 먹고 내일 새벽에 떠
나도록 하시오. 호랑이가 온 것은 오늘 저녁에 떠나는 것을 막으려던

것이었나 보오. 준비된 찬은 없으나 주변에 하늘이 주신 먹거리들이 여기저기 있으니 감사하며 식사를 준비합시다."

도치는 여전히 바위틈에 딱 붙어서 집으로 내려갈 생각을 하지 못하고 있었다. 그들은 해월의 부인을 도와 불을 피우고 텃밭에서 가지와 고추를 따고 풀숲에서 먹을 수 있는 잎사귀들을 뜯었다. 그들은 분주히 움직이느라 도치 쪽으로는 눈길도 돌리지 않았다.

서산으로 해가 기울어 가고 있었다. 도치는 어둠이 내리기 전에 집으로 돌아가리라 생각하며 바위틈에서 빠져나왔다. 그리고 천천히 골짜기를 올라가면서 혼자 생각에 빠져들었다. 호랑이는 해월이 어떤 존재인지 알고 있는 듯했다. 그것은 우연이 아니었다. 처음 호랑이와 마주쳤을 때는 영락없이 죽었다고 생각을 했고, 호랑이가 슬쩍 사라진 것은 우연이라고 생각했다. 그러나 해월의 집을 가려고 나섰을 때 호랑이가 막아선 것이나 오늘 호랑이 떼가 노루를 잡아 놓고 간 것을 보니 해월이라는 사람이 더욱더 남다르게 보였다. 도치는 해월이 떠나기 전에 입교를 해야겠다고 생각했다. 내일이나 모레 어머니를 졸라서 동학 도인이 되자고 하리라. 해월은 한곳에 오래 머무르지 못할 것이니 더 이상 미루다가는 해월을 영영 보지 못하게 될지도 몰랐다.

6. 상주성을 점령하라

일본이 짓밟은 경상도 땅

해월은 갑자년(1864) 3월에 스승인 수운 선생으로부터 높이 날고 멀리 뛰어 동학의 뜻을 펼치라는 유훈을 받고, 그날 이후 전국을 돌아다니며 숱한 사람들을 만나 함께 어울리며 도의 삶의 살았다. 그가 한 달 정도 머물면 고을 사람들 거의 대부분이 동학도가 되었다. 도인들 중에 좀 더 열의를 가지고 자기 주변 사람을 포덕하는 사람은 접주로 임명했는데, 그렇게 임명한 접주가 1890년대 초에는 전국에 2, 3천 명이 되었다. 황해도, 평안도, 강원도, 충청도, 경상도, 전라도 낮은 섬마을까지 동학 도인들의 주문 소리가 울려 퍼졌다. 이에 따라 탐관오리들의 경계와 탐학도 심해져 갔다.

갑오년(1894)에는 정초부터 전국이 술렁거렸다. 조병갑의 횡포 때문에 고부에서 시작된 민란이 전라도를 휩쓸었다. 전라도에서는 뒤늦게 동학도가 된 전봉준이 탁월한 지도력으로 전투를 이끌고 있었다.

해월도 밀려오는 역사의 외침에 귀를 기울이고 있었다. 그는 계사년(1893) 보은 집회 이후 8월 청산 문바위골로 거처를 옮겼다. 10월에 아들 덕기를 잃는 큰 아픔을 겪었지만 일절 내색도 하지 않고 하루가 다르게 들려오는 전투 소식을 들으며 생각에 잠겼다. 새해가 들어서자 심상치 않은 분위기들이 감지되고 있었다. 호남에서 포덕을 하며 손화중, 김개남, 전봉준 등과 밀접한 관계를 맺고 있던 서인주, 서병학 등은 외국의 침탈과 내부의 탐학에 맞서 전국의 동학도들이 일어나야 한다고 해월에게 강력하게 주장하고 있었다. 지난 임진년(1892)부터 2년간 동학도들은 공주 집회, 삼례 집회, 광화문 상소, 보은 집회 등에서 수만 명씩 모여 조정에 동학에 대한 탄압을 중지하고 도탄에 빠진 백성들의 삶을 돌보며 침략적 외세를 물리치라는 요구를 공개적으로, 평화적으로 해 왔다. 그러나 조정은 쇠귀에 경 읽기로 묵살해왔다. 동학도들은 절박한 백성들의 외침을 무시하는 조정의 처사에 분노했다.

청 군대 요청했다가 일본에 당하는 조선 왕

3월 이후 태인, 금구, 부안, 전주, 고부 등지에서 계속 전투가 벌어졌다. 전라도에 이어 충청에서도 4월 초 진산에 모여 있던 농민군들이 금산에서 온 보부상들의 기습을 받고 백 명 넘게 죽었다는 소식이 들렀다. 해월은 곧바로 청산의 소사전에 동학군들을 모아 회덕 관아를 점령하고 무기를 확보해 진잠으로 나섰다. 갑오년 봄, 연산, 옥천, 공주, 이인, 문의, 금산에 수천의 동학군들이 모여 웅성거렸다.

겁에 질린 정부가 청국에 지원을 요청하자 5월 5일 900명의 청군이 아산에 도착했다. 그러자 다음 날 톈진조약을 들먹이던 일본이자 국민 보호를 내세우며 곧바로 인천에 400명의 일본 군인을 상륙시켰다. 해월은 전봉준에게 일단 전주에서 화약을 맺고 더 이상 외국의 군대가 주둔할 명분을 주지 말라고 연통을 넣었다. 그러나 일본 정부의 계획은 달랐다. 청일전쟁을 일으켜서라도 조선에 주둔할 구실을 찾아야 했다. 일본은 6월 21일 새벽 경복궁을 쳐들어갔다. 일본군은 경복궁의 문이 생각보다 견고하여 쉽게 열리지 않자, 새벽부터 폭약에 도끼질까지 해서 궁을 장악하고는 왕을 인질로 잡고 점점 더 적극적으로 조선을 집어삼킬 준비를 했다.

전선 공사 하는 일본의 횡포

7월과 8월에는 낙동강 주변 지역에서 일본군 전선 공사 때문에 경상도 도인들과 일본군들의 충돌이 잦았다. 그들은 일본 땅에서부터 바다 속으로 전선을 끌고 부산에 들어와 낙동강을 따라가며 전봇대를 세우고 경성으로 전깃줄을 끌고 간다고 했다. 전신으로는 수만리 떨어진 곳과도 단박에 소통할 수 있다고 했다. 엄청난 성능의 총까지 갖춘 일본군이 전신으로 먼 곳까지 순식간에 연통이 가능하다면 큰 전쟁을 준비하겠다는 것 아닌가. 전선이 통과되는 주요 지역에는 병참부를 설치했는데 그 인근의 백성들에 대한 횡포도 끊이지 않았다. 농민들은 야밤에 몰래 전깃줄을 끊으며 저항했는데, 일제는 범인을 색출한다며 어린아이까지 총살했다. 팽팽한 긴장감이 해월 주변을 감돌았다.

경상도 북부에는 탄탄한 동학 조직이 있었다. 예천 문경 일대의 관동포, 상주 선산 김산 일대에는 충경포, 상주와 예천 일대에 상공포, 선산과 김산 일대는 선산포, 김산과 개령 성주 일대는 영동포 등 이미 다섯 개의 포가 있었고 최맹순이 이끄는 관동포만 해도 7만 명의 교도들이 그물망처럼 연결되어 있었다. 해월은 일본군의 횡포가 점점 심해지자 7월 초 청산에서 북쪽으로 곧게 올라가다가 오른쪽으로 꺾어지는 곳에 있는 상주의 화남으로 향했다. 그곳 접주 강선보는 그동안 해월을 맞이하여 동네 사람들과 모임을 여러 번 가졌다. 강선보는 동네 사람들을 거의 다 동학도로 포덕했다.

어두운 밤 깊은 산속으로 소리 없이 사람들이 몰려들었다.

"선상님, 이제 더는 망설여선 안 될 거 같애요. 5월부터 청나라와 왜놈들이 붙었다잖아요. 일본 무기가 디기 씨다 캐여. 얼매나 쎈지 청나라가 밀린답니대이. 일본이 판판이 이기고 있다 카데여. 청국이 밀려난 뒤에는 일본이 거칠 거 없이 조선 전체를 마캉 집어먹을 거 아니라요?"

강선보가 해월을 향해 무거운 목소리로 말을 풀어냈다. 그러자 신광서도 고을 소식을 전했다.

"저들 중화 지역의 도인들은 하마 준비를 마쳤습니대이. 지난 6월에 왜놈들이 경복궁을 쳐들어간 뒤부터, 부산에서 한양까지 왜놈 병참부를 80리마다 만들고 있다 캐요. 상주에도 벌써 들어서고 있는데 지금 안 일어나만 호미로 막을 거를 가래로도 못 막게 될 거라요."

모동의 남진갑도 날카로운 눈빛으로 말했다.

"여기 상주 지역에서만 접주들이 하매 수백 명입니더. 동원령을 내리시만 수천 명은 쉽게 모일 겁니더. 그카마 관아를 들이쳐서 무기를 확보하는 기는 식은 죽 먹기 일거라요."

"작년 보은 집회 후로 예천 오천장에 안동, 의성 접에서 모이가꼬 동학대도회가 열렸고요. 요사이 하루에 천 명 넘게 동학으로 농사꾼들이 모이든다꼬 합니대이. 경상도 전체가 마캉 일본놈들 횡포에다 부패한 관리 놈들 때문에 부글부글 끓고 있어요. 그동안은 어대 하소연할 데가 없어서 주저하던 백성들이 동학이 나서 줄 거라는 희망이 보이니까네 모이는 거 아이겠십니꺼."

해월은 마루에 가득 모인 접주들을 둘러보았다. 접주들 중에는 우직한 농민들도 있었지만 글깨나 읽고 재산도 웬만한 양반들이 훨씬 더 많았다. 모두들 눈빛이 등불처럼 이글이글 빛났다. 해월은 눈을 감고 잠시 생각을 하다가 카랑카랑한 목소리로 말문을 열었다.

"그동안 말할 수 없는 고초들을 겪어 내시느라 고생들이 많았습니다. 여기에 모인 대접주님들의 각오가 단단한 것을 보니 나도 힘이 납니다. 우리 수운 선생이 창도한 동학은 수행을 통해 모두 신선 같은 존재가 되어 개벽세상을 만들라는 것이었지만, 지금 바람 앞의 등불과 같은 이런 세상에서는 수행만 하고 있을 수는 없게 되었습니다. 개 같은 왜놈들을 조심하라 누차 말씀하셨는데 이렇게 앉아서 당하고 있을 수는 없지요. 이제 일어설 때가 되었습니다. 우리들을 괴롭히는 왜놈들, 그들 뒤에 숨어 있는 조선의 탐관오리들, 양놈들을 물리치는 일에 모두 함께 참여하도록 합시다. 각 접주들은 준비를 철저히 해서 척왜척양에 나서도록 해주세요."

컴컴한 밤하늘을 뚫고 해월의 목소리가 조용하지만 힘 있게 퍼져 나갔다. 여름이지만 시원한 바람이 산을 타고 깊은 골짜기를 따라 불어 내려왔다. 접주들은 결의에 차서 계획을 짜 나가기 시작했다. 서쪽 하늘에서 별똥별 하나가 휙 날아가고 있었다.

혁명의 불을 당기다

곧바로 예천 쪽에서 양반과 향리들로부터 군수전과 군수미를 확보하기 위한 활동들이 이어졌다. 자진해서 내놓는 자들도 있었지만, 오래된 원한으로 양반들에게 재물을 빼앗으며 분풀이를 하는 상민 천민도 있었다. 양반과 향리들도 가만있지 않았다. 그들은 민보군을 조직해서 무장을 하고 이들에 대항했다. 8월에 들어서자 양반들이 조직한 민보군은 최맹순의 관동포 소속 동학농민군 11명을 잡아 한천가로 끌고 가서 생매장을 해 버리고 말았다.[10]

이 소식은 급하게 퍼져 나갔고 동학군 쪽에서도 발 빠른 대응이 이어졌다. 최맹순은 예천 읍내 공격을 결정하고 안동과 의성에서 온 동학도들이 낸 계책대로 읍으로 들어가는 길목을 막고 땔감과 곡식을 들어가지 못하게 막았다. 8월 28일 서쪽의 화지와 북쪽의 금곡에서 4,5천여 명의 동학도들이 낮과 밤으로 공격을 했다. 그러나 화승총으로 무장한 2천여 민보군의 완강한 방어를 뚫지 못했다.

김산과 성주에서도 소문을 들은 동학군들이 8월 중순부터 돈과 곡식을 빼앗기 위해 양반들을 공격했다. 성주의 양반과 향리들도 가만히 있지 않았다. 재빨리 민보군을 조직해서 동학군 수십 명을 잡아 포살해 버렸다. 동학군들도 가만있지 않았다. 호된 보복을 하자는 의견대로 천 호나 되는 인가를 불태워 사흘 동안 연기가 백여 리를 갔다. 보복에 보복이 이어졌다.[11]

사태가 점점 심각해지자 청산에서도 긴급한 회의가 열렸다. 거포리 해월의 사위 김연국의 집에 모인 동학 지도부는 9월 18일 전국 동학 도인들에게 기포령을 내려 일본군과 정부군에 대항할 것을 결정했다. 전면전이 선포된 것이다.

기포령이 내려진 지 나흘 만인 9월 22일 상주성을 함락하기 위해서 도인들이 모여들었다. 이미 함창과 예천 등지에서 수천 명이 모여들었기 때문에 상주성 앞에는 도인들의 깃발로 인산인해를 이루었다. 노란 깃발을 들고 척왜양을 외치며 도인들은 우레와 같은 함성을 질렀다. 도인이 된 도치도 상주성 전투에 참가하기 위해서 산을 내려왔다. 마을 앞까지 마중을 나온 늙은 어머니에게 꼭 살아서 돌아오겠다고 몇 번이나 뒤돌아보며 큰 소리로 외쳤다.

상주 부사 윤태원은 이미 도인들에게 상주성이 점령당할 날이 올 거라고 예상하고 있었다. 동학의 교주 최제우는 죽임을 당했지만 그로부터 도술을 물려받은 최경상이라는 자는 잡히지도 않으면서 전국을 돌면서 포교를 하고 있으며, 하필 상주에 도인들이 가장 많다는 것은 다 알려진 사실이었다. 그는 최경상이 오래전 상주의 중화 지역 이곳저곳에 은거하는 동안 교도들을 엄청나게 늘려 놓았다는 사실을 들어서 잘 알고 있었다.

윤태원은 머리를 굴려 보았지만 살아남을 수 있는 방도는 오직 하나뿐이었다. 그는 병을 핑계로 일찍이 성을 벗어나 고향으로 줄행랑을 놓아 버렸다. 조정에는 미리 힘을 써서 다른 벼슬자리를 받아 놓았으니 뒤탈도 없을 것이었다. 부사가 도주를 한 뒤 성을 지키던 호방 박용래는 이방 김재익에게 하소연을 늘어놓았다.

"백성들이 저렇듯 들고일어나 나라가 어지러운데 책임을 져야 할 관리가 자리를 비우고 도망을 가 버리만 누가 이 성을 지킨단 말이라요? 참으로 안타까운 일이네요. 도둑에게 집을 마캉 다 내주고 도망을 치다니 남은 수성군들만 비도들에게 희생을 당하라는 말이라?"

이방 김재익이 이를 부드득 갈며 호방에게 소리를 질렀다.

"그 캐도 신하는 신하 된 도리가 있는 법, 우덜까지 도망을 치면 되겠으요? 용감하게 싸우다 죽도록 합시대이."

그러나 호방은 이방에게 오히려 더 소리를 질렀다.

"머라 캐요? 적들은 수천 명이고 우리는 겨우 백 명이라요. 이 상태에서 싸운다면 개죽음을 당하고 말 거거등요. 충이 아무리 중요하다 캐도 목심보다 중요하진 않소. 뒷일을 도모하려만 수성군을 한 명이라도 살려가 도망치게 해야 하는 기라요. 그래여 안 그래여? 싸워서는 안 됩니대이. 그거는 무모한 선택이라요."

이방은 호방에게 손사래를 치며 벌겋게 상기된 얼굴로 대꾸했다.

"나라를 지켜야 할 무인이 지금 무슨 소리를 지끼리요? 자고로 충성스런 신하는 나라가 위험에 처했을 때 목숨을 바쳐 싸워야 하는 거라요. 비겁하게 목숨을 부지하기 위해서 싸우지도 않고 도망을 가라는 말이라요? 호방이 그런 명령을 내리지 않아도 이미 병사들은 도망갈 생각만 하고 있습니대이. 근데 앞에 나서가 도망을 치라고 한단 말이라?"

호방은 부사가 떠나 버린 성을 둘러보며 한탄을 늘어놓았다.

"저기를 봐요. 이방은 지금 동학도의 숫자가 보이지 않아요? 저들은 구름 떼처럼 몰려오고 있습니대이. 무기가 없어서 죽창이나 들고 있다지만 만여 명에 가까운 저들을 백여 명의 우리 병사가 당해 낼 승산은 없는 거라요. 이방은 좋을 대로 하세요. 나는 병사들한테 위험을 피해서 달아나라고 할 거라요."

"허허 나라가 망하려니까 병사들한테 싸우지 말고 도망을 치라는 관리가 나오네요."

이방은 쓸쓸한 표정으로 호방 박용래를 비난했다. 그러나 마음 깊숙한 곳에서는 그 역시 호방과 같은 생각을 하고 있었다. 호방과 그의 지시를 받은 관군들은 이미 성문 밖으로 도망을 치고 있었다.

상주성을 점령하다

먼지를 일으키며 저잣거리에서 구름 떼처럼 동학군들이 몰려들었다. 조금 전까지 큰소리치던 이방도 후일을 도모하기로 하고 재빨리 성을 빠져나갔다. 누군가 성안에서 문을 열어 주었는지 싸울 것도 없이 도인들은 성을 점령해 버렸다.

성안에 남아 있던 일부 수성군들은 이리저리 뛰어다니며 도망갈 곳을 찾아다녔다. 동학군들은 몇 사람 되지 않는 수성군을 쫓아 혼을 내려고 했다. 궁지에 몰린 수성군들이 성벽에서 뛰어내렸다. 다리가 부러지고 팔이 부러지기도 했으나 동학군에게 잡혀 죽는 것보다는 다치는 게 나았다.

강선보와 신광서 일행은 쉽게 상주성을 점령할 수 있었다. 그들은 우선 곳간을 열어 동학군들에게 곡식을 옮기도록 했다. 대접주들은 동헌에 모여 앉아 앞으로 무엇을 해야 할지 뜻을 모았다.

"오늘 늦게라도 함창의 일본군 병참기지로 곧바로 쳐들어가야 합니다. 일본군들은 관군들과 달라서 최신 무기를 갖추고 있다 합니다. 왜놈들이 들어오면 우리 생명 줄도 달아나고 말 겁니다. 이까짓 상주성이 문제가 아니오. 빨리 포별로 점검을 하시고 대접주들께서는 각자 도인들에게 명령을 내리도록 합시다."

수접주 최맹순은 쓴침을 삼키며 말했다. 이미 예천에서 엄청난 패배를 맛보았던 그는 상주성을 점령하고 승리감에 취해 있는 접주들을 급히 채근했다.

"그 캐도 아직 일본 병참부의 상황이 우짼지도 모리는데 무작정 쳐들어가는 것은 무리라요. 우선 사정을 좀 살펴봐야 하지 않겠십니까?"

누군가가 반대 의견을 내어 놓으니 상주 접주 강선보는 최맹순의 의견에 대해서 선뜻 결정을 내리지 못하고 여러 접주들을 바라보았다. 최맹순에게서 예천의 상황을 자세히 전해 들었던 신광서가 다급한 목소리로 말했다.

"이렇게 있다가는 꼼짝없이 일본군에게 당하고 말 거라요. 조정은 자기들 힘으로는 해결할 수 없으니 청나라를 끌어들이고 이제는 마캉 청군 뒤에 숨어 우리를 공격하고 있습니대이. 청과 일본은 서로 우리나라를 차지할라꼬 지금도 바다에서 육지에서 싸우고 있지 않나요? 청이 밀리고 있는 형국이라 카니 일본은 우리 생각보다가 치밀하게 전쟁 준비를 해 왔다는 깁니대이. 무기도 우리가 상상한 그 이상일 거라요. 여기는 일본 병참부가 가까운 데라 최맹순 접주님 말대로 금방 공격이 시작될 기 아이것십니꺼? 일본이 대비하기 전에 빨리 일본군 병참부로 갑시대이."

사제 대접주 김현영도 매우 초췌한 표정으로 접주들을 둘러보았다.

"어제 우리가 처음 점령을 하려던 곳도 상주성이 아니고 일본 병참부 아이라요? 그라이 미루지 말고 지금 바로 병참부로 출발합시대이!"

그러나 여러 접주들의 강경한 의견에도 불구하고 대부분의 접주들은 꿈쩍도 하지 않았다.

"우리 도인들은 오늘 새벽부터 예천, 함참, 김산 등지에서 출발하지 않았으요? 그러니 이미 성을 점령한 후라 긴장도 풀리고 몹시 피곤하닥꼬요. 일본 병참부에 도착하기도 전에 밤을 맞이할 기라요. 들판에서 밤을 맞이하게 되만 이 많은 숫자들이 먹을 거, 마실 거도 없이 우째겠으요? 그카고 밤이 되만 이미 추위도 찾아들어가 한뎃잠을 자기도 힘들 거라요."

과연 동학군들은 제대로 먹지도 못하고 오래 걸었던 터라 많이 지

쳐 보였다. 몇몇 지도자들은 강행을 주장했지만 그 뜻을 관철하는 건
쉽지 않았다. 강선보가 접주들의 의견을 모아서 하룻밤을 묵은 후에
다음 날 새벽 일본 병참부로 떠나기로 결정했다. 그러나 상주성에 남
아 있는 무기들은 그리 많지 않았다. 이미 도망을 칠 생각으로 부사
는 무기고에 남아 있던 화약과 화승총을 다른 데로 옮겨 버렸던 것이
다. 공격을 맡은 강선보가 무기고를 모두 털어 냈지만 일본의 신식
총을 상대할 무기가 있을 턱이 없었다. 화승총 몇 자루와 화약 백여
개가 남아 있을 뿐이었다.

복수에 불타는 민심

강선보가 무기를 점검하고 있는데, 성난 무리들 중에서 선동을 하
는 소리가 들려왔다.

"인자까정 우리한테 나쁜 짓을 한 거는 관리들보다 양반들이 더 심
했지요. 이대로 참을 순 없는 거라요. 상주성을 점령했으니 악덕 양
반들 촌으로 갑시대이. 양반들을 혼내 주자꼬요. 자! 가입시대이. 못
된 양반들 집으로!"

누군가 강력한 호소력을 지닌 목소리로 양반들을 없애야 한다고
외치니 갑자기 휴식을 취하던 동학군들이 흥분하기 시작했다. 그들
은 죽창을 들고 허공을 찌르며 이제까지 쌓인 분노를 터뜨리기 시작

했다. 무쇠솥에 물이 바글바글 끓는 것 같았다. 그중에 일부가 상주성 남쪽 봉대마을의 양반들부터 들이치자고 소리를 높였다.

봉대마을은 공성면의 소리마을에 살던 강씨네가 옮겨 사는 곳이었다. 30여 년 전 임술란에 성난 농부들이 못된 양반들 집성촌을 찾아다니며 불을 질렀는데, 그때 소리마을이 모두 타 버려 봉대로 집단적으로 이주했던 것이다. 그러나 강씨들은 여전히 아랫사람들에게 냉혹하게 굴었다. 세를 내지 못하면 바로 멍석말이를 내리고 관아에 고발을 하여 곤장을 맞게 했다. 자신들이 세를 내주는 농민들에게만 그런 것이 아니라 평민들이 결가세를 내지 못해도 닦달을 해서 빼앗아 가고는 했다. 혹독하게 일을 시키고는 대가도 지불하지 않았고, 묏자리가 좋으면 파내 버리고 빼앗는 일도 마다하지 않았다. 같은 상주 고을이라도 강선보의 화남 지역에서는 동학에 입도한 강 씨 양반들도 많았는데 유독 소리마을에 살다가 봉대로 이사 간 강 씨들은 여전히 악명이 높았던 것이다.

강선보는 서둘러 예천에서 온 수접주 최맹순을 찾았다. 최맹순은 수백 명의 동학군이 공성면으로 향하는 것을 보면서 고개를 저었다.

"지금까지 쌓인 한풀이를 하는 거는 십분 이해가 되오만 지금 우리가 싸워야 할 대상은 양반들이 아니오. 순서가 바뀌었습니다. 양반들을 해치우는 것보다 먼저 조선 땅을 먹겠다고 달려드는 왜놈들부터 막아야 합니다. 일본 병참부를 치러 가자는데 양반촌을 태우러 간다니…. 한시가 급한데 참으로 답답하구려."

최맹순은 강선보를 보면서 발을 굴렀다. 강선보도 마음이 급해졌다.

"대접주님, 우짜지여? 이리 몇 사람 선동으로도 도인들이 흔들리믄 이래가 우째 어려운 싸움을 해 나가지요? 오래 수행해 단련된 도인들하고는 다르게 급히 동학도가 된 자들은 쉽게 설득이 안 됩니대이. 우째까요?"

최맹순은 20년 전부터 동학 수행을 해 왔던 사람으로 멀리 강원도 충청도에 이르기까지 수만 명의 도인을 이끌고 있었다. 예천에서의 실패를 통해 양반들의 방해를 받지 않고 또는 협조를 얻어서 일본군을 쳐야 한다는 생각을 하고 있었다. 모든 양반을 적으로 돌릴 필요는 없었다. 양반들 중에는 충성으로 조정을 지키기 위해 일본군을 함께 치자는 생각을 하는 자들도 있었다.

"이건 힘을 분산시키는 행동이고 또 다른 분노를 낳을 뿐입니다. 양반들이 복수를 생각할 테니까요. 우리의 목표는 양반 가문 하나를 멸하는 데 있지 않습니다. 못된 양반들의 죄는 일본의 침략을 막은 뒤에 시비를 가려도 늦지 않습니다."

스스로 포도대장이라 칭하며 열성으로 참여하고 있던 강선보는 입장이 난처해졌다. 도인 중에는 양반들이 삼분의 일이나 차지하고 있었는데, 일부 농민들은 마치 양반들을 없애려고 일어난 거사인 것처럼 행동하고 있었다. 오랫동안 동학 수행을 쌓아 왔던 도인들과 달리 최근에 입도한 동학군 중에는 동학에 대한 이해가 제대로 되지 않은 채로 쉽게 휩쓸려 가담한 부류의 사람들도 많았다. 그들은 오래된 동학도들과 달리 쉽게 통제되거나 소통이 되지 않는 경우가 많았다.

"경북 지역은 안 그캐도 애국 충정에 몸을 바쳤던 양반가의 선비들이 많아서 그들의 결속력은 하매 서원을 중심으로 힘을 발휘하고 있지 않나요? 그들에게 충효는 건들 수 없는 신념 체계이고 그거를 건들만 반역이라고 생각하고 있습니대이. 근데 양반촌을 마캉 없애 뿌리자 그칸다만 양반 제도를 없애 뿌자는 거랑 한가지고, 그거는 저들에게 역적의 행동으로 생각될 깁니대이. 내도 악덕 양반들은 혼이 좀 나야 된다꼬 생각합니다만도 지금 이런 식으로는 아닐 거라요. 스승이 말씀하셨던 개벽이란 양반과 평민이 마캉 평등하자는 거 아니라요? 내 마음에, 네 마음에 하늘님이 있다는 거를 알고 나만, 개벽세상을 우째 만들 수 있는지는 방법이 나올 거라요. 하나를 없애고 다른 하나를 세우자는 기 아닐 깁니대이. 참으로 안타깝네요. 도인들 중에도 하매 양반들이 상당히 많은데 양반들을 처단해야 한다꼬 갔으이 우예 수습을 해야 좋겠으요?"

강선보가 난처한 표정으로 대책을 묻자 최맹순은 먼 하늘을 바라보던 시선을 거두고 강선보에게 대답했다.

"어쩌면 통과의례인지도 모르겠습니다. 그동안 쌓인 울분이 얼마나 컸으면 성을 점령하자마자 양반촌으로 몰려갔겠습니까? 이미 다른 곳에서도 일어난 일이 반복되고 있는 것이지요. 그러나 상주는 상황이 다릅니다. 상주는 양반촌이 여기저기 많아서 그들이 민보군을 결성하면 그 세력 또한 만만치 않겠지요. 보복이 대단할 겁니다. 강 접주가 지금이라도 가서 만류해 보면 어떨까요?"

강선보가 고개를 끄덕이고는 잽싸게 말을 타고 봉대마을로 가는 지름길을 달려갔다. 마을에 먼저 도착한 그는 깃발을 흔들며 들어오는 도인들에게 목청껏 외쳤다.

"사람을 해쳐서는 안 되오. 인명을 해치는 것은 우리 도가 아니라요."

그는 먼저 동네를 돌면서 집 안에 있는 사람들에게 빨리 대피를 하라고 소리를 질렀다. 봉대마을 강 씨들은 마을 앞으로 먼지를 일으키며 구름처럼 달려오는 사람들을 보자 놀라서 산으로 도망을 쳤다. 봉대마을에 도착한 농민들은 집집마다 불을 놓기 시작했다. 임술민란 (1862)에 불타 버린 소리마을에서 옮겨와 지난 삼십여 년 동안 일구며 살던 기와집 기둥에 불길에 솟아올랐다.

"이놈들은 대대로 백성들의 고혈을 빨아먹고 살아온 자들이다. 이놈들은 관리들보다 더 모질게 농민들을 홀대했대이. 이들에게 빼앗겨 배를 곯다가 죽은 자와 맞아 죽은 자가 이루 헤아릴 수 없다! 한 채도 남기지 말고 마캉 태워 뿌리자!"

누군가 쉰소리를 내며 외쳐 댔다. 집 안에 남아 있던 노비들은 처음에는 구경을 하다가 불이 활활 타오르자 부리나케 담장을 넘어서 산속으로 도망치기 시작했다.

"사람들은 도망치게 그냥 두시오!"

강선보는 목이 터져라 외쳐 댔다. 봉대마을의 백여 호에 달하는 기와집은 매우 튼튼하게 지어져서 쉽게 무너지지 않았다. 육중한 나무 기둥은 쉽게 활활 타오르지 않았다. 애써 불을 붙여 놓아도 다시 꺼지기 일쑤였다. 화가 난 농민들은 동아줄을 가져와서 기둥이며 서까래를 잡아맨 뒤 수십 명이 함께 잡아당겼다. 그러자 하늘을 찌를 것 같던 처마가 와르르 무너져 내리며 사방으로 먼지를 날렸다. 백여 가구의 기와집이 타들어 가는 모습은 마치 전쟁터 같았다.

한편 동학군들이 가는 곳이면 어디든 따라다니리라 생각하며 봉대마을로 따라온 도치는 바로 그곳이 소리마을 강씨네가 이사 와 새로 만든 곳이라는 이야기를 듣게 되었다. 아버지의 죽음을 알려주러 왔던 옆집 오복이 아저씨에게 들었던 '소리마을 강씨들'이야기가 되살아났다. 아버지 정나구가 30여 년 전 앞장섰던 임술난리(1862) 때에 분노한 농민들이 불태웠던 소리마을 강씨촌. 그들은 지난 삼십여 년 동안에도 여전히 농민들에게 모질었던 모양이었다. 복수와 또 다른 복수가 뱀이 제 꼬리를 물 듯 돌고 돌며 반복되고 있었다. 도치는 도저히 양반집을 태우는 일을 함께할 수가 없었다. 가슴이 찢어지는 것처럼 아팠다. 그는 커다란 소나무 뒤에 숨어 동학군들이 하는 일을 바라보다가 혼자 발길을 돌렸다. 다리가 천근만근처럼 무거웠다.

동학군들은 한 집 한 집이 불길에 휩싸여 무너질 때마다 함성을 질러 댔다. 마치 큰 전쟁터에서 이기기나 한 것처럼 승리감에 차서 또 다른 집으로 향했다. 기와집으로 꽉 들어찼던 마을이 잠깐 만에 쑥대밭이 되어 버렸다. 허공으로 날아오르는 잿더미와 흙먼지에 눈을 뜰 수가 없었다. 매캐한 연기가 하늘로 계속 솟구쳤다.

도인들은 해가 지자 승리감에 넘쳐 함성을 지르며 다시 성으로 돌아갔다. 동학군들의 손에는 집집마다 곳간에서 꺼낸 곡식과 먹거리들이 들려 있었다. 대접주들은 그들의 환호성을 들으며 기쁘기보다 근심이 더 앞섰다. 강선보는 급히 동헌으로 돌아와 대접주들을 만났다. 모동의 남진갑과 이화춘, 모서면 대접주 김현영, 화동면의 신광서와 정기복 접주 등이 잔뜩 긴장하며 강선보가 입을 열기를 기다렸다.

"생명을 해치지 말라꼬는 했지만 원망하는 마음이 하늘을 찔러 강씨네가 사는 봉대마을 전체가 마캉 불바다가 되고 말았습니대이."

강선보가 고개를 떨구었다. 모서면의 김현영이 입을 열었다.

"아…. 안타까운 일이요마는 이미 저질러진 일이니 우예겠어요? 이왕 이리된 것, 강 접주님이 계속 앞장을 서 주시야 될 기라요. 왜군이 곧 쳐들어올 테니 빨리 대책을 세워야 할 깁니대이. 우리가 상주

성을 차지한 기 일본 병참부에게도 알려졌을 낀데 그카마 곧 쳐들어
올 거 아니라요?"

다른 접주들도 모두 그 생각에 동의했다. 모동의 남진갑이 침울한
표정으로 접주들을 둘러보며 말했다.

"저들은 신식 총으로 무장을 갖췄습니대이. 우덜이 아무리 성을 잘
지킨다 캐도 저놈들이 한꺼번에 들이닥쳐서 총을 쏘아 대면 피할 도
리가 없으이 병력을 나눠야 할낍니대이. 성안에서는 공격을 할 수 없
으이 일부는 성 밖으로 나가 저들을 포위하면 어떨까요?"

신광서가 고개를 저었다.

"성 밖으로 나가만 더 위험할 거라요. 나가만 넓은 들인데 매복할
곳이 없습니대이. 날아오는 총알을 피할 수도 없을 거라요. 우리 숫
자가 아무리 많아도 마캉 총알 밥이 될 거거등요. 성안에는 숨을 데
가 많으이 오히려 총알을 피할 수 있꼬 적들이 가차이 오만 우리도
공격을 할 수 있을 겁니대이."

강선보는 여러 접주들의 이야기를 들으며 고개를 저었다. 이것도
저것도 위험한 일이었다. 차라리 일본 병참부를 기습 공격하는 것이
더 나을 듯했다.

"여 이래 모이 있는 기 되레 위험한 일 같습니대이. 빨리 성을 빠져
나가 북쪽으로 가든동 아니만 왜놈들 병참기지를 공격해야 안 되까
요? 우예만 좋겠어요?"

한쪽에 있던 안동과 의성의 접주들은 그 의견에 동의하지 않았다.

얼마 전 양반들이 조직한 민보군에 대한 복수심에 불이 활활 타오르고 있었다.

"안 됩니다. 일본 병참기지를 치기 전에 못된 관리들부터 뿌리를 뽑아야 안 되겠니껴? 관아에서 백성들에게 세금을 내지 않았다고 횡포를 부린 자들의 명단을 준비한 사람들도 있니더. 명단에 있는 자들부터 처단해야 될 거시더."

동헌 밖에서 접주들의 회의를 듣고 있던 동학 도인들이 우우! 함성을 질렀다. 성난 도인들은 좀처럼 분노를 삭이지 못했다. 그들에게는 못된 짓을 했던 자들에게 우선 벌을 주는 것이 급했던 것이다. 이들의 분노를 대변하듯 외남면의 강홍이와 박접주가 처단해야 할 양반과 관리들의 명단을 내밀었다.

"여기 마캉 엄벌에 처해야 할 자들의 명단이 있으요."

강선보는 또다시 답답한 가슴을 두들기며 하소연을 했다.

"그런 복수는 우덜이 뜻을 이뤘을 때 해도 늦지 않습니대이. 개인적인 분노로 싸우지 말고 우리가 이뤄야 할 큰 뜻을 생각해 봐야 될 거라요. 빨리 일본군 병참부로 가야 안 되까요?"

그러나 몇몇 접주들과 그 주변을 둘러싸고 있는 도인들이 항의를 했다.

"일본 병참부는 우리가 굳이 달려가지 않아도 지들이 우리한테 달려올 것입니대이. 지들은 수십 명이지만 우리는 수천 명인데 머가 두려울까여? 그동안 관아에서 저지른 횡포는 하루 이틀 벌을 준다꼬 해결되지 않을 거라요. 우리는 한을 풀고 나서 일본 병참부로 달려가겠습니대이."

한쪽에서 잠자코 듣고만 있던 수접주 최맹순이 입을 열었다.

"지금은 빈대를 잡을 때가 아니오. 일본군은 아주 멀리서도 사람을 해칠 수 있는 신식 총을 지녔고, 그들이 이곳으로 쳐들어오면 우리는 모두 총알 밥이 되고 말 것이오. 총알 밥이 되기 전에 병참부를 기습적으로 공격해야 성공할 수 있을 겁니다. 지금 우리가 이렇게 지체하는 것은 스스로 총알 밥이 되겠다고 자처하는 일이지요. 서둘러야 합니다."

최맹순은 여러 접주들에게 애타게 설명하고 또 설명했다.

"개인적인 감정을 해소시키려고 우리가 거사를 일으킨 것은 아닙니다. 스승의 큰 뜻을 이루기 위해서는 사사로운 감정을 누르고 큰 흐름을 놓치지 말아야 합니다."

"안 됩니대이. 우리를 괴롭힌 이방 놈도 잡아 죽여야 하고 호방 놈도 잡아 죽여야 합니대이. 결가세를 몬 냈다꼬 노인들까지 감옥에 처넣은 호방 놈을 지금 기회에 잡아서 물고를 내지 않으만 언제 또 기회가 오겠으요? 이럴 때 혼이 나 봐야 다음에 또 백성을 괴롭히지 않을 거라요."

여전히 반대하는 사람들이 많았다. 분노는 쉽게 잠재워지지 않았다. 최맹순도 신광서도 강선보도 성난 농민들을 더 이상 설득할 수 없었다. 김현영이 최맹순, 신광서, 강선보에게 따로 의논할 것을 청했다.

"일단 분노의 불길이 마캉 잦아들 때까지 시간을 주야 할 거라요. 쉽게 잠재울 수 있는 분노가 아니니까 말입니대이. 그나저나 마이 더디겠네요. 일본군들을 대적할 작전을 세워야 낀데 우예만 좋을까요? 오늘은 하마 날이 저물고 있네요."

"여러 차례 말했지만 묘수는 일본이 미처 눈치채지 못할 때 기습 공격하는 게 제일 낫습니다. 그들이 사태를 파악한 뒤에는 우리는 백전백패일 거요. 나는 내일 새벽 예천으로 돌아가겠습니다. 아무쪼록 모두 무탈하시길 빌겠소."

최맹순이 말을 마치고 어두운 얼굴로 자리를 떴다. 강선보는 모두에게 일찍 잠자리에 들 것을 지시하고 얼른 최맹순을 쫓아갔다. 동학군들은 승리감에 도취해 늦도록 화톳불을 피우고 이야기꽃을 피우느라 날이 밝는 줄 몰랐다.

최맹순과 강선보

"날이 하매 어두워졌으이 오늘은 먼 길을 떠나지는 못하실 거라요."

최맹순을 급하게 따라잡은 강선보가 숨을 고르며 말했다. 최맹순은 키는 자그마했지만 오랫동안 무거운 옹기 짐을 지고 다녔을 정도로 강단 있는 몸이었다.

"글쎄 말이오. 이 근처에서 밤을 지내고 내일 아침 일찍이나 길을 떠나야 될 듯하오."

두 사람은 성벽 밖 고목나무 등걸에 기대어 앉았다. 근처에는 모닥불 주변의 무리들에서 떨어져 나온 동학군들이 두셋씩 모여 두런두런 이야기를 하고 있었다. 밤공기가 싸늘했다.

"많이 실망하셨지요."

"… 휴우 … 그 또한 민심인게지요."

최맹순이 가늘게 한숨을 뿜으며 말했다.

"최근 입도자들이 동학의 깊은 이치를 아직 잘 익히지 못한 탓일 깁니대이. 어르신께 문경 예천 이야기를 좀 더 듣고 싶었으요. 원래 고향은 강원도라 그카셨지요?"

"예. 장사한다고 여기저기 많이 돌아다녔지요. 문경 예천에서는 7, 8월에 이미 저 난리를 다 겪었다오. 6월에 일본놈들이 궁성에 쳐들어가 왕을 잡아 놓고 정사를 마음대로 하고 있다는 소식이 퍼지자, 6월 7월 매일 천 명씩 동학 입도자들이 늘어났지요. 일본군이 저 남쪽부터 전신줄 놓는다고 80리마다 병참부를 만들어 놓고 군인을 주둔시키면서 조선 백성들에게 패악질을 하니 성질 급한 사람들은 벌써 들썩였거든요. 바다 속으로 해서 전신줄을 끌어오다니 참 대단한 놈들 아니오? 무서운 놈들이오. 일본에서부터 가져온 전선줄을 필사적으로 한양으로 끌고 가는 건 필시 큰일을 치르려고 그러는 걸게요."

"전선줄로 일본놈들이 하려는 건 뭔데요? 문경 예천에서는 일본놈들이 우쨌는데요?"

"전선줄로 가져오는 전기라는 게 불도 대낮처럼 밝게 켜고, 멀리 있는 사람들과 순식간에 소식도 전하고 뭐 요술을 부린다 안 합니까? 총이며, 대포, 배도 대단해서…. 오죽하면 지금 맞서고 있는 청국이 밀린다고 하지 않소? 수운 대선생이 일본놈을 조심하라 그렇게 이르셨다는데…. 예천에서는 8월 초에 전선 깔러 온 일본놈 하나가 호계 구산에서 죽은 게 발단이 되어 가지고 양반들이 만든 민보군들이 우리 동학군 11명을 체포해서는 화적죄로 몰아 한천가에서 생매장을 하지 않았겠소? 예천에서 우리 동학군 수천 명이 모여 싸웠지만 일본놈들이 금곡 쪽에서 들어와 불을 지르고 또 무장한 민보군 수천 명이 덤벼들고… 우린 모두 패하고 말았지요. 다시 지난 8월 말부터 창이며 총을 준비해서 제가 사는 소야동에 집결하도록 하고 일본에 맞섰지만 일단 일본군이 개입되면 이길 수가 없어요. 우리는 죽창에 고작해야 화승총인데 저들은 아주 멀리서도 적중시키는 대단한 총을 쓰지 않나요? 어깨며 허리며 탄띠를 두르고 엄청나게 쏘아 대니 우리 동학군이 상대할 수 없지요. 7월 말에 일본군이 부산에 도착해서 학살 선두에 섰다니 전국이 같은 상황일 겁니다. 내가 아끼는 고 접장 형제들이랑 모두 잡혀 용궁에서 포살당하고…."

최맹순의 얼굴이 고통스럽게 일그러졌다.

"그라마 거게도 마캉 다 당한기라요? 해월 선생이 9월에 청산에서 기포령 내리기 전에 다 일어난 일이고마요. 수접주님도 하마 쫓기시겠구마는…."

"그렇지요. 지금 일본군이나 민보군들은 나를 잡으려고 눈이 빨개 있을 거요. 민보군들은 재산이 많은 듯하면 동학도로 몰아 죽인 뒤 재산을 빼앗고 여자는 첩으로 삼고, 시장 물건은 동학도 물건이라며 빼았고, 저항하면 동학군이라 포살하고 동학을 빌미로 온갖 못된 짓을 다 하고 있어요. 양반들이 장악하고 있는 집강소는 오히려 강도소라고 해야 맞을 거요. 동학도들의 재산은 샅샅이 강탈하고 있답니다. 일본은 조선을 먹으려 조선인을 죽이고 탐관들은 양민의 재산을 먹으려 조선 양민을 죽이지요. 지옥이 따로 없어요."

"그라마 지금 집으로 가시민 안 될낀데요."

"그래도 남은 도인들은 나를 기다릴 거요. 다 큰 아들놈 하나 있는 거 내가 죽기 전에 혼례도 시켜야 하고. 해월 선생이 개벽세상을 만들자 했던 거는 이런 건 아니었을 텐데…."

"그럼요. 여기저기 천지삐까리 모도 동학도가 되어가고 있는 판이었는데… 그캐 모도 신선처럼 되마 저절로 개벽세상이 올 끼라고 하싰는데 탐관오리들이 백성들 숨통을 조이고 일본놈들이 저래 날치니 우예 숨을 죽이고만 있겠으요. 저놈들이 우리를 이래 골짱을 믹이네여. 조용히 살라 카는 사람들을…."

"강선보 접주는 젊은데 오래전에 접장이 되신 모양입니다."

"예, 해월 선생을 알게 된 기는 한 십 년은 못 되었지요. 나중에 저가 동학 입도 후에 오마이가 말씀해 주시드마요. 우리 오매 임술 난리(1862) 직후에 화동으로 시집왔다가 바로 다음 해 화남 임곡으로 이사 가서 저를 낳으있는데 그 무렵 수운 대선생이 팔음산 아래쪽 화동모서 모동 공성으로 마캉 다니있대요. 신인이라고 소문이 나서 우리 오매도 먼발치서 보있다카더마요. 우리 오매도 주문이랑 다 배워서 제가 외우만 생각난다민서 따라하시더락꼬요. 그런데 우예된 일인지 내가 여덟 아홉 살 무렵에 집집마다 백지 동학 한다만 포졸들이다 잡아갔닥꼬 해요."

"아…. 그럼 그 영해에서 이필제가 일을 벌인 뒤였을 거요. 신미년(1871) 봄에 영해 부사를 죽이고 지금 내가 살고 있는 소야 근처 문경에서도 또다시 모의를 하다가 그해 늦여름에 잡혀 참수되었다고 했지요. 도인들 수백 명이 죽고 귀양 가고…. 그때 해월 선생도 가족이랑 뿔뿔이 흩어져 강원도로 깊이 피하셨다고 하더군요. 관군의 추격이 엄청 살벌했었대요."

"그래서 한동안 쉬쉬했던 긴가 보네요. 그 뒤로 마캉 숨기고, 잊어뿌고 있다가 한 십 년 만에 해월 선생이 다시 돌아다니시민성 온통동학 입도자들이 늘어난 기지요. 해월 선생은 어찌나 부지런하시고바르신지…."

"정말 다시없는 분이지요."

"수접주님은 우예다가 입도하게 되있으요?"

"제가 여러 가지 장사를 하다 보니 팔도를 다 돌아다니게 되는데 강원도 깊은 골짜기 사람들도 동학을 하더라고요. 그런데 아무리 흉년이 들어도 그 사람들 얼굴에선 항상 환한 빛이 나와요. 참 이상하다 생각했지요. 흉년이 들면 세상인심이 사나워지고 팍팍해지는 게 다반사 아닙니까? 그래서 동학 하는 마을마다 자세히 살펴봤지요. 그런데 어려울수록 서로 돕더라고요. 소출이 나은 사람은 아낌없이 다 나누고, 신세를 진 사람은 어떻게든 가진 재주로 신세를 갚고… 항상 남이 더 잘되도록 빌어 주고. 정말 많이 놀랐지요. 거래를 해도 틀림이 없고 해서 여기저기 다니며 심부름도 하며 친분을 쌓았는데 그러다가 소야에 자리 잡고 산 지 몇 년 되던 해인데 해월 선생이 어찌 아시고 찾아오셨지요. 정말 얼마나 놀랍고 감사했던지…."

"글치만 요즘 쏟아져 들어오는 입도자들은 그런 깊은 경험 없이 각중에 동학도가 되노이 코앞에 생각밖에 못 하는가배요. 이래가 개벽 세상을 만들 수 있을까요? 게다가 우리는 숫자는 많아도 무기라는 기 백지 머가 있어야지요."

강선보가 침울한 어조로 말했다.

"강 접주의 걱정이 이해됩니다. 많은 사람들이 그런 생각을 품고 있지요. 그러나 항상 이기는 싸움만 할 수 있는 건 아닙니다. 지는 싸움도 해야 할 때가 있는 거라 생각합니다. 지는 싸움이라도 하지 않으면 그건 그저 영원한 굴욕으로 남을 뿐이니까요."

강선보는 최맹순의 말을 한 자도 놓치지 않으려는 듯 귀를 기울였다. 최맹순이 먼 하늘의 별들을 둘러보며 말을 이었다.

"그러나 지는 걸 알면서도 싸우면 우리 가슴의 뜨거움이 모여 역사에 불씨 한 톨을 남기게 됩니다. 언젠가는 반드시 타오르게 될 불씨지요. 나는 그 불씨가 하늘을 울리게 될 거라고 봅니다. 그러니 백성들의 싸움은 결코 지는 싸움이 될 수 없는 겁니다."

강선보가 갑자기 울음을 터뜨렸다. 그 울음은 쉽게 그칠 것 같지 않았다. 언제부터인가 숨죽이며 그들의 대화를 듣고 있던 동학군 두 명이 조심스럽게 다가와 강선보를 감싸 안았다. 도치와 황 씨. 황 씨가 도치의 어렸을 때 고향 공성 윗왕실에서 왔다 하여 둘은 급격히 친해져 고향 이야기를 하고 있었다. 그러다가 최맹순과 강선보의 대화 속에서 임술난이니 공성이니 해월이니 하는 말들이 나올 때부터 숨을 죽이고 듣고 있던 터였다.

양반들의 반격

상주성을 지키다가 재빨리 빠져나간 이방 김재익은 서원으로 피난을 했다. 그러고는 마을마다 양반들을 찾아다니며 호소했다.

"상주 고을 부사는 새로운 벼슬을 찾아 길을 떠났습니대이. 이제 상주성은 비도들이 점령하고 말았으요. 대대로 영남 지방은 충신열

사가 줄을 지은 덴데 참으로 안타깝게 반역자들이 성을 차지하고 있으이 이 노릇을 우예만 좋겠으오? 상주에 사는 양반님들이 일어서서 우리 고을을 지켜 주시야 합니대이. 한 사람도 빠짐없이 마캉 민보군으로 나서 주세요. 성을 되찾아서 우리들이 고을을 다스려야지 저 무도한 역적 무리들에게 성을 내주만 안 될 거라요."

마을마다 민보군을 지원하는 양반들이 줄을 지었다. 특히 어제 불로 집을 잃게 된 소리마을 강 씨들은 너나없이 민보군에 들어왔다. 그들은 친척이나 아는 사람들의 집에 얹혀살면서 복수를 하기 위해 이를 갈고 있었다. 돈으로 평민들을 사서 민보군에 넣기도 했다. 김재익은 그런 민보군을 중심으로 보수 집강을 설치했다. 이제 민보군이 마을 치안을 담당하기로 한 것이다. 그들은 오가작통법을 다시 강화하고 비도들을 한 사람도 남김없이 잡아내리라는 각오를 다지며 재빨리 움직이기 시작했다. 그들의 결속력은 대단했다. 그들은 기존의 질서를 무너뜨리려고 하는 비도들을 용서할 수 없었다.

"조선은 임금님 아래 양반이 이끌어 가는 사회다. 상하 질서가 엄연히 있어야 하는 것이거늘 어디서 감히 상것들이 양반들을 무시하고 모두 똑같다는 주장을 하며 금수와 같은 세상을 만들자고 한단 말이냐!"

양반들의 분노 역시 땅을 치고 하늘로 치솟았다.

"동학에 참가한 놈들은 씨를 말려야 다시는 저런 일이 일어나지 않을 것이다. 그러기 위해서는 양반들이 뭉쳐야 한다. 조정도 믿을 수가 없다. 양반들이 곤욕을 겪을 때 대체 마을 부사는 어디로 갔다는 말이냐? 이제는 우리가 우리를 지키자!"

마을마다 토호 세력들이 모여들었다. 안동에서는 3천 명이 넘는 민보군이 결성되어 여기저기 지원을 나갔다. 성주, 상주, 의성, 군위 등 양반들이 행세깨나 하는 마을에서는 수백 수천의 민보군이 생겼다. 양반가의 대표들이 민보군 집강소의 대장이 되어 하루가 다르게 민보군의 숫자를 불려 나갔다. 민보군들은 상주성을 되찾기 위해서 무기를 모으기 시작했다. 가까운 고을의 수령을 찾아가서 무기를 지원해 줄 것을 요구하고 거사 날짜를 정하기 위해서 이리저리 뛰어다녔다. 그들은 일본군들에게도 연통을 넣었다. 일본군의 무시무시한 전투력을 처음 전해 들었을 때는 조선의 앞날이 걱정이 되기도 했었지만 지금 양반들에게는 그들의 지원과 그들의 그늘이 무엇보다도 절실했다. 일본군은 그들이 믿을 수 있는 최고의 우군이었다.

그중에서도 일찌감치 상주성을 탈출했던 호방 박용래는 더욱더 분노감이 치솟아 민보군 모집에 발을 벗고 나섰다. 동학도들이 그의 집을 불 질러 버렸던 것이다. 동학도라면 이가 갈렸다. 어느 날 갑자기 나타난 비도들 때문에 그가 누렸던 모든 것이 사라져 버렸다. 마음에 들지 않으면 관아로 불러서 없는 죄를 뒤집어씌워서라도 옥에 가둘 수 있었던 서슬 푸르던 권력이 하루아침에 사라지고 자기 목숨이 경각에 달렸다니 도대체 믿을 수가 없었다.

호방은 기가 막혀 자기 목을 어루만지며 복수심에 몸을 떨었다. 여기저기 고을 부사들의 목이 달아난 곳이 많다지만 상주 부사는 일찌감치 도망쳐 버리고 애매한 자기의 목이 간당간당하다니 생각만 해도 억울하기 짝이 없었다. 뭔가 공을 세워야 후일을 도모할 수 있을 것이었다.

동학군들이 상주성을 함락하고 나서 7일 동안 상주고을은 날마다 아우성이었다. 일부 성난 농민들이 복수를 하기 위해 떼로 몰려가서 원한이 맺힌 양반들을 괴롭혔다. 도망가고 없으면 가족들 중의 누구라도 붙잡고 분풀이를 했다. 그러나 그것으로 끝나지 않았다. 복수를 위해 민보군들도 떼를 지어 도인들을 괴롭혔다. 깨끗하게 끝이 날 싸움이 아니었다.

이렇게 양쪽에서 증오와 분노의 싸움이 계속될 때 일본군 병참부에서는 조용히 작전을 준비하고 있었다. 무기를 정비하고, 지형지물을 상세히 그려 넣은 20만분의 1 신식 지도를 놓고 상주고을을 샅샅이 들여다보며 공격은 어디에서 할 것이며 퇴로는 어디로 잡을 것인지를 궁리했다.[12]

일본군의 기습

상주성을 점령한 지 엿새째인 9월 28일 아침, 누각에 서서 망을 보고 있던 강선보가 큰 소리로 외쳤다.

"일본군이 몰려온다!"

성안은 금세 부산해졌다. 도치는 침착하게 화승총을 찾아 들고 성벽에 기대었다. 황 씨도 화승총에 화약을 넣고 일본군이 다가오길 기다렸다. 바랑에 쌀 몇 줌과 소금, 옷가지들을 챙겨서 벌써 줄행랑을 치는 자들도 보였다. 강선보는 총을 들고 성벽에 기대어 서서 저들이 가까이 오면 어느 문으로 뛰어나가야 할지 가늠해 보았다.

일본군의 숫자는 많지 않았다. 그들은 도무지 처음 보는 외관을 하고 있었다. 동학군들은 꾀죄죄하고 헐렁한 바지저고리에 짚신을 신고 있었지만, 그들은 각이 반듯한 모자를 쓰고 잘록하게 허리띠를 맨 제복을 갖춰 입고는 신식 총을 하나씩 어깨에 메고 탄띠를 가슴과 허리에 감았다. 다리는 헝겊으로 각반을 쳤고 보기에도 탄탄한 신발을 신고 있었다. 배낭을 등에 메고 물병을 허리에 차고는 줄을 맞추어 총을 메지 않은 한 팔을 씩씩하게 흔들며 차박차박 걸어오고 있었다. 성 밖의 사람들이 입을 벌린 채로 길가에 서서 그들을 구경했다. 강선보는 그들이 다가오자 가까이 있는 신광서와 도치, 황 씨등에게 소리를 질렀다.

"부디 목숨을 보전합시대이. 살아서 만나자꼬요."

일본군의 호각 소리가 가까이에서 들려왔다. 강선보는 재빨리 화승총을 조준하고 일본군을 향해 쏘았다. 그러나 화승총의 총알은 일본군이 있는 곳 절반에도 닿지 못하였다. 일본군들이 구령에 맞추어 앉은 자세로 총을 들더니 성안의 동학군을 조준하여 일제히 총을 발사했다. 꽤 먼 거리였지만 놀라운 명중률이었다. 총소리가 날 때마다 성안의 동학군들이 비명을 지르며 쓰러지고 나뒹굴었다. 여기저기에서 아우성이 터져 나오기 시작했다. 핏물이 바닥을 적시며 흘러내렸다. 피비린내가 진동했다. 강선보는 위기감을 느꼈다.

"얼른 피하시요. 동문은 막혔으이 북문으로 빨리빨리 빠져나가시요."

성안에 있던 동학군들이 상황을 파악하고 날아오는 총알을 피해서 달아나기 시작했다. 일본군은 이제 성 앞으로 다가와서 성벽 사이에 말뚝을 박고 사다리를 걸쳐 놓고 성을 넘었다. 강선보는 화승총을 버리고 달리기 시작했다.

"일본놈들이 성안에 들어오고 있어요. 빨리 성 밖으로 도망치시요. 무조건 산 쪽으로 뛰시요."

수천 명의 동학군들이 성을 벗어나 내달리기 시작했다. 일본군은 성안에 남아 있던 동학군들을 향해 느긋하게 총을 쏘았다. 부상을 입어 미처 피하지 못한 동학군은 확인 사살을 당했다. 여기저기에 피를 흘리고 죽어 간 시체들이 나뒹굴었다. 삽시간에 백여 명의 농민이 학살당하고 말았다. 성안에서 한참 일본군의 총질이 이어질 즈음에 이방 호방이 이끄는 한 떼의 민보군들은 산으로 도망치는 동학군을 뒤쫓으며 화승총을 쏘아 댔다.

민보군의 무기라야 동학군과 별반 다를 게 없었다. 그들이 쏘는 화승총에 쓰러지는 도인들이 더러 있긴 했지만 일본군의 신식 총과는 그 위력이 달랐다. 동학군들은 기가 막혔다. 그들에게까지 몰려 피해야 하는 자기들 신세가 딱하기 그지없었다.

"이 비겁한 놈들아! 나중에라도 네들을 혼내 줄 거로! 왜놈들이 지나라 백성을 마캉 죽이고 있는데 같은 편을 들다니 네들은 참으로 사악한 놈들이라!"

모서의 사제에서 온 김현영의 동생 현동이 따라오는 민보군을 향해 소리를 질렀다. 강선보는 한 명이라도 더 목숨을 살리기 위해 동학군들에게 빨리 도망치라고 계속 소리를 질러 댔다. 도치와 황 씨도 들판을 가로질러 산으로 산으로 뛰었다. 성안의 동학군을 모두 처치한 일본군이 산으로 동학군들을 뒤쫓기 시작했다. 도치와 황 씨 둘이는 또 다른 전투가 벌어지고 있다는 서쪽으로 방향을 잡았다. 산을 오르다가 일본군의 총에 맞아서 쓰러져 가는 동학군의 외마디 소리가 점점 많아졌다. 신식 총의 총알은 동학군의 머리와 가슴과 팔과 다리를 뚫었다. 동학군들이 비명을 지르며 죽어 갔다. 운이 좋아 총알을 피해 집으로 돌아간 사람들도 있었다. 그러나 그들을 기다리고 있는 것은 총알보다도 더 모진 것이었다.

상주성을 동학군으로부터 되찾자마자 이방은 민보군 500여 명을 성안으로 끌어들였다. 그들은 읍성의 동서남북에 편대로 서서 동학 군들을 잡아들였다.

"한 사람의 비도도 살려 두어서는 안 된다. 비도와 협조한 사람, 그리고 비도들의 가족들까지 모두 잡아 죽여라."

이방이 앞장서서 설치한 보수 집강소의 대표는 상주고을에서 대대로 터를 잡고 살아온 문중의 대표들이 맡기로 했다. 그들은 기존의 질서를 무너뜨리려는 동학군들이 얼마나 무서운 존재들인지 확실히 알게 되었고 그들의 복수가 가져온 비참함에 몸서리를 쳤다. 감히 양반의 권력과 재산을 넘보다니. 그들은 비도를 잡아 죽이는 것이 충의 정신을 실천하는 것이라고 말하며 동학군과 그 동조자들을 색출하는 데 혈안이 되었다.

강선보와 신광서는 살아남은 도인들에게 남으로 이동하라고 했다. 해월이 미리 내려 둔 지시였다. 북에서 밀리면 남쪽으로 내려가 선산, 개령, 김천 등에서 다른 동학도와 합류하면 다시 힘을 얻게 될 것이기 때문이었다. 그러나 강선보는 그들과 함께 떠나지 않고 다시 마을로 들어갔다. 그는 대대로 살아온 고향을 등지고 떠나가고 싶지 않았다. 강선보는 고향인 화남으로 가는 길에 화동 덕곡의 신광서의 대밭에 몸을 숨겼다. 신광서는 이미 도인들과 더불어 남쪽으로 떠났기 때문에 집에는 식솔들이 남아 있지 않았다.

소리마을에서 봉재로 이사했다가 다시 화를 입은 강 씨들을 비롯해 양반들은 복수심에 불타서 동학 도인들의 집을 찾아다니며 불을 질러 댔다. 접주들의 가족과 종들까지 모두 잡아 죽였다. 재산은 모두 빼앗고 젊은 여자들은 모두 첩실로 들어앉혔다. 저항하는 여자들은 자결하거나 죽임을 당했다. 신광서는 그럴 것을 예상하고 식솔들을 대비시켰던 것이다.

강선보는 신광보의 집에 도착한 후 그곳도 민보군의 화를 입을 것을 예측하고 집 뒤 대밭 안에 굴을 파고 들어갔다. 아니나 다를까. 신광서의 집에도 민보군들이 나타나 집은 물론이고 광에까지 불을 지르더니 가축들을 끌어가고 축사는 모조리 태워 버렸다. 대나무 밭 안의 굴속에 피신하고 있던 강선보 주변에서도 대나무가 불길에 타 올랐다. 대나무는 타들어 가면서 콩 볶는 소리를 터뜨렸다. 그러나 강선보는 굴속에서 꼼짝도 하지 않고 웅크리고 있었다. 백화산 줄기 아래쪽에 자리 잡은 굴은 밖에서 보이지 않는 곳에 입구가 나 있어 대나무가 타도 안전했다. 강선보는 이틀 뒤에야 겨우 굴에서 고개를 내밀었다. 폐허가 된 집터에는 먹을 것은커녕 온전한 몰골을 유지한 물건이라곤 하나도 남아 있지 않았다.

강선보는 집으로 돌아가면 잡혀 죽을 일만 남았다는 것을 알았다. 어떻게라도 도인들이 숨어 있는 산속으로 가야 했다. 어찌 되었든 도인들과 함께 있어야 실낱같아도 살길이 있을 터였다. 깜깜한 밤중이 되자 조심스레 움직였다. 추수가 끝나 버린 밭으로 기어가서 고구마 이삭을 주워 먹기도 하고 칡넝쿨이 있는 곳을 찾아 뿌리를 캐 먹기도 했다. 민가가 있는 곳은 어디를 가나 민보군들이 경계를 하며 돌아다니고 있어서 들어가 콩알 한 조각도 얻을 수가 없었다.

밤에 몰래 저자거리로 숨어 들어가서 여기저기 담벼락에 붙어 있는 방을 뜯어 살펴보았다. 민보군은 오가작통법을 시행하며 다섯 가구가 한 조가 되어 동학 도인이 보이면 관아에 신고할 것과 신고할 경우 상을 후하게 주겠다고 유혹하고 있었다. 자수를 하면 용서하겠다는 유인책도 있었다.

민보군은 접주들 집을 수시로 드나들었다. 어떤 단서라도 잡으려고 샅샅이 뒤지고 있었다. 목표는 사람을 잡는 것만이 아니었다. 값이 나가는 물건들은 모두 삽시간에 사라져 버렸다. 강선보는 더 이상 민가에 은신할 수 없다는 것을 알았다. 그믐이 지나고 초승달이 뜨기 전 그는 산을 타고 위쪽으로 올라갔다. 그러나 그 산줄기가 어디로 연결되어 있는지 알 수가 없었다. 초겨울 밤은 몹시 추웠다. 홑바지와 홑저고리 차림으로 밤을 새며 걸었다. 춥고 허기가 져 더 이상 걷기가 힘들었다. 다리에 힘이 빠지고 머릿속이 하얗게 비어 갔다. 강선보는 큼직한 무덤 위에 기대어 정신을 잃고 말았다.

그가 눈을 뜬 곳은 관아의 옥이었다. 몸은 꽁꽁 묶여 있었다. 순찰 중인 민보군이 무덤 위에 쓰러져 있는 남자가 얼마 전 소리마을에 말을 타고 나타나 동학군을 지휘했던 작자라는 것을 알아보았던 것이다.

　강선보는 가물가물한 정신으로 지난날을 되돌아보았다. 해월을 처음 만났던 날, 신세계를 보았다. 마당에서 접주로 임명을 받았던 달밤, 가슴이 벅차 터질 것 같았다. 아, 어머니…. 자기 몫의 끼니를 자식 입에 조금 더 넣어 주느라 때로 들풀을 뜯어 배를 채우셨던 어머니. 내 평생 따듯한 사랑을 쏟아 주셨던 어머니…. 그 모든 것이 한바탕 꿈처럼 느껴졌다. 개벽세상? 내 눈으로 보지 못하고 지금 저들의 손에 죽는다 하더라도 내가 꿈꾸던 개벽세상은 언젠가는 오고 말 것이다. 그때 사람들은 우리를 기억해 줄까?

7. 보수도 집결하다

보수들의 집강소

일본군에 힘입어 단 몇 시간 만에 상주성을 되찾기는 했지만 수천 명의 동학군들이 여기저기에 숨어 들어간 탓에 언제 그들이 나타나서 다시 들불처럼 타오르게 될지 안심할 수 없었다. 조정에서는 그 지역 출신의 관리를 등용하여 동학군들을 잡아들이는 것이 가장 효과적인 진압책이라 판단했다. 상주고을은 대대로 양반촌이 번성해 있었다. 사면이 산으로 둘러싸인 분지라 바람 탈 일이 없어서 가뭄과 홍수만 피하면 착실하게 가업을 불려 갈 수 있는 지형 탓에 토호 세력들이 번창했다.

그중에서 물망에 오른 사람이 외서 우산의 정의묵이었다. 그는 대대로 상주에 터를 잡고 살아온 진주 정씨 가문의 종손이었다. 어렸을 적부터 도산서원에서 유생들과 동학에 대한 불만을 토로했던 사람인지라 민보군을 모집해서 지휘하는 소모사로는 안성맞춤이었다. 정의묵은 과거에 급제하여 승지를 지냈고, 낙향하여 종가에 기거하고 있었다.

조정에서는 정의묵을 민보군을 모집하는 상주의 소모사로 임명했다. 정의묵은 10월 17일 공문서를 받고서 제일 먼저 사당을 찾아 조상들의 위패에 절을 올렸다. 그가 소모사에 임명되었다는 소식을 듣고 종가에 친척들이 몰려들었다. 재종형제들이 동행하며 치하를 아끼지 않았다.

"온 나라가 이렇게 어려운 시절에 소모사로 임명을 받은 것은 충성심을 발휘할 수 있는 최고의 기회이니 꼭 선정을 베풀어서 나라를 바로잡도록 하시게나. 가문의 영광이네."

머리가 희끗희끗한 당숙이 그에게 당부를 했다. 다음 날 정의묵이 조정에서 보낸 말을 타고 마을을 떠날 때 그를 보러 온 마을 주민들이 백여 명이 넘었다. 정의묵은 나라에서 내린 융복을 입고 말을 타고 여러 사람들을 거느리고 관아를 향해 나아갔다. 포졸과 각수 인부들이 대여섯 명씩 따라왔으며 그를 따라가는 친척들이 서너 명 함께했다. 그가 관아로 들어가 영빈관에 머무니 관리들이 관례에 따라 그를 기다리고 있었다. 그는 차례로 관리들을 만나고 동헌으로 올라가서 그날 밤을 보냈다.

다음 날부터 보수 집강소 두령을 만나서 비도들을 잡아들이기 위해 여러 가지 방책을 논의했다. 그가 부임했다는 소식을 듣고 향교에서 회의를 연다는 통문이 날아왔다. 그는 도남서원으로 달려가서 성주의 직무를 대신하고 있는 유인형을 만났다.

"그간 성을 지키느라 고생이 많으셨습니대이. 어제 소모사로 발령을 받은 정의묵이라요."

정의묵이 고개를 숙여 절을 하자 유인형은 빈 입맛을 다시며 맞절을 했다.

"여는 민보군들이 착실하게 수성을 하고 있으이 염려하지 않으셔도 될 거라요."

유인형은 경계의 눈빛을 보내며 정의묵에게 보고를 했다.

"그간 민보군의 힘이 아조 컸다고 들었습니대이. 고생이 많았을 거라요. 민보군들이 부사도 없는 고을에서 그 자리를 지키마 함부로 날뛰는 비도들을 잡아들였으이 그 공이 얼마나 크겠으요? 그캐도 지금 비도들은 사방으로 흩어져서 빨리 잡아들이지 않으면 나라가 어지러우니 민보군을 정비하도록 하겠습니대이. 그라이 지금 조직된 민보군의 명단을 보여주시지요."

정의묵은 무게를 실어 유인형에게 요구했다. 유인형은 이제까지 호랑이 없는 굴에서 뒹군 여우처럼 까닭 없이 정의묵의 발령에 거부감이 들었지만 애써 속내를 들키지 않으려고 고개를 숙였다.

"저희 민보군은 집강소를 결성해서 예천에서 먼저 시작해가 고을의 향리들이 책임을 맡고 있습니대이. 상산 박씨가 중심이 되고 진주 강씨, 연안 차씨, 달성 서씨, 함령 김씨 등이 합세해가 중요 직책은 모두 향반들이 맡고 있습지요."

"아, 양반들이 중심이 되가 우리 고장을 지키고 있으이 가히 치하를 올립니대이. 그란데 아직 오백여 명이라고 하니 사람을 더 모아야 할 거라요. 비도들은 움직일 때 수천수만 명이 모이는데 고작 오백 명으로 숨어 있는 수천 명의 비도들을 우예 잡을 거라요? 모든 고을의 향반들이 참여할 수 있도록 방을 내고 다시 조직을 만들어 내야 안 되겠습니까? 우선 소모영의 편제를 완성하고 나면 나머지 인원으로 민보군을 확장할 테니 그리 알고 양반들은 마캉 민보군에 들어오도록 방을 내세요."

그는 유인형에게 민보군을 확충할 것을 이르고 총총히 동헌으로 돌아왔다. 그리고 이방과 형방 등 관아에 머물고 있는 아전들을 불러 놓고 양반과 향리층을 통틀어서 소모영의 편제를 작성하였다. 종사관을 비롯하여 참모, 찬획, 유격장, 진병도감, 장재도감, 서기유사 등의 핵심 직임은 양반을 임명하고 병사들을 실제 지휘하는 1, 2, 3 영관이나 전후좌우 초장의 직임은 모두 향리층을 임명했다.

소모영의 지도부에는 26개 성씨, 총 48인의 양반들을 포함시켰다. 정의묵이 성씨들을 일일이 점검하고 스스로 참여하지 않은 양반들까지 포함시켜서 보수 세력을 총집결시킨 조직도를 만든 것이다. 그는 소모영의 편제를 들여다보며 회심의 미소를 지었다. 비도들이 수만 명이라도 일본군과 함께라면 숫자가 문제 될 일은 아니었다. 이미 이른 아침에는 살얼음이 얼었고 차가운 바람이 몰아쳤다. 11월 동짓달이 점점 깊어지고 있었다. 추수를 갓 끝내고 홑저고리 홑바지 차림으로 전투에 참가했던 동학군들은 산속에서 추위에 떨고 있을 터였다.

춥고 굶주린 자들을 잡아들이는 일은 시간문제일 뿐이었다. 그는 자신이 난국을 평정할 위대한 장군처럼 느껴졌다.

정의묵은 다음 날 여러 마을에 공문을 내려서 민보군의 대표를 모아 회의를 열고 몇 가지 사항을 결정했다.

"오가작통으로 동학군에 들어가지 않은 가구를 빨리 조사해서 보고하라. 또한 동학군에 들어갔더라도 잘못을 뉘우치고 귀화를 하면 목숨은 살려 준다고 틀림없이 전하라. 동학군에 들어가지 않은 양반들은 모두 민보군에 들어가서 성을 지키는 일을 하도록 하라. 사방에 방을 붙여라!"

마을의 대표들은 관아에서 내린 방을 들고 마을로 돌아가서 집집마다 알리기 시작했다. 쫓기고 있는 접주가 숨어 있는 곳을 알려 주면 크게 포상을 한다는 것, 망실된 무기를 가져오는 자에게는 이전의 죄과를 묻지 않고 포상을 하겠다는 약속이 입에서 입으로 전달되었고 마을 곳곳에 방이 붙었다.

또한 민보군에게도 월료를 지급하기로 했다. 그러자 상주고을 남자들은 갑자기 너도나도 군졸이 되었다. 어찌 되었든 관군이든 민보군이든 군졸이 되어야 살 수 있는 상황이 되어 있었다. 상주성을 중심으로 2백여 명의 별포군이 수성군 역할을 했고 북장대에서는 관포군과 민보군 7백여 명이 진을 치고 농민군 토벌에 앞장섰다.

한편 해월의 지시로 황간, 영동에 집결해 있던 북쪽의 농민군은 남쪽의 농민군과 합세하기 위해서 논산 방면으로 이동해 갔다. 그러나 들려오는 소식은 이미 남쪽의 농민군들도 패퇴하였다는 것이었다. 상주성에서 논산으로 향하던 도인들은 사기가 크게 떨어져서 여기저기 산속으로 숨어 들어갔다. 산속이라고 해서 살길이 있는 것은 아니었다. 몰아치는 추위와 굶주림만 남아 있었다. 그것은 총알이 날아다니는 전투장과 다를 바 없었다. 오히려 더 지독한 고통이었다. 도인들에게 들리는 귀화의 유혹은 피할 수 없는 것이기도 했다.

정의묵은 우선 활약이 큰 거물들을 잡아서 본보기를 삼아야 한다고 생각했다. 상주성을 점령하고 소리마을을 불태운 주동 인물인 강선보와 강홍이, 신광서, 김현영 등의 접주들을 잡아서 백성들이 보는 앞에서 목을 벨 궁리를 했다.

"상주성을 점령했던 주역들은 멀리 도망가지 몬했을 거대이. 그놈들은 다시 성에 쳐들어올 준비를 하고 있을 거라. 그라이 성 주변을 샅샅이 뒤지도록 하래이. 안 그카만 그들의 집 주변에 잠복해서 그들이 숨어 있는 거처를 찾아내도록 하래이."

정의묵은 새로 충원된 민보군에게 4성문을 지키면서 주변에 병정을 밀파하도록 했다. 그러자 숨어 있던 접주들이 차례로 잡혀 들어왔다. 스스로 포도대장이라고 칭했던 강선보가 며칠 만에 산속에 쓰러져 있는 것을 잡아들였고, 양반들의 무덤까지 파헤쳤던 강홍이, 소리면의 접주 김경준 등을 잡아들였다.

강선보와 정의묵

11월 7일. 살얼음이 얼었다. 정의묵은 상주고을의 중간에 위치한 태평루 남사정에서 강선보와 강홍이, 김경준을 처형하기로 했다. 정부로부터 임무를 받은 지 보름이 지났으니 뭔가 진척이 있다는 것을 내외에 알려야 했다. 일부러 방을 붙여 많은 백성들이 그들의 처형을 지켜보게 했다. 앞으로도 동학군들에 휩쓸리지 말라는 경고이기도 했다.

포승줄에 묶인 강선보가 젖 먹던 힘을 다해 머리를 꼿꼿이 들고 형장으로 끌려 나왔다. 정의묵은 눈이 부리부리한 강선보가 자기를 똑바로 쳐다보며 나오자 가슴이 흠칫 서늘해지는 것을 느꼈다. 그가 애써 목에 힘을 주고 물었다.

"강선보, 이기 나라를 위한 길이가?"

강선보가 정의묵을 바라보며 허허롭게 웃었다.

"죽음이란 누구라도 피해 갈 수 없는 것, 나는 나라를 위해 이렇게 죽는 기 반갑소. 또한 죽기 전에 당신하고 말할 기회가 있어 다행이락꼬 생각하요."

정의묵은 형 집행을 구경하기 위해 매서운 바람 속에 무리 지어 서 있는 백성들을 바라보았다. 공개 처형에 대한 후회가 잠깐 일었다. 뼛속 깊이 찬바람이 파고들었다.

"그래? 오래전부터 나는 동학이 세상을 구원할 수 없다꼬 생각했대이. 위아래도 엄꼬 남녀도 유별하지 않다꼬 하는 믿음이 우에 조선을 구할 수 있는데? 그대는 사나로 태어나가 아조 헛된 인생을 살다 가는 기야. 지금이라도 늦지 않으이. 자신의 삶을 돌아보고 반성할 생각은 없나?"

"하하. 위아래가 있닥꼬? 그기는 당신들 생각이라요. 하늘은 생명 모두를 소중히 내었는데 우에 위를 만들고 아래를 만들었닥카요. 날 때부터 위아래가 정해졌다는 기는 윗자리를 차지한 당신들이 즈그들 욕심으로 맹근 법으로 옥박지르는 거에 지나지 않소. 저 산을 보시오. 소나무가 위요, 참나무가 위요? 바위가 위요, 시냇물이 위요? 남자와 여자도 구별은 되도 우에 차별이 가당하겠소? 얼라가 태어나마 즈그 어매 젖으로 생명을 이어 나가지 않소? 어매 아배는 천지 부모 맨키로 모두 소중한 거요. 내가 바른 정신으로 선택한 동학인데 우에 헛된 인생일까바? 입 달렸닥꼬 함부로 지끼지 마소."

정의묵은 공개된 자리에서 심문을 하기로 결정한 자기 자신이 원망스러웠다. 이제부터라도 정신을 바짝 차리지 않으면 안 되겠다고 마음을 다잡았다.

"나라를 유지하는 것은 충의예지라꼬 그 옛날 선현들은 강조하셨대이. 조선의 나라님에 충성하고 의리를 지키기는커녕 그대는 우째 그 뜻을 거역하고 이래 어리석게 죽음 앞에 서 있는공?"

강선보는 흔들림 없는 목소리로 말했다.

"당신은 지금 조선에 인의예지가 지대로 펼쳐지고 있닥꼬 보요? 재산과 권력을 움켜쥐고 즈그 자식과 일가들만 잘살만 된다민서 백성을 등쳐 먹고 있는 기 누구요? 백성이 병들고 굶주렸을 때 문 꽁꽁 처닫고 흉년을 기회 삼아 땅을 뺏고 묏자리를 빼앗은 기 누구요? 그래서 나온 기 동학의 수심정기고 유무상자요. 동학은 마음을 닦으민서 서로를 귀하게 여겨 나누고 돕자는 기요. 동학의 근본 정신을 알지도 몬하민서 동학이 조선 사회의 근간을 흔든다고 몰아붙이는 기는 바보 아이요?"

정의묵은 미간을 찡그리며 다섯 손가락 끝으로 허벅지를 그러쥐었다. 다시금 입신양명하여 정씨 가문의 명예를 살리고 있는 자신에 대한 긍지를 재삼 확인하며 가슴을 앞으로 내밀었다. 관직에서 물러난 뒤에도 다시 소모사라는 벼슬을 받아 어지러운 세상을 바로잡고 있지 않은가 말이다.

"아무리 발버둥 쳐도 강선보 니는 마캉 질서를 어지럽히는 좌도난정 죄인이야!"

"질서? 가슴에 손을 얹고 생각해 보소. 당신들이 말하는 질서는 마캉 당신들만을 위한 질서일 뿐, 만백성을 위한 질서가 절대로 아이라카는 기를 정말로 모리요? 당신이 나라를 사랑하는 길과 내가 나라를 사랑하는 길은 같지 않소. 당신은 권력을 움켜쥔 자의 개가 되가 권력에 충성하지만, 나는 백성을 안 돌보는 나라님이 주인 노릇하는 껍

데기 나라는 사랑하지 않습니대이. 백성을 사랑하고, 백성을 섬기는 나라님이라야 진짜 나라님 아니라요? 세월이 흐르만 비단옷 입고 앉아가 위아래 따지고 앉았는 당신들이 부끄러븐 날들이 올끼요. 이번 생에서는 당신들이 승리한 것처럼 보일지 모르지만도 다음 생에서는 내가 승리할 거라요!"

정의묵은 관복을 입고 있는 것은 자기이고 죄수의 위치에 있는 것은 강선보라는 사실을 새삼 떠올리며 주변을 둘러본 뒤 다시 목에 힘을 주었다.

"암만 그캐 봤자 네들은 불이나 지르고 양반가의 재물이나 빼앗는 폭도가 아이라? 그기 네가 자랑하는 동학의 길이라?"

정의묵의 무거우면서도 야비한 목소리에 강선보는 차가운 웃음으로 대답했다.

"정치라만 백성을 이롭게 하는 기 목적인데 자신의 이익만을 위해 살아가는 기를 우예 나라님의 길이고 관록을 먹는 벼슬아치의 길이라 할 수 있으요? 우째 지 새끼는 비단보에 싸서 키우민서 수많은 백성은 헐벗고 굶주려도 모른 척하는 기요? 내는 동학 하민서 세상에 태어나 처음으로 하늘의 뜻을 알았습니대이. 하늘은 모든 생명을 소중하게 이 세상에 내싰지요. 인자 죽어도 여한이 엄쓰이 퍼뜩 내 목을 베시요!"

정의묵이 망나니를 향해 고개를 끄덕였다. 망나니의 칼이 허공을 서너 차례 휘돌았다. 휘익 휘이익 날아오는 소리가 공포스러워 구경하던 백성들은 멀리 도망을 가거나 눈을 질끈 감았다. 정의묵도 고개를 돌렸다. 둔탁한 소리와 더불어 목이 떨어지는 소리가 들렸다. 여기저기서 외마디 비명 소리가 들렸다. 정의묵은 고개를 돌린 채 소리를 질렀다.

"그 목을 높이 매달아래이. 누각에 걸어 놓고 만백성의 경계로 삼을 거라!"

다시 우수수 바람이 불어왔다. 살을 에는 듯한 찬바람에 나뭇가지에 뒤늦게까지 매달려 있던 잎새들이 떨어져 날리며 피비린내를 실어 갔다.

정의묵은 처형장에서 처형 광경을 보는 백성들의 겁먹은 모습을 주의 깊게 보았다. 그러고는 앞으로도 잡힌 비도들은 모두 남사정이나 백성들의 눈에 띄는 곳에서 처형하기로 했다. 다만 앞으로는 심문 따위 없이 간단한 절차만 치르게 될 것이었다.

강선보의 목이 떨어짐과 동시에 군중 속에 서 있던 두 남자가 동시에 주먹으로 눈물을 닦았다. 도치와 황 씨. 그 둘은 일본군의 기습에 쫓겨 몇 날 며칠에 걸쳐 팔음산을 넘어 청산을 지나 황간의 오리동산 중턱을 지나다가 일본군이 미친 듯이 마을을 불태우고 농민들을 학살하는 것을 보았다.[13] 어디를 가나 마찬가지일 것이라고 절망한 두 사람은 다시 상주로 방향을 틀었다. 돌아오는 길에는 시체를 뜯어 먹는 까마귀 떼뿐. 그렇게 기진맥진하여 돌아온 상주에서 한 달 여

만에 다시 본 강선보는 바로 그들 눈앞에서 주검이 되고 말았다. 눈물을 닦던 그들은 앞쪽에서 스르르 주저앉는 노파를 보고 약속이나 한 듯이 사람들을 밀치고 노파에게 다가갔다. 혼절한 것 같았다. 예상한 것처럼 눈매며 입매가 강선보를 빼다 박았다. 도치가 노파를 업고 군중을 빠져나왔다. 황 씨가 주막에서 따듯한 물을 얻어다가 노파의 입에 흘려 넣었다. 잠시 후 노파가 눈을 떴다.

"강 접주님 어무이시지요?"

노파가 이를 악물고 일어나 앉았다. 뜻밖에도 노파는 눈물을 흘리지 않았다.

"내 아들… 내 아들을 찾아갈 끼라요."

"예. 그카셔야지요. 저녁까지 함께 있겠습니대이."

초이레 반달이 뜨기 전, 포졸이 자리를 뜨기를 기다려 도치와 황 씨는 재빠르게 남사정에 높게 매달린 강선보의 머리를 끌어내렸다. 노파는 차가운 두 손으로 두 사람의 손을 꼭 잡아 주고는 아들의 잘린 머리를 치마폭에 감쌌다. 그리고 허우적허우적 서쪽으로 달려갔다. 여기저기 어둠 속에서 민보군과 수성군이 순찰을 도는 것이 보였다. 고향 마을 모서 임곡까지 80리 길. 어두움을 틈타 조금이라도 멀리 가야만 했다. 노파는 아들이 이생에서는 피 끓는 삶을 살다가 죽었지만 다음 생에서 꽃 피는 삶을 살려면 제사라도 잘 지내 주어야 할 것이라 생각했다. 어둠 속을 달려가는 노파의 눈으로 비로소 온몸

의 물기가 다 눈물이 되어 쏟아져 내렸다. 눈에 넣어도 아프지 않을
내 새끼, 내 새끼야….[14]

떨어지는 잎새들

동짓달이 저물어 가자 얼어 죽지 않기 위해서 관아에 제 발로 걸어
들어가는 도인들의 발길이 끊이지 않았다. 정의묵은 동헌에 서서 1
천5백 명이 넘는 귀화자를 바라보며 흐뭇한 미소를 지었다. 수성군
과 민보군이 상주고을을 이 잡듯이 뒤지며 도인들을 찾아내고 있을
때, 정의묵은 또 다른 작전을 짜고 있었다. 중화 지역은 일찍이 해월
이 백두대간을 타고 밤낮으로 드나들며 포덕을 했던 곳이라고 했다.
첩첩산중이라 군졸들이 한꺼번에 들어가기는 쉽지 않았다. 그러니
더욱 발이 빠르고 행동이 민첩한 동학도들은 그곳을 선택해 숨어 있
을 확률이 높았다. 정의묵은 그곳을 주목했다.

정의묵은 팔음산과 백화산으로 둘러싸인 그곳에 김석중[15]이 지휘
하는 유격병대를 파견했다. 김석중은 야망이 크고 집요하며 피도 눈
물도 없는 자였다. 유격병대는 모동, 모서, 공성, 화동, 화서, 화북의
동학군 거점을 순회하면서 동학도들을 무차별 체포하기 시작했다.
김석중은 그곳뿐 아니라 경계를 넘어 청산 영동 보은까지 쫓아다녔

다. 그는 일본군의 전술과 화력에 놀라며 그들을 안내하고 그들을 따라다니며 악착같이 동학군을 포살했다.

깊은 산골이어서 숨을 곳이 많다고 생각한 중화 지역의 접주들은 골짜기나 대밭에 숨어서 마을에서 전달해 주는 음식을 받아먹고 있었다. 관에서 아무리 회유책을 써도 오랫동안 동학도들이 살고 있던 동네의 인심은 동학도 편이었다. 유격대원들은 접주들의 집 근처에서 잠복해 있다가 종들이 외출을 하거나 가족들 중에서 밖으로 나가는 사람들을 일일이 미행하기 시작했다. 접주들의 가족들은 미행당하고 있다는 것을 눈치채고 먼 길을 돌아서 군졸들을 따돌리며 먹을 것을 전달해 주곤 했으나 결국에는 하나둘 잡히고 말았다.

11월 4일, 모동 용호리의 접주 남진갑과 이화춘, 그리고 모서 사제에서 김현영, 구팔선, 김군중이 다시 거사를 하기 위해서 기포 통문을 돌리고 있었다. 그들은 깊은 중화까지 관군들이 들어올 것이라고 생각하지 못하고 고을고을을 뛰어다녔다. 유격대원들은 이미 골목길에 숨어서 그들의 행동을 주시하고 있었고 그들을 체포하여 고을 중간에 모아서 포살했다.

폭풍우에 떨어지는 잎사귀처럼 하나둘 중화 지역의 도인들이 잡혀 나갔다. 편의장 조왈경, 좌익장 장여진, 화서 접주 정항여, 수십 명의 접주들이 동짓달 섣달 동안 사냥꾼에 몰리는 토끼들처럼 하나둘 포살되었다.

정의묵은 날마다 잡혀 들어오는 도인들과 귀화하는 사람들 사이에서 팔짱을 끼고 생각에 잠겼다. 동학 도인들을 한 사람도 남기지 않으려면 오가작통을 제대로 이용해야 했다. 그는 관리들이 세금을 거두기 위해서 오 가를 기준으로 해서 닦달을 하듯이 농민군 또한 그렇게 잡아 내라고 지시했다.

그는 오 가구 중에서 동학군이 한 사람이라도 있는 곳은 나머지 가구 모두 목숨 줄이 위험하다며 엄포를 놓았다. 다섯 가구 중에서 한 사람이라도 몰래 동학을 하거나 눈감아 주었다가는 나머지 네 가구의 목숨이 날아가는 것이다. 고을 민심이 서서히 얼어붙기 시작했다. 가구마다 피해를 보지 않기 위해서 서로 이웃들을 의심하기 시작했고, 조금만 이상한 낌새가 보이면 동학군이라고 미리 관아에 신고하는 일이 발생했다. 속이 검은 자들은 남의 재산을 빼앗기 위해 신고했고, 여자를 빼앗기 위해서 신고했다. 평소에 미운 자를 욕보이기 위해서도 신고했고, 과거의 원한을 갚기 위해서도 신고했다.

집집마다 문을 걸어 잠그며 동학에 대해서는 한마디도 하지 않게 되었다. 살아남기 위해서는 모두 입을 다물어야 했다. 상주성을 점령한 채 개벽세상이 왔다고 춤을 추었던 동학군들은 사라지고 마을마다 긴 침묵이 흘렀다. 정의묵은 그런 고을을 말을 타고 돌면서 감시를 게을리하지 않았다.

8. 이하백이 왜 왔나, 홍조동아 왜 죽였나?

운매

사흘 전 추석이 지났지만 아직 들에는 벼들이 그냥 서 있었다. 베기 전까지 벼 알곡은 조금이라도 더 뜨거운 볕을 받는 것이 좋았다. 신원은 들이 넓었다.[16] 남쪽으로 팔공산이 크게 자리 잡고 있었지만 멀리 떨어져 있어서 해는 온종일 들을 덮었다. 해가 서쪽을 향해 느릿느릿 걸음을 옮길 때 군위 신원 장터 입구의 주막에 한 처녀가 들어섰다.

신원 장날은 다음 날이었지만 주막엔 사람들이 꽤 웅성거렸다. 처녀가 들어서자 한쪽에서 술잔을 기울이던 포졸들이 서로 눈을 찡긋거렸다.

"아지매, 식초가 다 떨어져 가네요. 식초 만들게 탁주 두 되만 주소."

"응. 운매 왔나. 그래. 항아리 내 봐라."

운매가 뚜껑 없는 대나무 석작에서 주둥이가 좁은 항아리를 꺼내어 주모 서 씨에게 건넸다.

포졸 하나가 능글맞게 웃으며 말했다.

"아가씨 이름이 운매가? 우는 메주? 울었던 메주?"

마주 앉았던 포졸이 킥킥댔다.

입구 쪽에서 장국을 먹던 얼굴이 하얀 선비 하나가 손가락으로 갓 날개를 추켜올리고 포졸과 처녀를 주시했다. 과연 처녀는 얼굴이 네모 형으로 썩 예쁜 얼굴은 아니었다. 선비는 '얼굴 생김새를 가지고 저렇게 놀려도 되는 건 아니지.' 하는 생각을 하며 처녀의 반응을 지켜보았다. 뜻밖에도 처녀는 눈 하나 깜짝하지 않았다.

"5전 드리마 되지요?"

"오야. 그래. 느그 어매한테 안부해래이…."

주모는 운매에게 항아리를 건네면서 한편으로는 포졸들의 짓거리에 매의 눈초리를 보냈다. 처녀는 포졸들에게 여전히 눈길 한 번 주지 않고 솔잎 뭉치를 실로 동그랗게 묶은 마개로 항아리 뚜껑을 막고 석작에 다시 담아 머리에 이었다. 입구 쪽으로 향하려는데 포졸이 발 하나를 스윽 내어 밀었다. 처녀가 발에 걸려 기우뚱하며 머리의 석작을 떨어뜨릴 찰나 얼굴이 하얀 선비가 재빠르게 한 손으로 석작을 받아 들고 한 손으로는 운매의 팔을 잡아 주었다. 눈 깜짝할 순간이었다. 선비는 석작을 처녀에게 건네주고는 밥상으로 가 남은 밥을 먹기 시작했다.

"응? 울 줄 알았는데 안 우나? 우는 메주 운메가 아이가?"

포졸들이 한편으로는 선비에게 못마땅한 눈초리를 보내고는 운매에게 다시 찝쩍거렸다. 처녀는 여전히 눈길도 주지 않은 채 석작을 머리에 이었다. 그리고 몇 발자국 떼더니 뒤를 돌아보며 크게 외쳤다.

"아지매, 부처 눈에는 부처가 비고 돼지 눈에는 돼지가 빈다 카지요? 오늘도 사방이 부처님 나라구마요. 하하하."

그러고는 여전히 포졸들은 거들떠보지도 않고 가 버렸다. 긴장하고 있던 주모 서 씨의 눈매에 비로소 웃음기가 서렸다. 선비는 앞에 앉은 일행에게 눈짓을 하고 얼른 자리를 떴다.

이하백

떨어지는 해가 처녀의 오른쪽 뺨을 비추었다. 조심조심 따라가던 선비는 얼마 안 가 처녀의 옆에 서서 나란히 걷게 되었다. 처녀가 먼저 입을 열었다.

"아까는 고맙다는 인사도 미처 몬 했네요. 고맙심대이."

"뭐를요. 이름이 운매라 캤소?"

"예. 우리 아배는 훈장이셨으요. 저가 넷째 딸인데 동네에서 딸 그만 낳고 아들 낳으라고 끝순이, 필남이 이래 이름 지으라꼬 했대요. 그란데 저 태어날 때 하늘에 매화처럼 생긴 구름을 보셨다 캐요. 그래가 운매라 지었대요. 송운매."

"이름이 예쁘니더. 무거우면 내가 들어 주까요?"

"아니라요. 괜찮애요. 머리에 이는 게 더 쉬워요. 우리 아배 계실 때는 이런 일 안 했으요. 언니들이 다 출가하고 아배가 작년에 돌아가신 뒤로는 제가 다 해야 해요. 어매가 신 음식을 좋아해서 초를 안 떨어뜨리고 만들어 놓지요."

"효녀네요. 내는 이하백이라고 하니더."

"뭐 하시는 분이고 어딜 가는 길입니꺼?"

"세상이 하도 어지러워 세상 공부를 좀 하느라 집을 나왔니더."

"일행분들이랑 오늘 머무르실 데가 없으시지요? 저그 집으로 가십시더."

"응? 우예 알았니껴?"

"일행분들이 아까부터 멀리서 따라오는 거 알고 있었으요. 그냥 지나가는 분들은 아닌 거 같네요."

이하백은 아가씨의 영리함에 놀라며 잠시 말을 잃었다. 운매가 다시 말을 이었다.

"올봄에 남쪽에서 동학 하는 농민들이 일나서 시끄러벘다꼬 들었어요. 동학 하는 분들은 다 점잖으시던데…."

이하백의 낯빛이 환해졌다.

"동학을 아니껴?"

"하하. 얼굴이 밝아지싰네요. 사실은 우리 아배도 동학을 하셨으요. 다른 집 같았시만 딸만 넷 낳았다고 첩실이라도 얻을라꼬 난리였을 깁니더. 그란데 우리 아배는 첫째 딸 낳았을 때 너무 좋았고, 둘째 딸 낳았을 때도 너무 좋았고, 셋째 딸 낳았을 때도 너무 좋았고, 넷째 딸인 저를 낳았을 때도 너무 좋았다 캐요. 그때마다 오동나무를 심으셨담니더. 아들딸 차별도, 양반 상놈 차별도, 모든 차별은 없어져야 한다꼬 늘 말씀하시어요."

"아이고, 똑똑한 아배 아래 똑똑한 딸이라. 이래 똑똑하고 예쁜 아가씨를 아께 주막에 있던 포졸들은 왜 몰라봤을까요?"

"하하. 우리 아배는 나쁜 사람은 없다꼬 하시어요. 자기가 하늘님이라는 걸 몰라서 그런다 캐셨지요. 저가 얼굴이 유난이 각이 져서 가끔 그래 놀리는 이들이 있지만 저는 아무렇지도 않거등요. 울 아배는 '뭣에도 휘둘리지 말그라.' 이카셨으요."

이하백은 볼이 빨개서 가쁜 숨을 쉬며 말하는 운매를 이전과는 다른 눈빛으로 힐긋힐긋 바라보았다.

"아가씨, 사실 우리는 동학도들이니더. 세상이 조용하면 나도 아가씨 같은 처자 만나 장가들어 살면 좋을 낀데…."

"세상이 계속 시끄러블까요?"

"작년 봄에 보은에서 큰 집회가 있었습니더. 배고픈 백성들 등쳐 먹는 탐관오리들도 문제지만 왜놈들이 자꾸 조선을 넘보고 있어요. 넘본 지가 하마 오래됐다 캐요. 지난달엔 일본놈들이 부산 앞바다로 들어와 계속 한양 쪽으로 올라가민성 전선을 깔고 있다니더. 전기라 카는 기는 요술맹키로 몬하는 짓이 없다 캐요. 전기선을 까는 거는 전쟁 준비를 한다는 거고 조선을 언제든 먹겠다는 뜻이지요. 동학을 창도하신 수운 선생이 일본을 조심해야 한다고 수차례 말씀하신 기 다 이유가 있니더. 전선을 깔라만 중간중간 병참기지를 맹글어야 하는데 인근의 농민들에게 엄청난 피해를 주고 있닥 캐요. 땅도 마구 빼앗고. 장차 큰일이 일어날 터라 농민들이 여기저기 전선을 끊으만 일본군들이 또 찾아낸다고 난리, 찾으면 죽인닥꼬 난리. 아주 말이 아니니더.[17] 문제는 관군과 못된 양반들이 일본놈들과 한편에 서 있다는 기지요."

"아유, 정말 답답네요."

"얼마 전에는 예천 구산동에서 열 명이 넘는 동학도들을 민보군이 잡아다가 생매장을 했다니더."

이하백이 분노 섞인 한숨을 내뱉었다. 드문드문 인가가 보이기 시작했다.

"세상에나… 아, 저그 보이는 큰 감나무 있는 집이 우리 집입니더, 근처 숲에 기셨다가 어두워지만 조용히 들어오세요. 어매한테는 저가 미리 말씀디리께요."

밤이 늦도록 이하백 일행이 들어선 사랑방에서는 조용조용 이야기가 끊이지 않았다. 다음 날 아직 어둑어둑할 때 운매는 부엌에 나가 봄나물 말려 두었던 거며 여름 장마 뒤에 소금 항아리에 넣어 두었던 버섯을 아낌없이 넣어 찌개를 끓였다. 쌀이 조금밖에 섞이지 않은 보리밥이지만 정성껏 밥그릇에 담았다. 그들은 밥을 맛나게 먹고 동네 사람들이 일어나기 전에 집을 나섰다.

추석 명절 직후의 장은 보통은 한가한 편이었다. 그래서 19일 장은 한산했을 터였지만 장에서 돌아온 사람이 들려준 소식은 엄청난 것이었다. 외지에서 온 백 명 가까운 동학군들이 의흥 관아에 쳐들어갔다가 팔공산 쪽으로 움직이며 못된 양반들을 혼내 주고 있다는 것이었다. 운매는 크게 놀라는 척했지만 속으로는 조용히 박수를 치고 있었다. 선비의 정체를 확실하게 알게 된 것이다.

그날 밤 늦게 이화백이 어제보다 조금 더 많은 사람들을 데리고 왔다. 운매는 부지런히 감자를 삶아 늙은 오이를 썰고 식초를 넣은 냉채과 함께 가져다주었다. 이화백이 감자 두 알을 가지고 나와 솥에 남아 있는 것이 하나도 없을 것이라며 운매에게 한 알을 건넸다.

"몬된 양반들을 혼내키싰지요?"

운매가 감자를 입에 넣으며 웃었다.

이화백은 피로가 심한 얼굴임에도 애써 미소를 지었다.

"양반이라도 양심 있고 행실이 올바른 자들은 우리가 건드리지 않니더.[18] 내가 속해 있는 접의 지도자 중에는 상양반도 있고 보통 양반들도 많아요."[19]

"선비님은 우예다가 동학에 들어오싰는가요?"

"예천 소야동에 사는 최맹순이라는 분이 의성 안성까지 모두 아우르는 대접주신데 그분에게서 큰 감화를 받았니더. 해월이라는 더 큰 선생과 두 분이 의성에 오시만 가끔 강독을 들었니더. 혹시라도 나중에 기회가 되만 소야동 사시는 최맹순 어른을 찾아뵈소. 그분들이 밖에 돌아댕기시마 동네 사나운 개들도 조용해진다캐요."

"아이고야. 그럴 수도 있능게? 최맹순 어른이라꼬요? 갈차 주시니 고맙심대이. 그란데 저가 오라버니라 캐도 되요? 언니들밖에 없어서 오래비가 있는 친구들이 부러벘어요."

"그럼. 되고 마고요. 내가 고마부이더."

그렇게 말하며 하백은 운매의 손을 꼭 잡아 주었다. 갑자기 운매의 팔을 통해 찌르르한 것이 올라와 가슴까지 저리는 듯해서 운매는 흠칫 놀랐다.

"아이구매야. 오라버니라면서 공대는 와 하는데요? 어서 드가서 쉬세얄 낍니더."

운매는 들어가시라며 하백을 밀쳐 내고 손을 뺐다.

다음 날도 운매는 새벽밥을 지었고 그들은 소리 없이 사라졌다. 운매는 아침 나절에 동네를 돌아다니며 아직 푸른 기가 남아 있는 떨어진 감을 주워다가 따뜻한 소금물 항아리에 넣어 두었다. 내일 새벽 그들이 길을 떠날 때쯤이면 떫은맛이 빠져 먹을 만하리라. 아버지의 옷가지들을 모두 꺼내어 손질하면서도 밖에서 들려오는 소리에 신경이 곤두세워졌다. 하백 일행은 밤늦게 무사히 돌아왔다. 운매는 이날 밤에도 방에 감자와 늙은 오이냉채를 넣어 주었다. 화백이 역시 감자 두 알을 들고 살며시 빠져나왔다.

"어매는?"

"울 어매는 초저녁잠이 많으세요. 나이가 들만 그칸대요."

살짝 웃는 운매는 처음 주막에서 보았던 그 처녀가 아니었다. 하늘의 선녀가 이처럼 예쁠까?

"운매, 내일은 아마 신원 장터에서 큰 전투가 있을 기구마요."

하백은 잠시 주저하다가 말을 이었다.

"몬된 양반들이 민보군을 꾸려가 우리랑 싸울락꼬 눈이 벌개가 있다니더."

운매는 아무 말도 하지 않았다. 예상하고 있던 일이기는 했다.

"와 아무 말이 없니껴?"

"오라버니가 말을 그캐요? 말을 낮추시라니요."

뽀루퉁하게 말하는 운매의 소리가 떨려 나왔다. 보름을 지난 스무날 달은 반달보다는 아직 컸다. 하백은 구름이 달을 비껴 났을 때 얼핏 운매의 뺨에 반짝이며 흐르는 두 줄기 눈물을 보았다.

"내 우옐락꼬 이래 예쁜 처자를 인자사 만나게 되었는강?"

운매는 얼른 손바닥으로 얼굴을 훔쳤다. 화백이 운매의 눈물 묻은 손을 들어 가만히 자기 뺨에 대었다. 하백은 와락 운매를 껴안았다. 그러다가는 길게 한숨을 내쉬며 조용히 귀에 속삭였다.

"그동안 고마벘소. 어렵고 힘들 때가 오만 주문을 외워요. 시천주 조화정 영세불망만사지(侍天主造化定永世不忘萬事知). 내 가슴속 하늘님 모시니 조화가 자리 잡고 영원히 잊지 않으니 만사가 다 깨달아지이다. 나 역시 잊지 말아 줘요. 눈 속에서 핀 매화보다 더 예쁜 구름매화 애기씨."

잊지 말아 다오

다음 날 저녁 그들은 돌아오지 않았다. 밤을 꼬박 새우고 기다렸던 운매는 동이 트자마자 신원 장터로 정신없이 뛰어갔다. 주모 서 씨는 헝크러진 머리를 가다듬을 생각도 못하고 새벽부터 멍하니 툇마루에 앉아 있었다.

"살다 살다 이기 무슨 날벼락인지…."

"무신 일이 있었능게?"

"어제 여기 장터에 동학군들하고 민보군들하고 수백 명이 뒤엉켜 전쟁이 안 났더나."

"그래서요?"

"죽고 터지고 깨지고…. 서른 명 가까이나 경상 감영에 끌려갔다니."

"동학군이 졌다꼬요? 그래가 끌려갔능게?"

"그려. 민보군은 작심하고 관에서 총이랑 무기들을 받아 왔던 거를…. 동학도들은 뭐 손에 변변한 거나 들었더나 어데. 참, 니 술 사러 왔을 때 석작 받아 줬던 그 잘생긴 하얀 선비도 그 속에 잡혔더라."

"잡혀간 사람들은 우예 된다 캐요?"

"경상 감영에서 오늘 마캉 처형한다 카대."

운매는 땅바닥에 털썩 주저앉았다. 서 씨가 놀라 운매를 일으켜 툇마루에 앉히고 찬물 한 그릇을 떠다 주었다.

"와 이라는데. 문 일이 있나? 그 대율동에 홍조동이 있다 아이가? 너희 동네 아래쪽 한밤동에 5대 조부가 당상관 지냈다던…. 그자가 민보군을 꾸리각꼬 아주 이를 갈고 있다가 악착같이 잡아가더란다. 5대 조부면 얼굴을 알으까 목소리를 들었으까. 맨날 옛날 고리작에 죽은 조상 벼슬 앞세우며 거들먹거리더만…. 동학도들은 몬된 양반들 혼내킨닥 카더니 그 인간은 우째 성했는가 몰라."

운매는 하백과 함께 걸었던 그 길을 하염없이 울며 걸었다. 지금쯤, 지금쯤이면…. 아, 아…. 그녀는 길을 벗어나 인적이 드문 나무 밑에 앉았다. 아버지가 돌아가셨을 때보다도 더 서럽게 눈물이 솟구쳤다. 하염없이 따뜻했던 사람. 좋은 세상을 만들고 싶어 했던 사람. 이제 뜻을 못 이룬 채 아쉬움을 안고 이승을 떠날 사람. 배가 고픈지도 모르고 해가 서쪽으로 기울도록 정신없이 울었다. 그녀는 서쪽으로 기우는 해를 보며 눈물을 훔쳤다. 그러고는 땅을 보며 그를 위해 무엇을 할 수 있을까 곰곰 생각했다. 그녀는 벌떡 자리에서 일어났다. 집으로 향하는 그녀의 발걸음이 빨라졌다.

다음 날 그녀는 아버지가 가르치던 동네 조무래기들을 불러 모았다. 감자를 삶아 놓고 노래를 가르쳤다.

"왜 왔나 왜 왔나. 이하백이 왜 왔나.
영락없이 죽어 갈 길 이하백이 왜 왔나.

왜 죽였나 왜 죽였나 이하백이 왜 죽였나.

조동아 홍조동아 이하백이 왜 죽였나."[20]

노래를 가르친 지 사흘째 되는 날에 비가 왔다. 갈 곳 없는 조무래기들이 더 많이 모여들었다. 그중 나이가 들어 보이는 녀석이 물었다.

"누야, 이 노래를 와 이래 열심히 가르치는 긴데?"

운매는 잠깐 바닥을 내려다보았다. 눈물이 후두둑 치마폭에 떨어졌다.

"이기는… 느그들이 어른이 되어서도 느그 얼라들한테, 느그 손주들한테도 계속 가르쳐 주마 고맙겠대이."

"누야, 머한데 우노? 우지 마라!"

맨 앞에 앉았던 제일 작은 아이가 다가와 운매의 무릎 위에 앉으며 목을 껴안아 주었다. 운매는 다음 날 비가 그친 뒤 풀숲의 이슬이 마를 동안 조용히 개떡을 만들었다. 어머니와 근처에 사는 언니에게 편지를 써 놓고 밤이 깊어지기를 기다렸다.

다음 날인 8월 27일 새벽 현창 아래 한밤동의 홍조동[21] 집에 불길이 솟아올랐다. 운매는 새벽 어스름에 홍조동의 집에서 타오르는 불빛을 돌아보며 땋은 머리를 감아올려 어머니의 비녀를 꽂아 고정시켰다. 그녀는 작은 보따리를 석작에 담아 들고 북으로 북으로 예천 소야동을 향해 발걸음을 옮겼다. 날이 밝기 전에 조금이라도 더 멀리 가야 했다.

9. 아들아, 며늘 아가야…

길을 떠나다

운매가 북쪽으로 30리 길을 걸어 효령에 다다른 것은 점심때가 채 못 되었을 때였다. 혹시나 자신을 추적하는 사람이 있을지도 모르니 주막에 들러 밥을 사 먹거나 길을 물을 수도 없었다. 남들 눈에 전혀 띄지 않는 방법은 그냥 동네 밭에 가는 것처럼 행동하는 것이었다. 사람들이 있는 곳에서는 머리에 수건을 느슨하게 동여매어 얼굴은 최대한 가리고 머리에 석작을 인 뒤 한 손에는 호미를 들고 바삐 걸었다. 인적이 보이지 않는 곳에 이르러서야 흐르는 냇물을 떠먹고 개떡을 조금씩 떼어 먹었다. 군위를 지나 봉양에 다다랐다. 거의 80리 길을 걸은 듯했다. 깜깜해지기 전에 잘 곳을 찾아야 했다. 산 중턱 외딴집에 불이 켜졌다. 가만가만 가 보니 노파가 나와 엎어 두었던 요강단지를 가지고 방으로 들어가고 있었다. 댓돌 위에는 신이 보이지 않았다. 아마 혼자 사는 모양이었다. 운매는 얼른 다가가 인사를 했다.

"할매, 안녕하십니꺼?"

"뉘여?"

"예, 친척 집에 일 보러 가는 길인데요, 하룻밤만 묵어갈 수 있을까요?"

"집이 누추한데…."

"새벽에 나갈 겁니더. 잠깐 눈만 붙이마 됩니더."

할머니는 경계하는 눈빛을 풀었다.

"그라지. 밥이나 먹었는강?"

"예. 괘안심더."

"잠깐 들어가 기다리소."

할머니는 잠시 뒤에 나물에 보리쌀과 좁쌀이 간간이 섞인 된장죽 한 사발을 가지고 들어왔다. 하루 종일 개떡 몇 개로 허기를 때운 운매에게 찝질한 죽맛은 그만이었다.

"아이구. 시장했던 모양이네. 젊은 아낙이 혼자 무신 일을 보러 가?"

"의성 사시는 시이모할머니가 편찮으시닥꼬 전갈이 와서 잠시 돌봐 디릴락꼬요."

앞으로 일이 어찌 될지 모르니 목적지가 예천이라고 정직하게 말할 수는 없었다.

"의성? 의성은 말이 아니라카데? 한 열흘 전에 의성에서 동학 하는 사람들이 여어로 지나갔거덩. 사실은 우리 아들도 거 따라간닥꼬 형제가 떠났고마. 혹시 남쪽에서 왔으마 아랫녘에서 동학당들 못 봤는

강?"

"저는 서쪽에서 오는 길이라 몬 봐쓰요."

사실대로 말하면 꼬치꼬치 캐물을 것이 뻔하기 때문에 거짓말을 할 수밖에 없었다. '제발 이 할머니 아들들이 무사하기를….' 잠시 이하백의 모습이 떠오르자 눈에 뜨거운 물이 고였다. 운매는 얼른 고개를 옆으로 하고 눈물을 닦았다.

"작년 가을부터 부쩍 사람들이 너도나도 주문을 외우고 새 세상이 올 기락꼬 동학인가 뭔가를 하더락꼬. 바로 얼마 전에는 일본 군인들이 들어와가 머 길고 까만 줄을 공중에 걸고 다닌다는데 조선 사람들은 가까이 오도 못하게 하고 줄이 지나가는 근처 논밭은 마캉 뺏아가 못쓰게 맹글어 버릿대여."

노인은 말을 하며 반짇고리를 꺼내어 바늘에 실을 꿰려 했으나 실은 계속 바늘귀를 비껴 나갔다.

"저가 끼워 드릴게요."

"농사꾼들이 그 까만 줄을 자르고 도망가만 잡아다가 묶어 놓고 총을 쏴서 죽있다데. 얼라들이 줄에 돌을 던짔다고 얼라들도 마캉 죽있다던 거로."

"그런 이야기를 어디서 들으셨능게?"

"우리 아들들이 듣고 와서는 그냥 화를 몬 참고 씩씩대더락꼬. 그라더이 나를 보고 주문을 외고 있으라민서 며칠 전에 의성에서 내려온 사람들하고 형제가 함께 길을 떠났다니. 언제나 돌아올라는지…."

"뭐를 꿰매실락꼬요?"

운매는 얼른 말머리를 돌렸다.

"아들들 없을 때 퍼뜩 버선이나 맹글어 놓으려고. 이제 가을이 지나가면 곧 겨울이 들이닥칠 거 아닌강."

운매는 할머니에게서 천을 빼앗아 말없이 바느질을 시작했다.

"할매는 어서 주무소. 제가 지을랍니더."

"그려. 그럼…. 나는 오늘 아들들 몫까지 콩을 베었더니 아주 팔이 쑤시고 눈꺼풀이 천근만근이네. 혹시 내일 아침 일찍 길을 떠날 거 같애만 솥에 쪼매 남은 죽을 마저 긁어 먹고 가."

할머니는 곧 코를 골았다. 아아…. 얼마나 많은 어머니들이 이처럼 돌아오지 못할 아들들을 기다리고 있을 건가. 운매는 새벽 일찍 길을 떠났다. 늦게까지 만든 버선 두 켤레는 할머니 머리맡에 놓아 두었다.

하백의 고향을 지나가다

점심 무렵에 하백의 고향 의성에 다다랐다. 의성 장터에서 하백에 대해 무슨 단서라도 될 소문을 들을 수 있을까 싶었다. 혹시 이곳 땅은 하백이 밟았던 곳이었을까, 저곳 땅은 하백이 서성거렸던 곳이었을까. 운매는 공연히 장터를 걷다가 책을 빌려주는 세책방을 발견하고 가만히 가서 문설주를 쓰다듬고는 기대어 섰다. 거기서도 지나는 사람들은 온통 일본군 이야기뿐이었다. 7월 말에 부산에 도착한 일본군들이 공중에 전깃줄을 높이 매어 단다고 했다. 그들은 계속 서북쪽에 있는 한양으로 향하는 중인데 그 일에 방해가 되면 조선인은 가차 없이 죽임을 당한다고 했다. 그러고 보면 운매가 지금 예천을 향해 가는 건 일본군들 뒤를 좇는 형국이었다. 사방에서 동학군들이 일어나고 있다고 했다. 성주에서도 동학군 십수 명이 살해되었다고 했다. 의흥에도 동학군이 들이닥쳤으나 평소 행실이 좋은 양반은 그대로 두고 행실이 나쁜 양반들만 욕을 보였다고 했다. 예천의 생매장이야기는 의성 사람들에게도 화제였다. 일본군과 못된 양반들은 한편이 되어 가고 있는 반면, 봄에 전라도 쪽에서 동학군들이 싸움에 승리했다는 이야기가 돌면서부터는 가는 곳마다 엄청난 사람들이 동학에 입도하고 있다고 했다. 동학군들이 이리저리 옮겨 다니니 소식은 빠르게 전파되었다. 전라도에 이어 경상도 전체가 술렁이고 있다.[22]

의성 장터에서는 혹시라도 이하백의 일가붙이라도 만날 수 있을까 하여 그와 얼굴 모습이 닮은 사람을 열심히 찾아보았지만 허사였다. 어디에도 그처럼 피부가 희고 짙은 눈썹과 반듯하게 솟은 콧대를 가진 잘생긴 남자는 보이지 않았다. 이럴 줄 알았으면 고향 동네 이름이라도 확실히 물어볼 것을. 그랬다면 찾아가 어렴풋하게라도 소식을 전해 줄 수 있을 것인데…. 주막에서 설거지라도 도우며 소식을 더 들어 볼까 했지만 해가 떨어지기 전까지 신원에서 조금이라도 더 멀어져야 했다. 발걸음이 떨어지지 않아 운매는 의성을 떠나면서 뒤를 돌아보고 또 돌아보았다. 단촌을 지나 일직에 도착했을 때는 어제보다 더 어두웠다. 그믐달은 새벽녘에나 떠오를 것이다. 오늘은 또 어디에서 잘 수 있으려나. 오늘쯤이라면 신원에서 멀리 떨어졌으니 주막을 찾아가도 좋지 않을까? 운매는 비녀를 빼서 땋은 머리를 내려뜨리고 장터의 주막을 찾았다. 주모는 잔뜩 경계를 하며 운매를 맞았다.

"아지매, 저가 허드렛일 도와 드리고 하룻저녁 자고 갈 수 있겠십니꺼?"

"아가씨가 이 저녁에 머하러 왔니껴?"

"안동 할머니 댁에 갑니더. 앞으로도 35리나 남았다는데 날이 저물어서요."

"아유…. 얼마 전부터 동학 한다는 사람들이 마캉 안동성엘 쳐들어 간닥꼬 여게 셀 수도 없이 많이 모여 있었다 아이가. 내가 아주 그냥 며칠 동안 혼이 쏙 빠져 있었다니께."

"그 사람들이 안동성에는 우짼 일로요?"

"상주 함창에 들어온 일본놈들이 조선 사람을 죽이고 난리가 났대는 거라. 그래가 안동성을 쳐서 무기들을 가지고 함창엘 간닥 캐. 거 왜 일본놈들이 전선을 끌고 들어와 경상도 땅을 지나 한양으로 올라간다 안 카든가배."

"올라오민서 일본 군인은 몬 봤는데요."

"하마 지나갔을 거로. 함창은 서쪽에 있어. 그놈들은 어데서 났는 동 아주 자세한 지도를 가지고 댕긴닥 햐. 그라이 지름길로 다닌대여. 여로는 아직 안 왔지만 낙동강 줄기가 바로 안동 앞으로 흘러서 함창으로 가니까 일본놈들 소식이 바로바로 여로 들어온다니. 그라이 안동 인근 동학군들이랑 난리가 났지럴. 의성에서도 올라오고…."

의성이라는 소리에 운매의 눈이 다시 커졌다.

"그렇게 사방에서 모여가 여 있다가 우째 됐는게?"

"안동으로 쳐들어갔는데 안동에는 워낙 양반들이 많지 않는가. 더구나 일본군이 그 양반들 뒤 봐주니 믿는 구석이 있지. 민보군을 조직해가 동학군들 처 내력꼬 수천 명이 예천으로 쳐들어갔다캐여. 바로 어제 이야기여. 용궁이며 화지며 아유…. 말도 몬 하네. 죽고 죽이고 불타고…. 세상이 마캉 뒤집혔대여. 이카는데 처녀가 어데를 간다는 기요. 처녀가…."

"예. 그라믄 우선 하룻밤이라도…."

"그카소. 그라만 정지에 드가서 내일 장사 준비나 쪼매 거들어 주면 좋고…."

주모는 솥단지가 식어 미지근한 장국에 식은 밥 덩이 하나를 말아 주었다. 곡식이 귀한 시절이기는 했지만 길 떠나기 전까지 운매는 밥이 얼마나 소중한지 미처 몰랐다. 밥그릇에 들어 있는 낟알 하나하나에 감사하며 한 알 한 알에 스며들어 있는 따가운 햇살과 비와 바람과 농부의 손길을 생각했다. 웬만해서는 울지 않던 운매의 눈이 또다시 젖어 들었다. 운매는 얼른 눈물을 닦아 내고 내일 쓸 국거리를 안치고 쌀을 씻고 나물들을 다듬은 뒤 솥뚜껑까지 깨끗하게 행주로 닦았다. 철들어 가는 자신이 대견했다. 길 떠나기를 잘했어. 운매는 이하백을 떠올리며 미소를 지은 채로 잠에 빠져들었다.

뒤숭숭한 안동을 지나서

안동은 예로부터 양반들의 세가 강한 곳이었다. 일부 뜻있는 양반들은 함창 태봉의 일본군들을 치러 가야 한다고 동학도들과 같은 주장을 했다. 그들도 조선을 삼키려는 일본의 저의를 꿰뚫고 있었기 때문이다. 그러나 그동안 호의호식하며 권세를 누려 왔던 양반들은 외세의 침략보다 자신의 재산 보호가 더 큰 문제라고 생각했다. 그들은 일본군을 친다는 구실로 양반의 재산을 축내는 동학군들, 상하의 위계 서열을 흔드는 동학군들이 더 위험한 집단이라고 보았다. 일직 등 주변에 모였던 동학군들이 전열을 다듬는 사이에 안동의 양반들도 재빠르게 민보군을 모았다. 안동 읍성을 공격하려 했던 동학군들은 오히려 민보군에 떠밀리고 말았다.

3천 명이 넘는다는 민보군들이 동학군들을 물리치고 예천으로 떠난 직후라서 안동의 저잣거리는 뒤숭숭했다. 빨리 40리 길을 걸어 풍산에서 하루를 묵고 예천에 당도해야 했다. 운매의 마음이 급해졌다. 예천에 도착하기 전에 최맹순 대접주에게 무슨 일이 생기면 안 되는데….

넓은 들은 추수를 하는 손길로 바빴다. 양반들을 혼내 주겠다고, 일본놈들을 혼내 주겠다고 길에 나선 동학군들의 마음은 얼마나 급할 것인가. 또 길에서 비참하게 최후를 맞은 사람들의 가족들은 어떨 것인가. 바쁜 들판을 지날 때나 좁은 산길을 걸을 때에나 운매의 머릿속은 그들 생각으로 가득 찼다. 운매의 가슴은 돌은 매단 듯이 무거웠다. 눈물을 흘리며 다녔지만 머리에 수건을 둘러쓰고 한 손에 호미를 들고 석작을 이고 가는 아낙을 이상히 여기고 눈길을 보내는 사람들은 아무도 없었다. 양반들이 장악한 집강소의 힘이 막강하다니 안동은 빨리 통과하는 게 상책이다. 운매는 조용히 콩을 터는 아낙의 일손을 도와주고 보리와 콩이 섞인 밥을 얻어먹고는 다시 서북쪽으로 40리 길을 걸어 풍산에 도착했다. 풍산은 의외로 조용했다. 그믐달은 새벽이나 뜰 터이니 어둡기 전에 얼른 이슬 피할 곳을 찾아야 했다. 풍산도 안동과 가까우니 양반들과 민보군들의 세가 강할 터. 민가를 찾아드는 것은 위험할 수도 있다.

인가를 벗어나 한적한 곳에는 당집이 있기 마련이다. 운매가 어림짐작으로 찾아간 곳에 과연 당집이 있었다. 이렇게 고마울 데가…. 흔히 사람들은 어둡고 인적이 없으면 외롭거나 무섭다고 하지만 빛장을 열고 당집 안으로 들어가며 운매는 안도의 한숨을 쉬었다. 이 밤, 이 공간 속에서 나는 완전 자유다. 가을이 깊어지니 밤이 되자 한기가 밀려들었다. 다행히 한쪽 구석에 멍석도 있고 볏짚도 있었다. 설마 얼어 죽기야 하겠는가. 이슬을 막아 주는 천장에 감사했다. 한기를 막아주는 사방의 벽과 볏짚에 감사했다. 누구나 집을 떠나면 고생이라고 했다. 물론 운매는 사람들 말대로 고생을 톡톡히 하고 있다. 그러나 집을 떠난 이후 비가 한 번도 내리지 않았으니 감사했다. 간간히 도움을 주고 밥도 얻어먹을 수 있으니 감사했다. 무엇보다도 이전에는 알지 못했던 많은 새로운 생각을 하게 되지 않던가. 그것이 스스로의 마음을 크고 넓게 해 주고 있었다. 짚을 깔고 옆으로 누워 석작을 가슴에 안았다. 이하백의 손길이 처음으로 닿았던 물건이다. 운매는 가슴에 석작을 안고 깊은 잠에 빠져들었다. 내일은 용궁까지 80리를 걸어야 한다. 모레면 드디어 산북 소야의 최맹순 집에 도착할 수 있을 것이다. 제발 무사하시기를….

운매는 어스름 새벽에 당집에서 나와 서쪽으로 걸음을 옮겼다. 예천으로 들어서자 밤이 늦었는데도 분위기는 안동 쪽과 달리 상당히 어수선했다. 소식을 들으려면 주막으로 가는 것이 제일 빠를 것이다. 용궁 장터 안쪽으로 들어가 있는 작은 주막으로 들어갔다. 노파 혼자 평상 위를 치우고 있었다. 운매는 상냥하게 웃으며 일을 도울 터이니 밥 한 끼만 주시라며 곧바로 부엌으로 들어가 설거지를 시작했다.

"할매. 무신 일로 사람들이 웅성거리능게?"

"지난달 초승에 산양에서 정탐을 나온 일본 장교가 죽어 삐맀거
등."

"와요?"

"일본놈들이 뭔 까만 줄을 공중에 매단닥꼬 여간 조선인들을 들볶
아야지. 그기 전선줄이라 카드나? 아는 사람들은 그기 조선에서 전
쟁을 일으킬 준비를 하는 기락꼬 햐. 청나라를 먼저 쪼까내고 조선을
삼킬라 카는 속셈이락꼬. 80리마다 그 줄 지키는 집을 세운댜. 그 집
을 수십 명씩 지키는데 고마 조선 백성 논이고 밭이고 마캉 뺏아 뿌
리고⋯. 농꾼들이 그라이 그 줄을 안 자르고 배기나, 일본놈들은 지
들 전선 잘랐다꼬 사람을 찾아가 죽이고⋯ . 아이구. 아수라장이 따
로 엄써. 그카니까 일본놈들 보마 마캉 치를 떠는 거 아이가."[23]

부엌일을 마치고 노파와 운매는 방으로 들어갔다. 따듯한 방이 이
렇듯 고맙고 반가울 줄이야.

"산양에서 그 일본 사람은 누가 죽있는데요?"

"여 사람들은 그자가 동학군들 만나자 놀라 저가 갖고 있던 군도
로 자결했닥꼬 하고, 저 사람들은 그기 동학 고 접장 형제 짓이라 카
고⋯."

"그러만 고 접장 형제를 잡을라 카겠네요?"

"그라모. 일본놈 죽인 범인 찾는닥꼬 민보군들이 산양에서 동학군

들을 잡아다가 한천가로 끌고 가 열한 명을 생매장했다 안 하나."

"생매장을요?"

"그랬께. 그라이 최맹순 어르신이 화가 나가 예천, 문경, 안동, 상주, 의성 동학도들을 마캉 모이라고 했능가바. 산북에 사는 그 어른이 여서는 동학의 최고 우두머리라 카데. 수천수만 명이 모이니 밥도 해 먹어야 하고 그라이 평소에 몬된 짓 하던 양반들 곳간도 털고 그라지. 고 접장 형제들이 용궁현에 쳐들어가 무기들도 빼내 왔닥 해."

"그 뒤로 우예 됐능게?"

"일부는 널리 소식을 알리고 사람 모은닥꼬 남쪽으로 내리가고 화지며 예천읍이며 금곡에서도 엄청난 싸움들이 일어났다 카데. 동학군이 수천 명에 민보군도 수천 명. 밀고 밀리고 쫓고 쫓기고 죽고 죽이고…. 그란데 동학군들이 마캉 밀리고 말았닥 캐. 무기가 없는 걸 우찌야. 그 와중에 일본 군인이랑 포졸들이 소야에 달려들어 총을 쏘고 고 접장 형제를 잡아갔 닥캐. 그기 어제 일이라. 일본군이 끼어들마 살아날 사람이 없닥 햐."

운매는 의성에 살던 이하백이 어떻게 신원 자기네 동네까지 내려왔는지 비로소 이해가 되었다. 소야에 일본군이 들어갔다는 말에 운매의 가슴이 철렁했다.

"최맹순 어르신을 잘 아시능게?"

"여도 몇 번 들르셨는데 참으로 점잖고 공손하기가 말을 할 수가 엄따. 체격은 안 커도 옛날에는 옹기 장사도 했다 카고…. 그기 마캉 동학을 포덕하니락꼬 그랬다는 기라. 그 사람 덕에 보은에서 넘어오는 길부터 상주, 문경, 예천, 안동, 의성 뭐… 뭐… 아주 싹 다 동학에 입도했닥 캐. 그놈의 일본놈들만 아니마 조용히 살민서 덕이나 쌓고 좋은 세상 만들민서 살 양반들인데…. 여자 남자 차별도 엄꼬, 양반 상놈 차별도 엄꼬, 부자 거지 차별도 엄꼬….”

“그런 세상이 오마 얼매나 좋겠능게.”

“나도 칠십이 다 되도록 살민서 그래 설레는 소리는 들은 적이 엄써. 참말로 귀한 분들 아이라?”

“저가 사실은 그분 댁에 가는 거래요. 저 오라버니가 가 보락 캐서….”

“어? 거가 어디락꼬 가? 산북 소야동은 지금 한참 사나운 민보군들이 눈이 벌개서 어르신을 잡을락꼬 할낀데.”

“그러마 저가 여 할머니 밑에서 일해도 되능게? 여 있으만 혹시 그 어르신을 뵙게 될란지. 저가 일솜씨가 좋으니 먹고 잠만 잘 수 있다만 좋겠으요. 누가 물으마 저가 먼 친척 손녀딸이락 카시구요. 예?”

“그라마 나도 좋지. 나도 용이락꼬 아들 하나 있는 기 동학군으로 휩쓸려 나가고 혼자 있을라니 별생각이 다 드는 판이여. 집집마동 청년들은 마캉 동학군 갔지.”

운매는 가능하면 부엌 밖으로 잘 나가지 않았다. 노파가 세상이 험하니 부엌 밖으로는 나오지 말라고 했던 것이다. 머리도 쪽을 지어 다시 처녀 모습을 감추었다. 그래도 주막에 있으니 여기저기 멀리 떨어진 곳의 소식까지 가만히 앉아서도 다 들을 수 있었다. 도착한 지 며칠 뒤에는 동학군들이 성주읍을 공격하고 난리 통에 민가 천여 호가 불에 탔다고 했다. 못된 양반들이 살던 마을들이 여기저기 불바다가 되었다고 했다. 얼마 전 일본 군인들이 잡아갔다던 고 접장 형제들이 용궁의 폐문루 앞에서 효수되었다.[24] 그들은 최맹순 대접주의 제일 가까운 수하였고 노파 아들 용이의 친구이기도 했다. 노파의 얼굴에 수심이 가득 찼다. 금곡에서는 동학도 수십 명이 옥에 갇혔다는 소식이 들려왔다. 일본군과 민보군은 또다시 일어나지 못하도록 금곡마을에 불을 질렀다고 했다. 최맹순 대접주도 점점 위험에 처할 것이다.

"아이고 세상에…. 어제는 군수랑 짜고 우쩬 놈이 우음동에 사는 박학래 양반집을 다 털어 갔다고 하네. 관에서 동학군들 재산은 다 몰수해도 좋닥 캤댜. 동학 하는 집 여자들이 쪼매 반반하민 끌고 가서 첩도 삼는닥 캐. 시상에 머리털 나고 이런 난리는 또 처음이네. 부랑 잡기하는 놈들도 마캉 민보군 집강소에 달라붙어가 동학 했던 사람들 죽이고, 시장에서도 동학도 물건이라민서 마음대로 뺏어 먹고, 강도 짓을 하민서도 거들먹거리고 다니니…. 우리 아들놈은 어디에서 뭘 하는지. 살았는지 죽었는지 소식도 엄꼬…. 아이고 내 팔자야…. 용이야, 용이야…. 나는 이제 누구를 믿고 살라는공…."[25]

노파는 말을 하다 말고 방바닥을 치며 통곡을 했다.

동학도들은 저항의 의미로 일어선 것이지 상대를 해치려는 의도는 없었던 사람들이었다. 그러나 일본군과 양반들은 당장 자기들의 이익을 위협하는 동학도들에게 큰 위협을 느꼈다. 시간이 흐를수록 민보군이 더욱 힘을 얻기 시작했다. 그들은 야멸차게 동학도들을 살해했다. 운매는 그들의 힘이라는 것이 결국은 그들이 가진 무기의 힘이라는 걸 알게 되었다. 무기를 가진 자들은 자기들 욕심이 채워질 때까지 무기를 놓지 않으려 했다.

기포령이 내려졌으나

9월 중순이 되자 예천에 모였던 수많은 동학군들은 모두 어디로 흩어졌는지 민보군이 장악한 집강소만 서슬이 퍼랬다. 그 와중에도 논의 나락들은 다 베어져 들판은 더 이상 사람의 손을 필요로 하지 않았다. 9월 18일 상주 팔음산 너머 청산의 최경상(동학 조직의 우두머리 최법헌)이 기포령을 내렸다. '전국의 동학도여 일어서라!'

그러나 이미 한바탕의 싸움으로 일본군과 민보군에 혼이 난 예천의 일부 양반들은 더 이상 동학에 관여하려고 하지 않았다. 동학군들은 상주 읍성을 점령했으나 일본군들이 쳐들어오는 바람에 백여 명이 학살당한 뒤 공주 우금치로 청산 황간 영동으로 무리를 이루어 떠났다. 정부는 도순무영을 설치하고 토포사, 소모사, 별군관 등을 임명하여 일본군과 함께 본격 진압을 명령했다. 전선을 깔며 한양으로 올라가느라 동학군들과 부딪쳤던 일본군과 달리 한양으로부터 내려오던 또 다른 일본군 부대는 선산의 동학군들 역시 격퇴시키고 동학군들을 닥치는 대로 포살하며 남서쪽으로 토끼몰이를 강행했다.[26] 무기를 갖추지 못한 동학군은 밀리고 또 밀렸다.

주막에서 소식을 빨리 듣는 것은 나쁘지 않았으나 담대하던 운매도 점점 조바심이 났다. 전국에 기포령이 내렸다고 했지만 경상도의 저항은 7, 8월부터 시작되었다가 큰 희생을 치르고 9월 말에 접어들면서 조용해졌다. 동학군들이 떠난 자리에 양반들과 향리들은 읍성 수비를 위해 마을마다 방수군을 편성하여 귀화, 밀고, 체포를 권유했다.

운매는 절망에 빠진 노파를 달래고 위로하느라 며칠을 더 머무르다가, 최맹순을 만나기 위해 다시 길을 떠났다. 10월 중순, 북쪽을 가로지르고 있는 소백산맥 줄기 아래에 있다는 소야동, 그의 집으로 가보면 소식을 들을 수 있을까? 아직은 그가 잡혔다는 소식은 들리지 않았다. 그가 살아 있을 때 한 번이라도 만나고 싶었다.

북쪽으로 올라갈수록 산은 높고 길은 좁아졌다. 노파가 준 옷을 겹겹이 입었지만 아침저녁으로는 아주 쌀쌀했다. 산의 나무들은 몇 개 남은 잎사귀를 팔랑거렸다. 일본 군인이 죽었다는 구산 동네를 지나 좁은 길을 쉬지 않고 걸었다. 점심때가 한참 지나서 오른쪽 뒤편에 종처럼 뽈록 튀어나온 산이 보이는 넓은 동네가 갑자기 펼쳐졌는데 그곳이 바로 소야동이었다. 포졸들, 민보군들이 여기저기 눈에 띄었다. 운매는 머리에 석작을 이고 손에는 호미를 든 채로 태연하게 그들 곁을 지나 제일 큰 집으로 들어갔다. 운매는 마당을 쓸고 있는 허리가 굽은 노인에게 작은 목소리로 물었다.

"저 말씀 좀 묻겠습니더. 최맹순 어르신 댁이 어딥니꺼?"

"쉿. 뭐 하그로? 댁은 뉘요? 어디서 왔으요?"

"남쪽에서 오라버니 심부름을 왔습니더."

노인은 목소리를 낮추고 운매를 부엌으로 이끌었다.

"어멈, 이 처자 밥 한 그릇 차려 주소."

노인은 운매가 부뚜막에 앉아 밥 먹는 것을 지켜보며 낮은 목소리로 말을 이었다.

"바로 옆집이라요. 그란데 지금 포졸들이 어르신을 잡을락꼬 눈이 벌개요. 지금 며칠째 저러구들 있다카이. 절대로 집으로 돌아와서는 안 된다꼬 말을 전할라 카는데 전할 수가 있으야지."

"그라마 어르신은 최 접주님이 어데 기실지 짐작이라도 되시능게?"

노인은 갑자기 입을 다물고 운매를 경계의 눈초리로 쳐다보았다.

"아…. 미심쩍으시마 아무 말씀 하지 마세요. 그래 경계하시니 오히려 저가 고맙심대이."

운매는 상을 물리고 부지런히 집 안팎을 다니며 쓸고 닦았다. 집 떠난 지 두 달이 다 되어 오니 살아가기 위해 어떤 말과 행동을 해야 하는지 몸이 먼저 알았다. 넓은 집에는 노인 부부밖에 없었다. 소야에 사는 사람들은 모두 동학도들이고 7월부터 계속 밖으로 돌며 일본 군인과 욕심 사나운 양반들과 싸우고 있다고 했다. 그런데 동학도들은 가진 무기 없이 모두 희생되어 버리고 이제는 모두 쫓기는 몸이 되어 버렸다. 집도 재산도 언제 빼앗겨 버릴지 모르고 집에 발도 디밀지 못하는 신세가 되었다.

소야에 머무르는 동안 운매는 지개를 지고 주변 산에 나무를 하러 다녔다. 잔가지들과 낙엽을 긁어 오는 게 전부였지만 자기 뒤를 몰래 밟는 사람들의 경계를 풀어야 했기 때문에 하루도 쉬지 않고 이쪽저쪽 산을 뒤지고 다녔다. 밤에는 청지기 노인 부부와 함께 주문수련을 했다. 시천주조화정 영세불망만사지. 하늘님 감사합니다. 내 안에 계신 하늘님에게도 감사드립니다. 곡식 알갱이에 들어 있는 하늘에 감사합니다. 물 한 방울에 들어 있는 하늘에 감사합니다. 겨울을 지내야 할 나무에게서 떨어져 나가는 나뭇잎에 감사합니다. 멀리서 우는 닭 소리에 감사합니다. 뜨거운 불을 감내하는 아궁이가 감사합니다. 지게를 받쳐 주는 막대에 감사합니다. 좋은 세상을 만들기 위해 길로 뛰어든 모든 분들에게 감사합니다….

아, 운매…

"어르신, 내일쯤에는 길을 떠날까 합니더. 눈이 온 다음에는 나무

하러 다니기 힘들어질 거라요. 집 밖으로 나갈 구실이 없어지지 않겠 능게. 어데로 가만 수접주님을 만날 수 있습니꺼?"

"안 그캐도 오늘쯤 부탁을 할라 했어. 내일 벌재로 떠나마 되겠네. 동북쪽 계곡을 따라 죽 올라가마 되여. 오늘이 벌써 섣달 열여드레니 내일모레가 외동아드님 혼삿날이라. 재 넘어 적성동 지나 벌재에 김 접주 따님하고 혼사를 치르기로 했거등. 혼사가 끝났닥꼬 집으로 돌아오시마 우짜노 시퍼가 지금 걱정이 태산이라."

"그라마 저는 지게를 지고 서북쪽으로 가는 척하다가 동쪽으로 다시 방향을 잡아 볼게요. 요즘에는 저 뒤를 안 밟는 거 겉기는 해도."

운매는 다음 날 아침을 든든히 먹고 지게에 여느 때처럼 낫을 묶고는 산을 올랐다. 한시라도 빨리 최맹순을 만나고 싶었다. 이제 드디어 오늘 해 저물기 전에는 만나 뵐 수 있을 것이다. 이하백이 새삼 그리워졌다. 시천주조화정 영세불망만사지 주문이 콧노래가 되어 흘러나왔다.

운매는 예천 집강소에서 나와 있는 깡마른 민보군 하나가 마을 어귀 나무 뒤에 숨어 자기를 지켜보고 있는 것은 꿈에도 짐작하지 못했다. 그는 여자가 한 달여 지게에 나무를 해서 나르는 것을 지켜보고 있었다. 날이 꾸물꾸물하고 바람도 없이 푸근한 것이 내일쯤이면 눈이 올 태세다. 눈이 오면 여자는 나무를 하러 나오지 않을 것이다. 동료들과의 내기에서 이기려면 오늘 중으로 일을 치러야 한다. 남자는 살살 뒤를 밟기 시작했다. 나무들이 모두 잎을 떨구었기 때문에 눈에 띄지 않게 뒤를 밟는 것은 쉽지 않았다. 한참을 떨어져서 거의 안 보일 무렵에야 바짝 뒤쫓았다가 다시 한참을 떨어져서 따라갔다. 여자는 처음에 서쪽으로 방향을 잡은 듯하더니 한 식경이 지나서는 동쪽으로 방향을 바꾸어 빠르게 올라가고 있었다. 여느 때와 다른 여자의 행동에 남자의 마음이 급해졌다. 이제는 몰래 뒤를 밟을 필요가 없다고 생각했다. 남자는 숨을 헐떡이며 여자를 따라잡았다. 산모퉁이를 돌아서니 여자는 어떻게 낌새를 차렸는지 어느 틈에 지게를 벗어던지고 손에 낫을 쥐고 있었다.

운매는 차라리 지금 이 남자와 맞닥뜨린 것이 다행이라고 생각했다. 모른 채로 벌재까지 길을 안내한 꼴이 되었다면 어쨌을 뻔했는가? 그러나 남자는 펄쩍 운매에게 뛰어들어 낫을 쥔 팔을 비틀었다. 운매는 왼쪽 무릎으로 남자의 낭심을 힘껏 걷어찼다. 남자는 저만치 떨어졌고 낫은 아직 운매의 손에 들려 있었다. 남자가 주저앉아 있을 때 운매는 얼른 천주산 등성이를 향해 내달렸다. 천주산은 소야에서 볼 때는 볼록 솟은 작은 산 같았지만 옆으로 길게 호랑이 잔등처럼 등성이를 매달고 있었다. 한참을 정신없이 뛰다가 뒤를 돌아보니 아무도 보이지 않았다. 운매는 가쁜 숨을 고르며 나무 그루터기에 앉았다. 그때였다. 남자가 불쑥 앞에서 나타나 그루터기에 앉아 있는 운매를 뒤로 자빠뜨렸다. 운매는 밑에 깔려 버둥거렸지만 힘으로 찍어

누르는 남자를 이길 수는 없었다. 운매가 그의 귀를 떨어져 나갈 정
도로 힘껏 물자 남자는 비명을 지르며 일어났다. 운매는 떨어진 낫을
집어 들었다.

"가까이 오지 마래이. 내 안에 하늘이 있듯이 네 안에도 하늘이 있
다. 네가 나를 짐승처럼 대하만 나도 너를 짐승처럼 대할 것이라. 나
를 무사히 보내 주만 너도 무사하겠지만 나를 해치면 너 역시 무사하
지 몬할 거라."

"엇쭈. 이년이…. 너도 맨 동학 비도로구나. 주둥이만 살아가 감히
나를 갈치겠닥꼬 지끼리노? 지낄라만 지끼 바라. 니가 나를 이길 수
있겠나?"

남자가 다시 입을 삐죽이며 운매에게 다가왔다. 남자가 가까이 다
가오자 운매는 눈을 꽉 감은 채로 있는 힘껏 낫을 휘둘렀다. 뜨거운
피가 운매의 얼굴로 튀어 올랐다. 남자는 풀썩 앞으로 고꾸라졌다.
운매는 낫을 떨군 채 몇 걸음 뒷걸음치다가 그냥 주저앉고 말았다.

"내가 사람을 죽이다니… 시천주조화정 영세불망만사지 시천주조화
정 영세불망만사지 시천주조화정 영세불망만사지…."

운매가 비틀거리며 다시 일어나 산비탈을 내려가려 할 때 남자가
몸을 일으켜 성한 팔로 낫을 주워 운매를 향해 힘껏 던졌다. 낫의 날
카로운 모서리가 운매의 뒷덜미에 박혔다. 운매는 그 자리에 쓰러졌
다. 그녀는 다시 일어나지 못했다.

신랑 신부, 최맹순의 죽음

동짓달 스무날. 혼사는 벌재의 신부 집에서 치러졌다. 봄에 잔치를 하기로 했지만 연이은 북새통에 가을로 미루었던 것이다. 외동아들이 스무 살이 다 되어 가니 더 미룰 수 없었다. 무엇보다 앞으로 집강소의 탄압이 심해질 터이니 아들은 벌재 김 접주의 딸과 부부의 인연을 맺어 멀리 떠나보내고 싶었다. 신부는 범절과 인물이 근동 최고라 소문이 났다. 혼사래야 청수만 떠 놓고 하는 것, 최맹순은 그들이 더 좋은 세상에서 만물에 감사하며 살기를 바라고 또 바랐다.

소야에 주둔하고 있던 예천 집강소 포군들은 여자를 뒤쫓아간 민보군 하나가 사흘이 지나도 돌아오지 않자 날이 밝은 뒤 일본군들과 함께 수색에 나섰다. 눈이 내린 뒤라 수색이 힘들었지만 점심때가 지나 그들은 천주산 등성이 양지쪽 눈이 녹은 곳에 죽어 있는 두 남녀를 발견했다. 그들은 여자가 가려 했던 북쪽으로 계속 수색에 나섰다. 벌재에 당도한 그들은 어제 혼례를 치렀다는 집에서 몇 달간 잡으려고 애썼던 최맹순을 드디어 체포했다. 집강포군은 최맹순뿐 아니라 신랑 신부에 사돈까지 오랏줄로 묶었다.

"이 사람들은 죄가 없소."

"당신의 일가고 친척이라는 것 자체가 죄라는 걸 모르나?"

최맹순은 깊은 숨을 들이쉬었다.

"사돈어른 미안하오. 혼사를 서두르지 말 것을. 내 욕심이었소."

"하늘 뜻 아닌 것이 어디 있겠습니까? 짧은 시간이었지만 수접주님과 사돈이었던 것이 감사할 따름입니다."

신부의 아버지 접주 김 씨의 눈에 물방울이 맺혔다.

"아들아, 며늘아가야, 네들에게도 참으로 미안하구나."

최맹순은 아들과 며느리의 손을 잡고 놓지 못했다. 혼례가 끝나고 겨우 하룻밤을 지낸 신랑 신부였다.

집강포군은 읍의 옥에 네 사람을 가두었다. 다음 날 아침 집강포군은 신부를 옥에서 꺼내었다.

"내 말만 들어주만 남편은 살려 준대이. 동학군은 쓸데없다. 우리와 살만 비단옷에 맛있는 음식을 먹으마 호강할 것이라. 요즘에 예천 집강에 나가는 서방을 얻으만 여자들이 팔자가 핀다는 소리는 들었을 기다. 글치만 만일 거절하민 그다음은 우리가 알 바 아이다."

신부는 눈을 감은 채 미동도 하지 않았다. 그리고 아무 말도 하지 않았다.

예천 집강소와 일본군은 곧바로 최맹순 부자를 처형하고 사돈이 된 김 접주도 함께 죽였다. 재산은 모두 빼앗아 나누어 갖기로 했다. 신부 김 씨는 양가 아버지와 남편의 처형 소식을 듣고 자결하고 말았다. 혼례를 올린 지 이틀 만의 일이었다.[27]

10. 도치, 해월을 만나다

재회

갑오년(1894) 섣달이 지나자 더 이상 동학군은 잡히지 않았다. 이제
는 이삭까지 다 주워 버린 것인지 산에도 들에도 사람의 흔적이 사라
져 버렸다. 오뉴월 청대 같이 시푸르던 정의묵 소모사의 기세도 꺾이
고 소모영은 폐지되었다. 소모사가 할 일이 없으니 정의묵은 종 몇
명을 거느리고 종가로 돌아갔다. 정의묵은 자신의 업적이 조정에 알
려지고 대단한 벼슬이 내려질 거라고 기대에 차 있었다. 정의묵은 의
기에 차서 수천 명의 비도들을 귀화시키고 상주성을 함락시켰던 주
역들을 포살한 업적을 정리하기 시작했다. 그리고 조정에 몇 번의 상
소를 올렸다. 그러나 시간이 흘러가도 조정에서는 정의묵의 청에 대
해서 한마디의 말이 없었다.

누구나 궁금해하던 해월의 거취는 여전히 알려지지 않았다. 갑오
년(1894)의 거사를 일으킨 대접주들이 다 잡혀서 죽임을 당했지만 법
헌 해월은 이태가 지나도 잡히지 않았다. 상주 관아에서는 소모영을

철폐하고 난 뒤에도 해월을 잡기 위해서 여전히 추포꾼을 파견했다. 여기저기에서 해월을 미행하는 발자국 소리가 나직나직 숨어 있었다.

병신년(1896), 해월은 십여 년 전 화전을 일구었던 봉촌 앞재를 지나는 길에 조심스레 도치를 찾아보았지만 도치를 만날 수는 없었다. 여기저기에 살던 수많은 도인들이 어딘가에서 최후를 마쳤을 것을 생각하면 해월의 가슴에는 구멍이 뚫리는 듯했다. 시운이 그래서 일어설 수밖에 없었고 희생될 수밖에 없었다고 살아남은 제자들을 위로했지만 어찌 초연하기만 할 수 있는 일이겠는가. 도치 생각을 애써 털어 버리다가 뜻밖에도 송내 윗왕실(높은 터)로 가는 산길에서 나무 지게를 지고 걸어오는 도치를 만났다. 도치 뒤에도 역시 나무 지게를 진 사내가 있었다. 도치는 마흔넷의 장년이 되어 있었다. 도치는 이태 전 전투에서 한쪽 눈을 잃은 모양이었다. 형형한 눈빛과 카랑카랑한 목소리를 가진 스승의 모습을 한 번만 더 보았으면 좋겠다고 청수를 떠 놓고 빌던 도치였다.

"아이야…. 이게 누구? 스승님요? 살아 계셨고마요. 그 피비린내 난리 속에서 우째 빠져나오셨으요? 흰머리도 많이 나시고…."

도치는 해월의 손을 잡고 하염없이 울었다. 칠십이 된 해월에게는 노인의 모습이 확연히 드러났다. 그러나 해월은 의연했다.

"삶과 죽음이란 하늘에 달려 있는 것, 나도 이제 곧 몸을 버려야 할 때가 오고 있는 것 같구려. 어머님은?"

"저가 전쟁에서 돌아오는 거를 보시고 난 뒤에 작년 봄에 돌아가싰습니대이. 돌아온 거를 보고 가셨으니 저가 불효는 기우 민했지여. 저는 한쪽 눈을 빼고는 무사하니 감사할 따름이고요. 어매 묻어 드리고 여 윗왕실 사는 친구 황 씨가 오라 캐서 사는 데를 옮겼지요. 이 친구는 상주 읍성을 칠 때 알게 되었지요. 고향이 같더락꼬요. 어이, 황 가야, 해월 선생님이셔. 내가 항상 말했던….“

도치가 뒤따르던 사내를 해월에게 인사 시켰다.

"모두 살아남아 주어 반갑고 감사하오. 눈은 전투에서 그리되었소?"

해월이 애잔한 마음으로 도치에게 물었다.

"예. 상주성에서 강선보 접주님 참수되는 걸 보고 그날 밤에 남사정에 높이 매달린 접주님 머리를 끌어내려 강 접주님 오마이한테 넘가 드리고 돌아서는데 포졸들이 보이더락꼬요. 강 접주 오매가 멀리 가실 때까지 시간을 좀 벌을락꼬 이 친구하고 같이 포졸들을 막아스민성 실갱이를 했지요. 시간을 좀 벌고 나서 이 친구하고 도망을 가는데 일본군과 포졸들이 마캉 쫓아와요. 그런데 산 넘어 동네 가까이 도착했을 때 그만 각중에 일본놈이 쏜 총이 눈 옆을 스쳐가 골짜기로 구르고 정신을 잃었심니더. 밤이니까 빗깄지 환한 낮이라민 꼼짝없이 뒷통수에 맞아 그냥 갔을끼라요. 다음 날 새벽에 황 가가 지를 골짜기에서 발견했는데 얼굴이 피투성이어서 죽었는 줄 알았대요. 그란데 그 친구 몰골은 더 웃겼어요. 민가에 뛰어 들어가 호롱불 아래

베 짜는 아낙 치마 속에 숨어 있었닥 캐요. 그카다가 한참 지나 안전
하겠거니 하고 마당에 나왔는데 달빛에 또 다른 놈들 그림자가 보이
더락캐요. 그라이 각중에 똥통 뚜껑을 열고 똥항아리에 숨어 있다가
살아났다 그캐요. 그 꼴로 지를 발견했을 때는 마캉 똥 천지였어요.
저가 얼굴이 피투성이가 되었어도 고약한 냄새는 맡을 수가 있더라
니께요. 하하하….".28

"피 묻은 개가 똥 묻은 개를 나무래나?"

옆에 있던 황가가 정색을 하고 말했다.

"하마 똥 묻은 개가 피 묻은 개를 나무래나? 아낙 치마조차 뒤집어
썼던 놈이….'

"이놈이 또 그 소리… 이놈아, 아낙 치마 속이라 캐도 하늘 궁전보
다 나았닥 카니….'

해월 앞이라는 것도 잊고 둘은 주먹을 휘두르며 낄낄대면서 옛이
야기를 했다. 해월도 따라 웃었지만 살아남은 동학도들이 그간 겪었
을 고초들에 가슴 한편이 또다시 아려 왔다.

"내 잠시 이곳에 머물고 싶구려. 좀 더 깊은 곳으로 들어가면 좋겠
소만….'

도치는 해월을 안내하여 깊은 산골로 들어갔다. 사흘을 걸어서 사
람들이 머물 수 없는 깊은 산골로 들어가 우선 바위틈에 잠자리를 마
련했다.

"선생님이요, 여다 오두막을 지으만 우짜까요? 인자 아무도 못 찾

는 이곳에서 편히 쉬든서 다시 낭중 일을 생각하시지요."

도치는 아버지 정나구를 다시 만난 것 같았다. 살아생전 느끼지 못한 아버지의 사랑을 마지막으로 느낄 수 있는 기회가 자신에게 온 것이라고 생각하여 지극정성으로 해월을 모셨다. 먹을 것이 떨어지면 다시 사흘을 걸어가서 곡식을 구해 가지고 돌아오곤 했다. 황가가 가끔 들러 큰 도움이 되었다. 도치는 해월의 예전 오두막을 기억에 되살려 새로 아주 작은 오두막을 지었다. 외부로부터 눈에 뜨이지 말아야 했다. 작은 집이지만 정성 들여 짓느라 몇 달이 걸렸다. 쓰러진 나무를 주워다가 기둥을 세우고, 너럭바위를 져다가 구들을 만들었다. 그사이에도 해월은 새벽마다 명상과 단전 훈련을 했다. 도치와 가끔 들락거리는 황가 역시 부지런히 해월이 하는 대로 수행법을 익혔다.

어느 날 도치는 자기가 살던 집에 들렀다가 집 안에 있던 살림살이가 모두 엉망으로 부서진 것을 보고 깜짝 놀랐다. 해월을 찾기 위해서 관아에서는 외딴집을 포함해서 여기저기 뒤지고 다녔던 것이다. 근처에 있던 황가의 집도 마찬가지. 도치는 더 이상 옛집에 갈 수 없었다. 그곳에도 잠복하고 있는 포졸이 있을 거라는 짐작이 들었기 때문이었다. 모두 극도로 조심하지 않으면 안 되었다. 황가는 당분간 근처에 오지 않기로 했다. 들고 날 때는 반드시 앞뒤를 살폈다. 산에서 훑은 야생 콩과 도토리를 주워 겨울을 준비했다. 오두막 앞에 나무들을 옮겨 심어서 여간해서는 집이 눈에 뜨이지 않게 해 두었다.

해월은 밤이슬을 맞으며 어디론가 사라져서 새벽에 돌아올 때도 있었고 어떻게 알았는지 소리 없이 제자들이 찾아들기도 했다. 구암(김연국), 의암(손병희), 송암(손천민)이라고 하는 제자들은 가까운 곳에 있는 것 같았지만 어디 있는지 알 수 없었다. 또 강하게 북녘 사투리를 쓰는 사람들도 가끔 찾아왔다.[29] 그들이 드나들 때마다 도치는 가슴이 철렁 내려앉았다. 사람들이 자꾸 드나드는 건 너무도 위험한 일이기 때문이었다.

전투에 참가했던 접주들은 모두 처형이 되다시피 했고, 살아남은 이들은 깊숙이 몸을 숨기고 있었다. 이제 더 이상 동학은 되살아날 가망성이 없다는 말들이 나돌고 있었다. 엄청난 패배이며 엄청난 손실이었다. 도치는 해월이 잡히면 아버지처럼 처형이 된다는 것을 누구보다도 잘 알고 있었다. 해월이 있는 동안 그는 가능하면 해월의 곁을 떠나지 않으려고 애를 썼다. 그러나 정작 해월은 수시로 바람처럼 사라졌다. 돌아와 잠깐 머물러 있는 동안에도 도치는 해월이 쉬는 모습을 보지 못했다.

다시 이별

도치는 해월의 말을 새겨들었다가 해월이 집을 비우면 부지런히 기록으로 남겨 두었다. 해월이 십여 년 전에 한글 교본을 가져다주며 언젠가 쓸 데가 있을 것이니 익혀 두라고 도치에게 일렀던 것이 이렇게 감사하게 쓰일 줄이야. 스승의 말을 기록으로 남길 수 있다는 사실에 도치의 가슴은 순간순간 벅차올랐다.

'매사 일을 시작할 때나 끝낼 때 심고를 올려라. 하늘과 나 자신에게 시작과 끝을 알리게 되면 일의 맺고 끊음이 분명해지고 게으름이 사라지고 일에 정성이 들어가니 몇 배의 열매를 걷을 수 있게 되리라.'

'항상 깨어 있어라. 깨어 있음이 바로 개벽이니 그것을 통해 삶이 열릴 것이니라.'

'살아생전 개벽을 못 본다 할지라도 우리가 쉬지 않고 정진하면 다시 두 갑자 후에 새 세상이 열릴 것이며 우리의 노력이 그 밑거름이 될 것이니 어찌 감사하지 않으랴.'

그러나 한편으로는 마음 한구석에 끊임없이 솟아나는 의문을 떨칠 수 없었다. 도치는 상주성에서 며칠간이지만 해방의 세상을 맛보았다. 아버지도 바로 그곳에서 해방의 세상을 맛보았을 것이나 끝내 참수되지 않았던가. 양반들 집이 불에 타기도 했으나 양반들은 여전히 떵떵거리며 '아랫것들'에게 눈을 부라린다. 다만 달라진 것이 있다면, 아버지 시절에는 칼에 목숨을 빼앗겼고, 지금은 왜놈들의 총알에 훨씬 더 많은 목숨을 빼앗긴다는 것이다. 도치는 해월에게 조심스레 물었다.

"진실로 개벽세상을 이룰라 카믄 적과 견줄 수 있는 무기를 갖추어야 하는 기 아입니까? 맨몸으로 적을 물리치고 평등 세상을 이룬다카는 기는 불가능한 일이 아니라여?"

해월은 고개를 흔들었다.

"무기를 쓰지 않고, 남의 목숨을 빼앗지 않고 세상을 바꾸는 것이 진정한 개벽이라고 수운 스승님이 가르치셨지요. 갑오년(1894)에도 가능하면 싸움을 피하려고 애쓰고 또 애썼다오. 그러나 생존을 위협받고 목숨을 위협받으면 끓어오르기 마련이니 싸움이 벌어질 수밖에. 게다가 일본은 신식 총을 만들고 세밀한 조선 지도를 만들고 전기를 끌어다가 중국까지 집어먹을 준비를 하고 있지 않았소? 우리 힘으로 어찌해 볼 수 없는 것이니… 그래서 시운이라고 하는 거라오. 수많은 희생이 있었던 건 누구의 잘못도 아니오. 우리가 잠자코 있었다면 더 큰 후회가 있었을 것이고 더 큰 부끄러움이 남게 되었을 것이오. 우린 지지 않았소. 일본이 앞으로 수십 년간이야 발달한 문물을 가지고 제 잘난 듯이 무고한 생명을 더 많이 앗아 갈 것이나 그게 값진 승리겠소? 귀한 승리겠소? 아니오. 그것 때문에 크게 당할 것이오. 다른 사람의, 다른 나라의 생명들을 죽임으로써 자기의 이익을 구하려는 자들은 결국 그 욕심 때문에 죄의 구렁텅이에 빠지게 될 것이오. 총으로 일어선 자 총으로 망하리라…. 이것은 진리요. 가장 강한 적을 물리치는 힘은 제일 작은 것, 제일 여린 것에서 나온다오."

"질 작은 기, 질 여린 기 머라요?"

"그게 무엇인지 내가 떠난 뒤에라도 생각해 찾아보시오."

해월은 장난꾸러기처럼 미소를 지었다. 그러나 도치는 고개를 저었다. 형형하던 대접주들이 모두 처형되었다고 하는데 다시 어디서부터 싹이 터져 나올 것인가? 누가 다시 이전처럼 동학을 꽃피게 할 수 있을까? 난감해하는 도치에게 해월은 수운 대선생의 불연기연(不然其然) 편과 영부 몇 장을 내밀었다. 해월이 틈틈이 쓰고 그린 것으로 불연기연은 도치가 여러 차례 묻고 또 물으며 흥미를 가졌던 글이었고 영부는 병이 났을 때 요긴하게 쓰라고 준비한 것이다.

"이제 나는 다시 이곳으로 오지 못할 것이오. 그러나 그대 역시 새 세상의 주인이 되리라는 걸 나는 알고 떠나오. 우리 모두 자기 안에 하늘을 모시고 있다는 걸 알고 있는 한 우리는 하나요. 세상 만물이 하나라는 걸 잊지 마시오."

도치는 그로부터 이태 후(1898)에 해월이 강원도에서 잡혀 서울에서 교수형을 당했다는 사실을 전해 들었다. 눈시울이 붉어졌지만 도치는 울지 않았다. 바로 입에서 주문이 튀어나왔다. '시천주 조화정 영세불망 만사지(내 안에 하늘을 모셨으니 조화가 정해지고 죽을 때까지 잊지 않으니 만사를 알게 되니이다.)'

이제 해월은 도치를 통해 살 것이며 도치는 만물과 더불어 하나로 살 것이었다. 곁에 사는 친구 황가가 수시로 찾아와 함께 공부하며 수행하는 시간을 갖는 것도 큰 기쁨이었다.

1. 『신인간』, 1927.9, '대신사수양녀인 80노인과의 문답', 소춘 김기전.

2. 이돈화, 『천도교창건사』, 천도교중앙종리원, 1933. 이돈화는 수운과 상제와의 문답이 9월 20일까지 이어졌다고 말한다.

3. 최시형이 수운에게 북도중주인이라 칭한 것은 수운 생시에 자기와의 역할 분 담으로 경주 북쪽을 책임지라는 것이었다. 얼마 후 수운은 최시형에게 도통을 전수했고 최시형은 수운의 말대로 고비원주하며 34년을 동학을 포덕했다가 1894년 동학농민혁명을 맞았다. 최시형은 1898년 처형되기 전까지 동학의 최 고 수장으로 조직을 꾸려 나가며 사람들을 교화하였다. 흔히 남접 전봉준, 북 접 최시형의 이분법으로 동학 조직을 구분하지만 그 분류는 동학농민혁명시 진압하던 관군과 일본군이 편의상 분류한 것일 뿐이다. 최시형이 수만 개의 봉우리를 가진 산맥이라면 1890년 이후 동학에 입도한 전봉준은 그중 하나의 빼어난 봉우리였다.

4. 『신인간』, 1927.9, '대신사 수양녀인 80노인과의 문답', 소춘 김기전.

5. 1894년 동학농민혁명 때 전라도에서는 봄부터 고부, 무안에서 봉기가 일어나 기 시작했고 전국이 들썩거린 것은 9월 18일 기포 명령 이후였다. 그러나 경 상도 지역에서는 7월에 전투를 위한 조직 작업이 진행되었고 8월부터 충돌이 일어나기 시작했다. 일본이 병참부대를 파견하여 전선을 깔며 농민들과 부딪 쳤기 때문이다. 수운은 체포되기 반년 전인 1863년 6월 상주를 방문해서 은 척, 화북, 화동, 모서, 모동, 공성 등에서 직접 포덕을 했다. 수운은 일본을 극 히 경계하라 일렀기에 수운과 해월이 포덕하며 조직을 만들었던 지역들에서 는 1894년 일본군이 병참기지를 만들며 조선 백성을 괴롭히자 활발한 봉기가 일어났다. 수운의 동학 창도 이후 경북 지역에서 동학 교도들이 활동했던 곳 은 흥덕, 청하, 영덕, 영해, 평해, 울진, 영양, 안동, 진보, 성주, 칠곡, 인동, 능 금, 의성, 의흥, 군위, 봉화, 영천, 풍기, 예천, 용궁, 문경, 함창, 선산, 인동, 구 미, 개령, 김산, 지례, 거창, 상주(덕곡, 모동, 모서, 화남, 화북, 화동, 화서, 화령, 공성) 등 이다.

6. 유생들은 동학이 말하는 근대적인 평등 사상과 진취적인 사고를 신분 질서에 근거한 왕조 체제에 대한 심각한 도전이라고 보았다. 동학이 극성했던 상주

지역에서는 특히 유생들의 반발이 심했는데 외서면 우산리에 있는 우산서원은 동학배척통문을 작성, 상급서원인 도남서원으로 보냈다. 도남서원이 옥성서원 등 다른 서원에 보낸 통문에는 '…하나같이 귀천의 차등을 두지 않고 백정과 술장수들이 어울리며 엷은 휘장을 치고 남녀가 뒤섞여서 홀어미와 홀아비가 가까이 하며 재물이 있든 없든 서로 돕기를 좋아하니 가난한 이들이 기뻐한다.…도당을 널리 거두어들이는 것을 제일의 공으로 삼아 한 마을에 들어앉으면 온 마을 사람을 끌어들이려 힘을 다하니 점차 전파되면 그들의 세력은 천하에 넘칠 것이다.…교의 주인이라 받드는 두목은 위엄이 대단하여 장차 지방관의 권한도 물리치고 마음대로 행하게 될 것이다….'라고 하여, 동학의 번성이 신분제 사회의 해체로 귀결되어 자신들의 기득권을 잃게 될 것을 우려하고 있음을 알 수 있다. 유생들의 이러한 반발이 조정을 움직여 수운을 죽음으로 몰아갔다.

7. 임술민란-임술년 2월 진주 바로 위의 작은 고을 단성에서 최초로 일어나 경상도·전라도·충청도 등 70여 개 지역으로 확산되었다. 농민들은 신분에 따른 조세 차별 혁파, 수탈 금지 등을 요구했다. 정부는 초기에는 문제 지역의 수령을 파직하고 주모자를 처벌했으나 봉기가 확산되자 주모자를 먼저 참수하는 강경책을 썼다.

8. 조정은 임술민란을 진압한 이후 난의 책임을 물어 공성면의 정나구를 참수하였다. 김일복 등은 곤장을 맞다가 죽었다(상주동학농민혁명/스토리텔링).

9. 『학초전 해』 1편, 193쪽. 『학초전 해』는 학초 박학래(1864~1942)가 기록한 일기 『학초전』을 후손 박종두가 원본과 함께 해를 달아 펴낸 것으로 동학 당시 경상도 북부의 동학 이야기들이 소상히 기록되어 있다.

10. 「경북지역 동학농민혁명의 전개와 의의」, 신영우.

11. 같은 책.

12. 일본은 수년 전부터 스파이들을 시켜 조선반도의 전체적 지형을 수집하여 1888년 20만분의 1 지도를 완성했다.

13. 일본의 후지타(藤田) 부대 37명은 10월 19일 청산 오리동(현 영동군 매곡면 공수리) 마을 전체를 불태우고 농민 수십 명을 학살했다.

14. 강선보의 머리무덤은 경북 상주시 화남면 임곡리 입구에 있다.

15. 김석중은 동학군을 토벌한 기록인 〈토비대략〉을 남겼다. 일본군을 따라 상주 경계를 넘어 청산에서도 포살을 했으며 일본군을 안내하여 보은 북실마을까지 가서 2,600명을 학살했다고 기록했다. 후에 안동 관찰사가 되었으나 의병

이강년에게 살해당했다.

16. 신원은 현재 경북 군위군 부계면 창평리를 말한다.

17. 8월 29일 일본을 떠나 8월 30일(양) 부산에 도착한 후비보병 제10연대 제1대대는 그 목표가 전선을 깔며 병참기지를 건설하는 것이었지만, 동학군 섬멸을 목표로 침투한 후비보병 제19대대와 마찬가지로 경상도와 충청도, 전라도 남해안 지역의 농민군 학살 선두에 섰다.

18. 의흥 관내인 북동에서도 박태영과 같이 명망 있는 인사의 경우 동학농민군에게 약탈당하지 않았다. 박태영은 7월 23일(양) 일본군이 경복궁을 침략하여 고종을 포로로 잡은 것을 알고 며칠간 식사를 하지 않았을 정도로 일본군에 분노하였으며 척왜양을 주장했던 동학군은 이러한 사실들을 잘 알고 있었다. -〈창계실기〉, 〈경상도 의흥 군위 칠곡 지역의 동학농민혁명〉, 김봉곤.

19. 영남 북서부에서 조사 가능했던 농민군 지도자 21명 중 양반 신분은 상급 양반 7명, 그 이외의 양반 10명 등 17명이나 되었다 - 『학초전』을 통해 살펴본 경상도 예천 지역의 동학농민혁명, 신영우.

20. 이하백 노래- 갑오년 이후 마을 꼬마들이 골목으로 뛰어다니며 이 노래를 불렀다고 한다. 일제강점기에도 이 노래가 이어져 경북 군위군 부계면 창평리 전 면장 신현목(1925~?)은 어린 시절 아이들과 골목을 뛰어다니며 이 노래를 불렀다고 증언했다. 갑오년 이후 40년 이상 마을 사람들 입에 오르내렸던 것이다.(도움말 홍상근 군위 문화원장)

21. 현창-현재 군위군 부계면 춘산리, 한밤-현재 군위군 부계면 대율리, 홍조동(홍규흠)- 자는 내휴(乃休), 호는 매계(梅溪) 민보군으로 활동하는 동안 방화로 가옥이 소실되었다.

22. 「경상도 북부지역 동학농민혁명 기념사업의 현황과 과제」, 문병학(동학농민혁명기념사업회 사무처장) 재인용. 경상도 북서 지역은 1894년 6~7월경 매일 농민 1,000여 명이 동학에 입도할 정도였다. 동학농민혁명기념재단 편, 「동학농민혁명 유적지 및 기념시설 현황조사」, 2010, 101-102쪽.

23. 무스 무네미쓰, 『건건록』, 명륜당, 1988. 일본 외무대신 무쓰 무네미쓰는 회고록인 건건록을 통해 조선을 일본의 지배하에 두기 위해 내란(동학혁명)을 조속히 진압하는 것이 상책이라 생각하고 조선 정부에 원조하겠다고 요청했다고 썼다. 외교에 있어서는 피동적 위치를 취하고 군사적으로는 항상 기선을 제압하고자 굉장히 참담한 고심을 다하였으며 후에 되새겨 보아도 모골이 송연하다고 했다.

24. 고매함(고삼무) 형제는 8월 25일 용궁현 군기고에서 무기를 확보해 소야 집회장으로 갔다. 민보군에 잡혀 9월 5일 용궁 폐문루 앞에서 효수되었다.

25. 예천군 호명 산합에 살았던 박학래(1864~1942)는 1894년 2월 과거에 급제한 진사로 양반의 신분이었으나 동학에 입도하였다. 당시 동학 지도자들 21명 중 17명이 양반이었다고 한다. 꼼꼼한 기록의 소유자로 동학혁명 당시의 이야기를 포함하여 학초전을 한글로 집필하여 남겼고 증손자 박종두에 의해 2권으로 정리되었다.

26. 일본은 농민군들이 북쪽으로 올라가면 러시아가 개입하게 되어 자기들 계획대로 되지 않을 것을 우려하여 북으로 가는 길을 철저히 차단하여 서남의 진도쪽으로 토끼몰이 하듯 동학농민군을 몰아갔다. 일본의 카와카미 병참총감이 "모조리 죽여라!(민나 고로시!)"라는 명령을 내린 것은 9월 29일(양10.27 하달).

27. 박학래, 『학초전』 1권, 193~195쪽.

28. 당시 상주의 동학 편의장을 맡았던 황우원의 경험담(황우원의 증손자 황숙 제공).

29. 갑오년의 패배로 남쪽의 동학도들이 엄청난 희생을 당한 뒤 상대적으로 피해가 적었던 황해도, 함경도 등 북쪽 접주들이 열심히 해월을 찾아다니며 고향에서의 포덕 활동에 열성을 다했다. 갑오년 혁명 당시 남쪽의 동학 도인들은 큰 피해를 입어 조직을 다시 부활하기 힘들었지만 북쪽에는 동학 도인들이 계속 조직을 늘려 갔으며 그 때문에 손병희가 동학의 뒤를 이어 천도교를 열었을 때 북쪽 교인들이 차지하는 비중이 크게 되었다.

■ 한국사·동아시아사
● 경상도

연도(간지)	날짜 · 내용
1824 갑신	10월 28일 경주 가정리에서 수운 최제우 탄생하다
1827 정해	3월 21일 경주 황오리에서 해월 최시형 탄생하다
1845 을사	최시형, 밀양 손씨와 혼인(19세)하다
1860 경신	4월 5일 최제우, 동학 창도하다
1861 신유	최시형, 최제우를 찾아가 입도(35세)하다
1862 임술	■전국각지 민란 성행하다
	■임술농민항쟁(진주, 성주, 인동, 상주 등) 발생하다
1863 계해	■고종 즉위하다
	최제우, 최시형에게 도통 전수(37세)하다
	6월 최제우, 상주·은척·화북·화동·모서·모동·공성 등에서 포덕하다
1864 갑자	3월 10일 최제우, 순도(41세)하다
1871 신미	■신미양요 / 이필제 영해 사건 발생하다
1873 계유	■대원군 실각하다
	12월 9일 최제우의 부인 박씨 별세하다
1874 갑술	최시형(48세), 김씨와 단양에서 혼인하다
1875 을해	1월 24일 최시형 아들 덕기 출생, 수운 둘째아들 사망하다
1876 병자	■강화도조약 체결되다
1878 무인	10월 18일 최시형 딸 최윤 출생하다
1882 임오	■임오군란 발생하다
1884 갑신	■갑신정변 발생하다
1885 을유	■거문도사건 발생하다
1886 병술	여름 전국에 전염병 성행하다
	최시형 둘째 부인 김씨, 별세하다
1888 무자	최시형(62세), 손소사(26세)와 혼인하다
	인제에서 동경대전 용담유사 중간하다
	9월 유무상자 연통 돌리다
1889 기축	10월 최시형 부인 손씨, 별세하다
1890 경인	경상도에서 팔음산 아래 화동면 덕곡 포접하다
	내수도문, 내칙 설법하다
1891 신묘	상주, 함창 농민항쟁/ 공주, 청주, 호남 포접하다
1892 임진	1월 동학금단령 내려지다
	5월 최시형, 상주 공성면 효곡 왕실마을로 이사하다
	10월 공주교조신원집회 개최하다
	11월 삼례교조신원집회 개최하다
	12월 조가회통(조정에 상소문) 상소하다
1893 계사	2월 광화문상소집회 개최하다
	3월 보은집회 개최하다
	8월 최시형, 청산으로 이사하다

연도(간지)	날짜 · 내용
1894 갑오	11월 공성 거배미·남실마을 동학교세 확대 / 소리마을 옛터에 동학법소 들어서고 이관영을 상공대접주로 임명하다
	3월 무장포고문 선포하다
	4월 27일 전봉준, 전주성 입성하다
	4월 6일 최시형 청산기포 명령하다
	5월 조정, 청군 병력 지원 요청하다
	5월 7일 청군 도착, 전주 화약(전주성 돌려줌) 체결하다
	5월 8일 일군 도착하다(텐진조약 근거)
	5월 조정, 양군에 물러갈 것을 요구했으나 거부당하다(청은 나가겠다는 뜻을 밝혔음)
	■6월 21일 일본, 경복궁 침탈하다
	■6월 23일 청일전쟁 발발하다
	6월 예천 등 매일 천 명씩 동학 입도하다
	7~8월 일본 21개 병참부 전선공사 완료하다
	■7~8월 갑오경장 일어나다
	7~8월 경상도 동학군, 일군 및 관군과 충돌하다
	7~8월 선산·해평·상주 낙동·함창 태봉·충주 안보에 병참부 설치, 일본군 주둔하다
	7~8월 화남 임곡리·모동 옹효리·모서 사제부락·공성면 거배미·신곡리·화동면 덕곡·김산 등에서 동학교도 활발히 활동하다
	7월 26일 이방 정대일이 예천 (보수)집강소 설치하다
	8월 초 예천 산양에서 일본 장교 사망하다
	8월 8일 예천동학군 민보군과 대치하다
	8월 9일 민보군이 동학군 11명 체포, 한천가 생매장하다
	8월 17일 의성 지역 동학군, 의흥 진출하다
	8월 28일 예천군 화지에서 동학군 4천과 민보군 2천이 전투 / 용궁·예천·상주·선산·김산·성주 등에서 동학군 활발히 활동하다
	9월 4일 북서부 동학군 성주읍 공격 / 안의·거창·함양·성주에서 대치·소리마을에서 봉내마을로 이사한 진주강씨마을 불태우다
	9월 18일 전국 총기포령 내리다
	9월 22일 동학군, 선산읍·상주읍성 점거하다
	9월 28일 일본군, 상주읍성 진격, 100여 명 학살하다
	10월 1일 일본군, 선산 농민군 격퇴하다
	10월 2일 일본군, 동학섬멸 전담부대 파병하며 살육 명령하다
	10월 9일 일본군, 인천 상륙하다
	10월 15일 서로·중로·동로로 내려오며 동학군 진도로 토끼몰이 토벌 / 경기·강원·충청·전라에서 접전 벌이다
	10월 18일 적성동에 최맹순 공격하다
	10월 29일 한교리·한정교 부자가 선산·옥성·낙동·상주·도개·해평·산동·고야·구미 농민군과 해평의 일본 최대 병참기지를 공격, 선산읍성 공격후 점거하다
	11월 공권력이 뒷받침하는 민보군이 본격 농민군 진압하다
	11월 7일 강선보, 처형되다
	11월 20일 최맹순 아들, 혼인하다
	11월 21일 최맹순 일가, 체포되다
	11월 22일 최맹순 부자 처형, 사돈 처형, 며느리 자살하다
	11월 13일~12월 6일 김석중 중화 지역 토벌하다
	12월 17일~18일 김석중, 보은 북실 지역 토벌하다

여성동학다큐소설을 후원해 주신 분들